青·科幻丛书

杨庆祥 主编

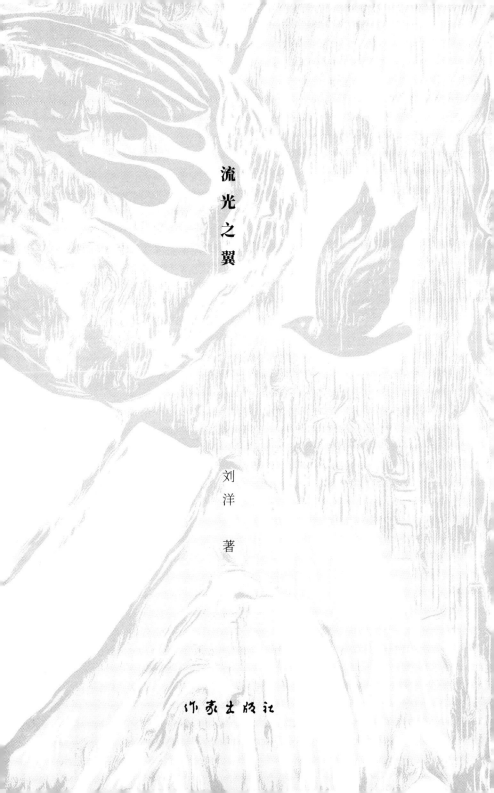

流光之翼

刘洋 著

作家出版社

刘 洋

　　科幻作家，物理学博士。已发表各类科幻作品八十余万字，部分作品翻译为英文在 *Clarksworld*、*Pathlight* 等杂志发表。曾获得华语科幻星云奖、引力奖、黄金时代奖、光年奖一等奖等奖项。出版有短篇小说集《完美末日》《蜂巢》，长篇小说《火星孤儿》。目前任教于南方科技大学，从事数字人文、创意写作相关的教学与研究工作。

科幻怎么写下去

杨庆祥

2018年，国产科幻电影《流浪地球》以其高质量的制作获得了良好的口碑和让资本惊喜的利润，以至于有舆论认为这意味着中国科幻时代的来临。但接下来2019年8月上映的《上海堡垒》却以其粗制滥造而让观众大跌眼镜，以至于网上流传着一句酷评："《流浪地球》为中国科幻电影打开了一扇大门，《上海堡垒》又把这扇门关上了。"因为《三体》获奖以及众多科幻作家的努力而开创的"科幻黄金年代"似乎正在呈现它的另外一面，固然国家意识形态的肯定和资本的逐利流入为科幻的发展注入了强大的外力支持，但实际上有思考能力的科幻从业者——以科幻作家为主体——都明白，支撑"科幻黄金时代"的核心动力不是那些外部因素，而是扎扎实实的作品，也就是说，如果没有推陈出新的优秀作品，如果不能在既有的题材、主题、构想上展现出新的质素，科幻也就很难继续进步。这应该不是我一个人的观感，而是一种普遍感受。我在很多次活动上听到青年科幻作家言必刘慈欣，言必《三体》，然后我就很好奇地问为什么。因为在所谓的严肃文学圈，并没有青年作家言必谈莫言、余华这样一些经典作家的情况。青年科幻作家的回答是，在科幻文学界，刘慈欣及其《三体》已经不是简单的经典化的存在，而是不可超越的高峰。在深圳参加的一次科幻会议上，青年作家私下和我交流时提到了一个观点：与严肃文学写作不同，科幻文学对于题材甚至是创意的依赖是非常严重的，往往某一个题材或者"点子"被用过一次，就不可重复使用了。在这种情况下，寻找新的题材和"点子"就变得非常困难。重复性的写作几乎没有意义，一些青年作家普遍表现出了一种难以为继的困惑和焦虑。在这种情况下，提出"科幻怎么写下去"这样的问题，就要求科幻从业者抛弃不切实际的被资本蛊惑起来的欲望，回到创造的原点，真正思考个体、技术、语言和时代之间的复杂关系，创作出足够人性化和世界化的优秀作品，推动中国科幻写作良好生态的可持续性发展。

由我主编的第一辑"青科幻"丛书在2018年4月出版发行后，业界与市场均反应良好。第二辑"青科幻"丛书收入六位青年科幻作家：阿缺、刘洋、汪彦中、王侃瑜、双翅目、彭思萌的作品。他们在写作的题材、处理的主题、叙述的风格上呈现了一种多样性，这种多样性甚至是互相矛盾的：对技术的信任和不信任；对人和机器关系的确定与不确定；对物质和元素的可知与不可知；对文明世界的渴望和厌弃。他们试图通过不同的方式来破壁，借鉴现实主义的、古典的、现代派的各种手法来激活科幻写作的多种潜能。毫无疑问，任何一种探索和实验都值得期待。对我来说，科幻怎么写下去的答案不存在于作家、批评家和资本方的规划中，而存在于这一部部具体鲜活的作品中。

最后，我要特别感谢作家出版社的李宏伟和秦悦两位老师，因为他们卓有成效的工作，这套丛书才得以顺利面世。

2020年3月10日改定于北京

目　录

二 泉

1

小松挺直了身子，左手的虎口夹握着琴杆，右手持弓，微微用力运弓，弓毛在内弦上滑过，发出清亮的一声长鸣。随后，声线婉转，曲调连降了几个小八度，仿佛从高山一下子跌到了谷底。左手的把位也连连转换，食指在弓弦上自然地下滑，不时揉动着。弓弦振动，黑鳞蛇皮蒙着的竹腔中，发出了如泣如诉的悲鸣。

仓库中很安静，人们散乱地盘踞在各个角落，屏息聆听。

《二泉映月》的曲调在空荡的房子里回响，宛如留给这个世界的一曲挽歌。

小松第一次接触二胡是在太爷爷家。太爷爷住在西郊的一个小院里。青砖砌成的墙上，爬满了藤蔓。二胡就挂在堂屋的侧面墙上，乌黑油亮，显然是经常擦拭的缘故。

弓弦上的马尾夺拉着，在阳光下，一根一根的，晶莹剔透。

"身子要坐直，左脚搭上来，对，然后把琴筒搁在左腿上。"太爷爷看着小松费力地扬起左手，吃力地够着细长的琴杆，皱了皱眉，又道："算了，你还是两腿平放吧。"

小松这才勉强握住了琴轴下方一个把位的地方，右手紧张地抓着弓弦，一脸期待地看着太爷爷。

"好吧，拉拉看吧！"太爷爷看着小松这副猴急的样子，不禁笑了。

他兴高采烈地挥舞起弓弦来——可是什么声音都没有。

"贴着弦拉，用力！"

小松这才看清楚，弓两边各有一根钢弦。他手腕用力弯曲，把弓弦紧紧压在内弦上，再用力一推。这次，一阵嘶哑干涩的声音终于断断续续地传了出来。

吱吱呀呀！

那年他六岁。

"拉拉拉！你就知道拉！"老妈一把夺过小松手里的二胡，一手把一张成绩单甩在他面前，"看看你这次考了多少分！"

成绩单在空中晃悠了片刻，然后自动展开成了一个平面。不多久，它又变成了一个三维柱状图，显示出了全班的成绩分布。其中一个凹陷的地方，用红色字体显示着"陈松"两个字。

"还给我！"他涨红了脸，气呼呼地说。

"没门！下次数学及格再说。"老妈拿着二胡，就要出去。脚下一沉，小松竟然死死地抱着她的腿。他妈拽了拽腿，像坠了块大石头，死沉死沉的。

"放开！"她大声地呵斥着。男孩紧闭着嘴，一声不吭。

良久，屋里终于传出一声长长的叹息。

八岁的时候，太爷爷申请了安乐死，因为肺癌。死之前把二胡给了小松。小松现在还记得当时太爷爷的样子。褐色的、布满皱纹和裂痕的手，紧紧地握着琴杆——小松从这样的手里接过了二胡。

太爷爷嘴里插着透明的胶管，说不出话来，只是用一双浑浊的眼珠盯着小松。突然间，这样的眼睛里就渗出了两行浅浅的泪。泪水在沟壑重重的脸上缓缓浸润着，像是在干涸大地上的两股清泉。

小松用小手抚摸着太爷爷的手。那手的食指和中指上都长着厚厚的茧。他还无法理解现在发生的事情，只是从内心深处感到一种畏惧。好多叔叔阿姨，认识的不认识的，都静静地站在病床的周围。这种肃静的氛围使他觉得不舒服。他便低下头翻来覆去地看着那茧——它硬硬的，焦黄而干枯，摸起来让小松觉得微微地刺痛。

三年级的时候，家里又多了个弟弟。小家伙圆滚滚的，挺可爱——就是听不得二胡的声音，一听就哇哇大哭。刚开始他把棉花塞到琴筒里，静悄悄地拉，过了一阵子不禁觉得憋闷，便常常跑到河边的树林里去练二胡。树林离家有两三里路，跑来跑去，身体也跟着强壮了起来。站在河边，他长吸一口气，就开始拉《江河水》。一曲拉完，接着是《听松》《光明行》《良宵》。河边的风声，鸟鸣，就是最好的伴奏。他的小手已经可以熟练而准确地找到弦上的指位，按弦柔和，换把的动作也逐渐变得自然。颤音和滑音的穿插，跳弓的华丽技巧，他也努力地练习着。他闭着眼睛，在二胡声中细细体味那些微妙而丰富的情绪。

不知过了多久，等到夕阳渐渐被河对岸的城市楼群完全遮蔽住的时候，他开始拉最后一曲《二泉映月》。这个时候，他总是想起太爷爷在病床上流泪的样子。他微微地弓腰，用上全身的力气去拉，二胡的声音便显得愈发嘶哑和悲怆了。弓弦轻灵地跳动，仿若活物。

2

仿佛是一夕之间，各地同时开始涌出了滚滚的泉水。

那水看上去和普通的水别无二致，可是人喝了之后，会渐渐变得痴呆，忘了自己是谁，身体不受控制地开始随处大小便，眼珠子也定定的，一动不动。过了几天，身体机能又神奇地恢复了，可是思维就像是被控制了一般，只知道成天拿着锄头，到处挖泉水。

这样的疯疯癫癫的人越来越多。

两个月后，各国政府像是商量好了似的，突然将这些人全部关押隔离起来，同时宣布国家进入战争状态。

战争？跟谁开战呢？没人知道。

过不多久，自来水也不能喝了，说是被泉水污染了。只有把水煮开了，再让水汽慢慢冷凝出来——也就是蒸馏水，才可以安全饮用。社会上都在传，那水里据说是有怪东西。

大人们惶惶不已，小松仍然每天按时去上学，放学回家后去河边拉二胡。拉之前，他会细致地调一会儿音，有时候弦松了，他就握着弦轴，微微地旋动，把弦绷紧。他最近觉得自己在高把位上拉得过于刚劲，还不够圆润。于是他一边琢磨着，一边试着拉了几个高音。

这时候旁边突然传来了一阵哄笑声，一个夸张的声音说："这是什么东西啊，怎么跟驴叫一样！"

他转过头去，是几个穿着校服的高年级学生。他不认识他们，便又低下头继续调着弦。

"来，再给我学个驴叫！"

"马叫也行啊！"

他们嘻嘻哈哈地围着小松，对着二胡指指点点。一个人伸手过来，似乎想要摸一下那雕花的琴头。

啪！小松条件反射般地把那只手打开了。

"哟，小子挺犟啊！想找抽啊！"

"你几年级的啊？"

小松抱着二胡，转身想走。可是几个人把他围起来，就是穿不出去。他们像踢皮球一样把小松推来推去，大声怪笑着。小松只是低着头，紧紧护着二胡，一声不吭。

过了没多久，他们大概也觉得没意思了，便哄笑着走了。

他紧紧抱着二胡，就像抱着另一个温暖的生命。他清晰地感觉到那生命的脉动。眼泪不受控制地从眼眶中滑落，滴在琴杆上，浸润着那乌亮的细杆。

"其实人和二胡一样，都是皮包着骨，骨连着筋。最要紧的就是要绷紧了两根筋，挺直了脊梁。"太爷爷笑着对他说。

一阵风吹来，刮过他的耳廓，哄哄作响。眼泪也在不知不觉中风干了，剩下涩涩的泪痕，有种微痒的触感。

终于，他慢慢抬起头来，站直了，看着奔腾的河水，长长地吐出一口气。他静下心来，重新操起琴。手中那种沉甸甸的实在感，让他一下子又回过了魂。

那是他最后一次在河边拉琴。那天之后，泉水终于在全世界露出了它狰狞的面目。

3

这里本是一个冷藏库。四周的墙脚处现在还依稀可见一些蔬菜叶片的残渣。冷气已经开到了极限，室内温度降到了零下十几摄氏度。每个人都穿着羽绒服，裹在厚厚的棉被里，只露出一双木然的眼睛和通红的鼻子，不时呼出一条长长的白气。

带着皮手套丝毫不影响小松的演奏，他完全沉浸在音乐的世界里，闭着眼睛，身子微微蜷起，脑袋随着节奏微微晃动着。他似乎已经忘记了寒冷，忘记了在仓库外面，正不停蔓延过来的泉水。

泉水的主动出击显得很突然。最早见到这一景象的人，曾经语无伦次地这样向别人描述："它们就这么流过来了，不快，但是邪门得很。不不不，不是流，是爬过来。它们可以往高处走，时而分开，时而合拢，像什么动物——不，什么动物也不像，不知道像个什么玩意儿！它们就这样向你涌过来，附在你身上，从你鼻子、耳朵、眼睛里钻进去……太吓人了，吓死人了……"

现在人们知道战争的对象是谁了。

是水！它们确确实实是水，而不是类似水的什么东西。无数个实验室对它们进行了大量的分析，不管是从物理性质，还是从化学成分上来看，它们都和水别无二致。一个氧分子，两个氢分子，明明白白。唯一的不同出现在同位素测试中：它们的氢元素中，混有约十分之一的氚，远远高于地球上氚的比例——有猜测认为它们是来自某个冰陨石。

向高处流动的时候，它们分散成极薄的液膜，借助表面张力的拖拽，缓缓地移动——类似于毛细现象。不知这是它们的一种本能，还是有意为之——如果是后者，那么这毫无疑问是它们具有高等智慧的体现。

恐慌以千倍于水流的速度蔓延着。抢购食物和安全的水，躲在高处——有什么用呢，水迟早会蔓延上来。不如开车出逃吧，可是又能去哪里呢？

水是最柔弱，又最顽强的。它们一旦认定了方向，就无可阻挡地向着那里进发。

甚至火也无法阻挡它们。有人点燃草墩，试图阻挡它们的前行，可是在汹涌的潮水中，火堆很快就变成了一团青烟。

据说现在政府机构已经转移到了全封闭的空间里。层层的隔水

流光之翼

材料组成的围墙中，还夹杂着真空层和高温层。民众在度过了混乱的几天后，开始在政府的指挥下，到建立在高处的那些大型冷藏库里集中避难。

泉水在仓库外围结成了厚厚的冰，像战死的尸体。

仔细听，耳边还有一种细微的"沙沙"的声音。那是更多的水从远方渗透而来的声响。从这声音里，你仿佛能看到它们前赴后继地涌动的画面：无数尖锥形的水分子，因为极性缔合作用，抱成一个个的小团，它们翻滚着，颤动着，或者被挤压着，跌跌撞撞地前进。最后，在冷气中，一个个强力的氢键快速形成，把它们束缚住，围绕着水中的小冰晶，迅速形成了一大块规则的结构——终于谁也动弹不得。

就在人们以为能长出一口气时，情况却又恶化了。

也许可以称为一种"进化"。在围困持续到第三天后，一部分水从冰层中缓缓地流淌了进来。人们不可思议地看着它们，像是看见了魔鬼。

"这是……过冷水①?"一个戴着复古眼镜的中年大叔惊恐地叫喊起来。

"什么东西?"

"过冷水是啥?"

人们在惶惶中议论着，炙热的心也仿若掉进了冰窟，渐渐变得冰冷。

仓库就像一座困守的孤城，在潮水的拍打中飘摇。

---

① 过冷水：指在零摄氏度以下还保持着液态的水。过冷水是水的一种亚稳态，遇到凝结核或者振动时，会破坏掉这种平衡。

4

"小松呢？小松去哪儿了？"老妈那颤抖的嗓音在门口响起。

"刚才还在这里……"背着一个大背包、提着鼓鼓囊囊口袋的老爸也疑惑地四处望了望。

很快，小松就从家里冲了出来，手里拿着二胡。

"都什么时候了你还拿着这个！"老妈伸手就要把二胡夺过来，小松连忙紧紧地把它抱在怀里。

"好啦好啦，赶紧走吧。"老爸不耐烦地催促道，"再不走就走不了了。"

这是一家人出去避难那天的场景。在汹涌的人潮中，老妈抱着年幼的弟弟，老爸背着匆匆准备的食物和衣服，小松紧紧攥着他的二胡。空气中都是汗臭味，夹杂着刺鼻的劣质香水的味道。一家人挤成一团，脚步慢慢地挪动着。在仓库前面，人群排起了长队。路两旁是灰蒙蒙的围墙，掉落的瓷砖露出了埋在墙体里的老旧电线。小声的低语，沉重的叹息，婴儿的哭闹，老人的咳嗽，混合成一片嗡嗡声，笼罩在你的头上，让你什么也听不清。

这样的避难仓库在本市有几十个。

它是一个平顶的矮房，外围的大厅是冷藏区，温度在零摄氏度左右，核心区是专用的冷冻区，温度更低。自从过冷水在几天前出现后，大家都转移到了核心区域。

"过冷水不结冰是因为缺少凝结核，"戴眼镜的中年男子是个大学教授，他建议道，"去撒点灰尘和沙子什么的试试？"

于是有几个自告奋勇的便收集了一小撮粉尘，到大厅里过冷水蔓延的地方，奋力泼上去。果然有效果，过冷水很快就结了冰。可是很快地，那冰块又缓缓地动了起来，那状态既不像水也不像冰，

　　　　　　　　　　　　　　　　　　　流光之翼

倒有点像黏黏的沥青。教授说这大概是"玻璃态"。几分钟后，过冷水又重新变得清澈起来。

"毕竟不是一般的过冷水啊！它竟然可以慢慢地把凝结核排挤出来啊，这下麻烦了……"教授一时间也没主意了。没法子，只好让人不时地往水里掺沙子，至少可以延缓一下它前进的脚步。

"水已经浸满了大厅了。"有人哭丧着脸回来汇报道。

"没用的，没用了……"小松听见旁边的人这样喃喃地说。即使在冰冷的仓库里，这人的眉间也冒出了细密的汗珠。

"完了，全完了！我们这些人都得死！"终于有人歇斯底里地大喊起来。

不行啊，这样下去，水还没进来，人就已经崩溃了吧。

"小朋友，看你带着二胡，不如给大家拉一个吧。"这时，一个矮胖的老人突然出声说道。他的声音很洪亮，一下子压过了仓库里窃窃的私语声。说完，又望向小松左右的父母，笑眯眯地说："可以吗？"

小松紧张地望向父母，后者对视了一眼，默默地点了点头。

直到这时，很多人才注意到在墙脚边的这个小孩和他手上拿着的古怪乐器。

小松盘腿坐在铺着棉毡的地上，挺直了小身板，把琴筒放在小腿上。在这冰冷的世界里，褐色的二胡，仿佛透出了一股温暖的气息。有一股气在小松的肚子里涌动，似乎迫不及待地想要迸发出来。他还是仔细地调了调弦，试着拉了几个音。

独特的弦音回荡在仓库里，人们一下子安静了下来。

第一次在这么多人面前拉二胡，小松觉得呼吸有点急促，脸也变得红红的。然而，当他把弓搭在内弦上，闭上眼睛，从手腕上传来的那种熟悉而亲切的触感，瞬间让他忘记了一切。他又回到了河边的树林里，他能感到潮湿的河风吹过脸面，夹杂着一丝鱼腥味和

二 泉

铁锈味。他站在河堤的前面，脚下的草丛中，散落着花花绿绿的塑料口袋和电子垃圾。在他的身后，是一排高大的柳树，长得极粗壮，可惜一点都不直，歪歪扭扭地互相缠在一起。夕阳映照在身上，闭合的眼睑处只感到一片红彤彤的光。

然后，他长吸一口气，揉弦推弓——一个个古老的音符便从弦上蹦跳了出来。

5

水已经从门缝下漫了进来，或许是这里的温度更低的缘故，它流动得更加缓慢了。撒沙子的人不知何时已经停止了动作，他麻木地看着这水从自己身前流过，向着仓库的更深处漫去。

流水的触角向着人们脚下伸展，它探头探脑地涌动着，时而快时而慢，转眼间便附着在人们厚厚的皮靴上，再缓缓向上浸润而去。

人们克制着不往下看，然而身子已经不自觉地颤抖了起来。

这时，一阵奇怪的"哧哧"声从上方传来。这声音越来越近，越来越响。到最后，汇合成了一片宏大的气流扇动的声音。

"是直升机！"有人兴奋地喊了出来。

"就在我们楼顶上！"

"快走啊，我们得救了……"一个人抢着要去开门。上楼顶的楼梯在外面的大厅里。

"等等！"门口的一个人猛地喊道，"你看外面！"

透过门上的玻璃窗，可以看到大厅里波光粼粼的景象——水已经有一尺多深了。没有风，可是它们通过彼此互相激发振荡，涌起了一波波的浪潮，从远处冲过来，啪的一声拍打在铁皮包裹的大门上。

没有路，我们被困住了。

该死！就在马上要得救的时候，竟然……

本来麻木的心，重新激发出生的希望，而这希望却像肥皂泡般，立刻就破灭了。这种心理煎熬，确实会让人疯狂。

"下面还有人吗？"楼上传来扩音器的声音。

这声音像沙漠中的幻象，似乎近在眼前，却又远在天边。终于，有人完全崩溃了，他发出一声疯狂的吼声，然后不顾一切地推开人群，向着大门冲去。

嘭，一阵踉跄后，他狠狠地摔在了地上。周围的人这才发出一阵惊呼。

他的鞋子竟然被冻在了地上的冰层里。

漫入仓库的水，不知何时竟然结成了一层薄冰。

"怎么会这样？突然就结冰了，明明刚刚还……"教授狐疑地把脚从冰里拔出来。突然，他脑中闪过一个念头，一个近乎古怪的可能冒了出来："难道是……二胡？"

过冷水是一种微妙的亚稳态，要使其结冰，一种方法是加入凝结核，另一种方法则是——振动！声音就是一种振动！想到这里，教授突然大步走到门前，把大门拉开了一条缝隙。一条汹涌的水箭顿时喷射进来。人们纷纷退后，或者爬到一些低矮的木箱上面。

"啊——嘀——呜——"教授大声地对着水流发出各种奇怪的声音。

人们用一种古怪的眼神看着他，狐疑地四顾，小声议论着。

没有用，水流仍然一往无前地蔓延着。

这时，他转向小松，大声喊道："小朋友，你再拉拉看！"

小松愣了愣，然后下意识地抬起右手，推着弓从弦上划过。

在这一刻，水流顿了一下，仿佛狠狠地撞到了什么东西。

教授的脸奇怪地抽动了起来，肩膀也跟着微微抖动，终于，他"哈哈"大笑起来："音色，只有特定音色的振动才可以……特定的谐振峰衰减模式，不能随便来啊……啊哈哈。"他语无伦次地笑着说，笑得眼泪都掉了下来，"拉吧，孩子，继续拉!"

小松点点头，开始演奏《二泉映月》的第六段。这一段是全曲的高潮，曲调激昂，小松不断地变换把位，滑音伴随着跳弓，组成了一段强烈的控诉，那种愤怒的情绪完全释放了出来。

这是人类的愤怒。

涌入的水流慢慢停滞了下来。清澈的水面开始变得浑浊，一点点地冻结。人们欢呼起来，跳下木箱，兴奋地跺着冰面。

"二胡有一种孤傲的品格。你的琴悲则悲矣，只是一味地苦，没有傲骨，终究还是缺少一点神韵。"太爷爷叹息着说。

"什么是傲骨啊?"小松皱着眉头问。

"呵呵，这个啊……等你长大了就知道了。"太爷爷摸着小松的头，笑着说。

"下面的人请注意，迅速到楼顶集合!"扩音器的声音再次传来。

在人群的簇拥下，小松大步地向着外面的大厅走去。他微微低下头，含着胸，把二胡贴在胸前，身子也随着右手的伸缩而俯仰着。二胡的弦音在大厅里激荡。地上的水无力地挣扎着，打着漩想要往回走——终于还是完全冻住了。一尺多厚的冰层上，小松和他的二胡紧紧地贴在一起，看上去仿佛融为了一体。

小松突然觉得，现在的琴声似乎和平常有了些不同。

或许，这就是太爷爷说的那一点神韵吧。

不知何时，两行清泪从他的眼睛里涌了出来，就像两注汩汩流动的泉水。

小林村拆迁事件

1

我在西南科技大学作完学术报告，正准备从会场离开的时候，突然有人拍了拍我的肩，叫住了我。回头一看，是个似曾相识的面孔，可是一时叫不出名字。好在对方先开了口，免去了我的尴尬。

"我是吴新天，还记得我吧？"

一听到这个名字，头脑中立刻回想起了一个瘦高而斯文的小男生。那是我的高中同学，那时候常常和他在午间休息时下象棋。两个人棋艺都不怎么样，却总是下得热火朝天，一发而不可收。

"哦，哦，是你啊！你怎么来了？"

"我在旁边的分子医学研究所工作。听说你今天到这边作报告，所以就过来找你了。"

攀谈之下，才知道对方现在已经是当地一个颇有名气的主任医师和医学专家了。我隐约记得他高考填报了医学院，只是上大学之后就断了联系。

他招呼我到附近的咖啡店里坐了会儿，聊了聊彼此的近况。然而还不等一杯咖啡喝完，话题就枯竭了，毕竟这么久没见，也想不出什么可以说的。我不是一个话多的人，在这种情况下只好端起杯子，小口小口地喝起咖啡来。

"其实这次找你，还有点别的事。"停顿了片刻，他终于重新开口说道。

在学校旁边的医学研究所里，果然有一间他的实验室。刚进去的时候，能闻到一股很淡的消毒水的味道，不过嗅觉疲劳效应很快就屏蔽掉了这种味道。实验室里很干净，整齐地排列着一堆我不认识的仪器。

"这个是 HERAEUS CRYOFUGE 6000i 型低温离心机，"他指着一个像是洗衣机一样的大箱子说，"我用它来分离血液中的血红蛋白。这个原理……就不用我多说了吧？"

我点了点头。用离心机分离悬浮液中不同密度的物质，这在物理学实验中也是常用的一种方法。虽然我的专业是以理论研究为主，但对一些常见的实验手段还是略知一二。其使用步骤很简单：首先制备出一种密度连续或非连续变化的溶液，将其置于离心管中，然后把待分离的悬浮液也加入试管顶层；接着，通过离心机对试管进行纵向的快速旋转，这样会产生几万个 g 的离心力，把悬浮液中的待分离物质甩到试管中事先准备的分层溶液中；当待分离物质沉降至密度与其相当的溶液区间时，其沉降速度便降为了零，之后它便会停留在这个位置。不同密度的物质会沉降于不同的溶液区间中，这样便可以把它们分开了。

"这是 PERCOLL 细胞分离液，这是 CPDA 保存液，这是 PBS 缓冲液，这是生理盐水，这是 BC2800 血细胞计数仪……"他唠唠叨叨地挨个指着实验台上的一大堆瓶瓶罐罐介绍着，听得我头都大了。介绍完了之后，他转身面对我，补充道："这些东西都是标准样品，我反复验证过，都没有问题。"

"所以……是出什么问题了吗？"我揣测着他的言下之意。

"倒也不是什么大问题。只是分离出来的血红蛋白有点奇怪。你

　　　　　　　　　　　　　　　　流光之翼

看，"他拿起一个试管说，"每次我从离心机里取出试管后，这些血红蛋白在分层液中都会稍微上浮一点。"

"是不是振荡造成的？"

"不可能。正常情况下，这些分离物会在悬浮液里完全静止不动才对，因为它和周围溶液的比重一样嘛！就算是振荡造成的无序运动，也不可能这么整齐地向着试管上方一侧移动。就这种情形看来，倒像是它们的密度突然减小了一样。"

我盯着试管，沉思了一段时间，突然开口道："我想，你应该有一些想法了吧？要不然你也不会突然叫我过来。"

"不错，我的想法有些……古怪。我就自己的猜测请教过附近几个大学的物理学教授，他们都斥其荒谬，以为我是哪里冒出来的'民科'，之后就完全不理会我了。我这才不得已找到你帮忙。"

我以为他接下来该说出他的猜测了，可是他却带着我到了另外一个实验台上。这里放着的仪器我也认识——那是一台原子力显微镜。这种显微镜利用探针和样品表面的原子发生相互作用，使得探针尾端的微悬臂产生偏转，进而使发射到微悬臂上的激光束发生偏转，从而取得样本的扫描信息。

"我用显微镜做了一个血红蛋白的扫描图，"他说，"你看看！"

我接过一张黑白的三维立体示意图，看了半天也不得要领。这时候，他突然拍了下脑门，这才又递给我另外一张图，说："忘了给你这个了——这是正常的血红蛋白。"

我认真地对比了一下，两个图似乎有些地方不一样。

"看出来了吧？第一个图是之前在离心机里分离出来的血红蛋白，你可以发现，它的四级结构有明显的异常。"

其实我不太明白"四级结构"是什么意思，不过我猜那应该是指那些多肽链绕成一团的方式。我没有细究这个问题，而是问道："这些东西好像和我没什么关系吧？"

他没有理会我的问题，而是再次指着异常的血红蛋白的图片说：

"你看，四条多肽链把四个血红素包成一团，构成了一个血红蛋白。可是你发现了没有，四个血红素都分布在了血红蛋白的一侧。"

虽然我越发疑惑了，可是我还是点点头，示意他继续说下去。

"我从离心机里得到的所有血红蛋白都具有这种异常的结构。刚开始，我怀疑这是一种基因变异导致的血红蛋白病，像是镰状细胞贫血或者HbC之类的。可是接下来的一个小实验，却彻底改变了我的看法。我用胃蛋白酶把血红蛋白分解成水溶性的氨基酸和血红素，然后加入钙盐煮沸，本想得到只含血红素的胶状颗粒，没承想，等它从溶液里析出来的时候，我得到了这个东西。"

他带着我来到设备柜旁边，打开柜门，从里面拿出了一个密封的玻璃罐。打开罐子，他用镊子从中夹出了一个颜色暗沉的小颗粒。

"这就是血红素凝聚而成的胶状颗粒。"他说着，然后松开了镊子。

那灰色的颗粒便悬浮在半空中，并缓缓地向上升去。

我愣了片刻，然后下意识地上前检查了那颗灰色的悬浮物上面有没有绳子或者其他支撑物——像那些第一次看魔术表演的观众一样。

"你……从哪儿得到的那些血液？"再三确认之下，我不得不承认：这东西确实是在无支撑的情况下漂浮在空中的。

"前不久，从一个叫小林村的乡下来了很多奇怪的贫血病患者。这些血液，都是从他们身上抽取出来的。"

小林村？我回忆了一下，脑海里对这个地名没有任何印象。

"怎么样，有点意思吧？"吴新天笑着说，"我是不是发现了一个很了不得的东西？"

我皱了皱眉，下意识地向后退了一步。这东西给我带来了一种很不好的感觉。

2

小林村的拆迁事宜是高书记一手负责的。当"腾宇集团"的张科长找他商量征地事宜的第一天,他就下定决心一定要把这事办成。夹沟子乡自古以来就是个鸟不拉屎、鸡不生蛋的荒芜之地,而且周围都是山,交通不便,去趟县里得坐十几个小时的班车。这些年来,每次县里和市里评落后乡镇,夹沟子乡准是名列榜首。自从高书记当上乡里的一把手以后,他是下定决心要把乡里的经济搞起来的。他组织乡、村干部带头集资,在各村召开动员大会,发动群众捐资修路,多方筹措社会资金,好不容易修好了一条通到县里的水泥路。可是路还没通几天,就遇到地震,山体塌方,把路又堵死了。疏通道路是刻不容缓的大事,可这让因为修路本来就十分紧张的乡财政状况更是捉襟见肘。这几天,高书记正为这一堆糟心事发愁,没承想却等来了大财神。

据张科长说,腾宇集团在小林村勘探出了高品质的铁矿,准备开山采矿。开采证、营业执照、环评,各种证书都摆在高书记办公桌上,看上去万事俱备,只差征地和村民搬迁了。

"好事啊!"高书记拍了拍胸脯,"这事包在我身上了。"

高书记做梦也没想到在自己这一亩三分地下面竟然还埋着宝贝。这下别说修路的钱了,只要这矿厂一开,搞不好连全县的经济指标都得靠着夹沟子乡来完成了。至于拆迁,在高书记看来根本就不是个事。这年头谁不盼着拆迁啊?只要条件谈到位,没有谁愿意当钉子户。在高书记看来,腾宇集团这边给的条件那是相当好:对征用的农田,全部按市场价双倍补偿,现金,一次性到位,而对于搬迁安置,则是每户都按人头分两到三套农民公寓。那农民公寓就修在离镇子一公里远的地方,高书记去看了,那房子修得又宽敞又明亮,连在镇上住的人都羡慕起来了。小林村他去过,那儿的人大部分住在土垒的泥屋子里，又脏又不安全，在前阵子地震的时候就倒了几间。现在让他们一下子跨入小康，住上这么漂亮的新楼房，只怕连傻子都愿意呢！

高书记在乡党委扩大会议上给拆迁工作组安排好了工作，并强调要一个月内完成拆迁任务。虽然时间很紧，但工作组的同志们还是纷纷表态说一定克服困难，圆满完成任务。

可是没想到，这拆迁说服的工作，从村里的第一家开始就碰了钉子。这家人看上去老实巴交的，而且明显地对那一笔高昂的拆迁安置费动了心，可是说来说去，最后竟然拒绝了搬迁的要求。问起原因，他们却支支吾吾地不肯说清楚。同样的事情，发生在了之后每一户村民的家中。这些村民似乎事先商量好了似的，不管工作组开出如何优越的条件，就是打死不肯搬。一周过去了，还是没有一户村民在拆迁合同上签字。事情汇报到高书记这里，高书记很不高兴，在对工作组的进展极不满意的同时，也产生了浓浓的疑惑。他决定亲自去村里走一趟。

第二天，高书记和工作小组一起去到小林村。他决定擒贼先擒王，第一站就来到了村支书家里面。村支书是一个四十多岁的小老汉，见到高书记一行人来了，颇有些不知所措。高书记一进门就直接发难，质问其为何要阻挠乡政府的拆迁政策。

"这可不关我的事啊，"村支书喊冤道，"大家不搬都是有苦衷的。"

"有什么苦衷？说出来，政府帮忙解决嘛！"

"我不是那个意思……其实，大家都是担心月魔的诅咒！"

"你说啥？诅咒？"

"对，诅咒。"

这一问之下，高书记颇有种啼笑皆非的感觉。这都什么年代了，还有封建迷信这么盛行的村子。细问之下，村支书却也说不出个所以然，只说是祖辈相传，这个村的人都被月魔下了诅咒，永世不能离开这个村子。一旦离开，三个月内必死无疑。

"我就不信你们从来没出过村子！"拆迁小组里的一个人突然说道，"前几天我还见你在集市上卖菜。"

"短时间离开没问题。"村支书连忙解释道，"一般情况下，离开村子一个星期甚至个把月都不会有什么问题，只要及时回到村子里就行了。但是不能常年在外面待着。村东头老李家前几年不是考上个高中生吗？老李怎么劝也劝不住，这孩子就是不信邪，坚持要出去读书。结果可好，去县城还不到一个学期就死在学校里了。"

见众人一副不相信的神色，村支书急了，赌咒发誓地说这事千真万确，不信可以去别人家里问。

因为出现了这么出乎预料的情况，这天的行程只好就这么草草地结束了。高书记回来后，想了想，找到了乡教育办公室的王主任，让他去查一下小林村前几年是不是有个死在县里高中的小孩。第二天，王主任回来汇报说，确实有这么个小孩，叫李群，上的是县一中，死了之后学校还赔了他家里一万块钱。

"死因是什么呢？"

"据说是重度贫血。"

哦，贫血啊，那就不是什么诅咒了嘛！高书记感觉这应该只是一起巧合的事件，结果被村里人理解为了诅咒。看来，这次的拆迁工作想要顺利进行的话，一定要想个什么办法，先破除大家思想上的顾虑才行。

高书记做事果然是雷厉风行。第二天他就集合小林村村民，让乡里初中的物理老师在村中央的晒谷场上做了个科普讲座。这位物理老师是下乡支教的名牌大学的毕业生，为了这次讲座，他做了精心的准备。在一大群男女老少面前，他拿着扩音器，从东汉王充的《论衡》，讲到西方的布鲁诺和达尔文，说得唾沫横飞，天花乱坠。讲完后，高书记带头鼓掌，一时间掌声雷动。高书记最后表示，为了解除大家的顾虑，在拆迁之前，让大家先去农民公寓里试住三个月。三个月结束以后，愿意留下来的，再实施拆迁，不愿意的，到时候可以再回村子里住。

这么好说歹说，村民们才陆续答应下来，同意搬家去新房子里住一段时间。

高书记琢磨着，由俭入奢易，由奢入俭难。这三个月把新房子住惯了，到时候怎么也不会愿意回去住破土屋了吧。

3

"说了半天，你也没进入主题啊！"我埋怨道，"这怎么连'诅咒'都扯出来了呢？你快说那些血红蛋白是怎么回事吧。"

"快了快了，你别急嘛。"吴新天从桌子上拿起杯子，喝了口水，接着说起了那小林村的事。

话说那高书记组织村民入住农民公寓以后，刚开始一切正常，随着日子一天天过去，村民们的紧张情绪也逐渐得到了纾解。可是过了大概半个月，第一起"诅咒"事件的征兆发生了。一名年轻的女性村民突然在大白天出现了晕厥的症状。送到镇子里的中心医院检查后，医生说是中度贫血，不是什么大毛病，应该是由于她前几天的经期出血量过大引起的，只是开了一盒乳酸亚铁和一些补气养血的药就让她出院。可是病人回家后身体状况并没有好转，而是日益恶化，频繁地出现耳鸣、眼花、胸闷、心悸等症状，到了第三天，连走路的力气都没有了，躺在床上，嘴唇和脸色惨白得吓人。拆迁小组发现情况后，汇报给高书记。高书记一听到"贫血"两个字，就想起了那个死掉的高中生，心里觉得有些不对劲，马上让人把病人送到了县医院治疗。县医院紧急输血后，病人的病情终于有了好转，开始能够从床上坐起来吃饭了。可是几天后，病情再度恶化，在县医院的建议下，病人转院到了省城的第二人民医院。

　　　　　　　　　　　　　　　　　　流光之翼

这起事件发生后，高书记开始让人密切关注剩下的村民的身体情况。过了一个多星期，又出现了一起贫血的女性村民。这次高书记直接过问，将她送到了省城，和第一位村民住进了同一家医院。一种不祥的预感萦绕在高书记的心里。果然，这之后，隔三岔五，便有村民出现贫血的症状。刚开始都是女性，过了一个半月，男性村民也开始逐渐发病了。

到第二个月结束的时候，新建的农民公寓里已经人去楼空。有十几位村民因为发病进了医院，剩下的则惊慌地回到了村子里的老家。回到老家的部分村民也度出现了贫血的症状，叮是几天后就神奇地自愈了。而那些住院的村民却恰恰相反：病情不断地反复，只有依靠不断地输血来缓解症状，根本看不到治愈的希望。

"我是在和其他同事聊天的时候知道这些奇怪的贫血病人的。"吴新天终于说到了自己，"说实话，病情看上去并不复杂，就是缺铁性贫血而已。可是病情一直无法好转，我便开始怀疑是病人的造血功能出现了问题。后来，我接手了几个患者，对其做了仔细的检查，奇怪的是，对 RBC，Hb，Ret，MCV，MCH 等项目的检查都没有发现什么异常，反而是发现了卟啉积聚的现象。"

"等等，"我打断了吴新天的话，"不用说得那么仔细，反正我也听不懂。那个……卟啉又是什么？"

"简单地说，那是身体内合成血红蛋白的一种中间产物。从化学本质上来说，血红素就是铁和卟啉的一种化合物。所以，在合成血红蛋白受阻的情况下，便会出现卟啉积聚的情况。为了搞清楚到底是哪里出了问题，我便抽取了几个早期病人的血样进行分离实验，然后……"他用镊子把那个还悬浮在空中的灰色颗粒夹住，"就发现了这个东西。"

我沉默了片刻，突然问道："那你是怎么想的呢？"

"我作了一个大胆的假设——在这个假设下，所有的疑问都可以得到解答。"

"什么假设？"

"这些病人体内的铁元素，和我们，不，和这个世界上通常存在的铁不一样。它们不受万有引力的束缚，或者更直接地说，它们是反重力的！"说完这句话，他便定睛看着我，似乎想从我口中得到某种物理学专业上的肯定评价。

我心里咯噔一下，眼睛不由自主地瞟向了那块悬浮的灰色小颗粒。虽然心里下意识地抗拒这种违背了科学常识的假设，可是眼前的事实却阻止了我立刻开口反驳。至少，反重力的假设可以解释为什么从离心机中取出的血红蛋白都会向上移动一截。离心管转动时，物体在其中所处的位置，取决于它的惯性质量，即其中物质的多少，而竖直静置时，其平衡位置则取决于其引力质量。广义相对论认为两者是统一的，在现实生活中我们也将其统一称为物体的质量。而离心管里的物质之所以会上浮，则正是因为其中反重力物质的存在，导致其惯性质量和引力质量不相等所造成的结果。

我没有对他的假设做出质疑或是非判断，而是进一步问道："你怎么知道是铁？"

"这个很容易推断。血红素由五种元素组成，碳、氢、氮、铁、氧，除了铁，其他几种都是身体里的常见元素。如果它们是反重力的，那问题就严重了，很可能整个人都会悬浮在空中，甚至根本就不能组成一个正常运作的身体了。另外，你看看刚才我给你的扫描图像，与正常的血红素相比，病人的血红蛋白中，铁元素位置的周围，有明显更多的肽链缠绕，我估计这正是为了用分子间的范德华力来固定住反重力的铁元素。我们可以推测，在病人体内的细胞里，控制血红蛋白四级结构的基因一定也发生了变异，以便利用这些反重力的铁元素合成有效的、可以为身体输送氧气的蛋白质。这种基因变异一定在很早以前就在他们先祖的身上发生了。这正是他们在外界不能长期生存的原因：他们在外界生活时，从饮食中吸收的铁元素是有重力的，这导致其体内在变异基因的指挥下，血红蛋白反

流光之翼

而不能正常地合成了。"

说完这些，他想了想，又补充道："还有一个判据，可以从侧面证明我这个假设——那就是病人的发病时间。正常情况下，铁元素一旦被吸收入体内，就进入了一个几乎完全封闭的循环。从血浆到幼红细胞，再合成血红蛋白，之后会随着血液在人体内循环约四个月，然后被巨噬细胞吞噬，从血红蛋白中分离出来，再次进入血浆，等待合成新的血红蛋白。所以，人体并不需要从外界补充大量的铁元素。一般来说，人体每天仅会损失一毫克的铁，所以也只需从食物中得到一毫克的补充即可。这就是那些村民可以在外界生存一个月还不出现贫血症状的原因——在那之后，铁元素损失的量才超过了临界值，并且还大量消耗了存储在肝脏等器官里的含铁蛋白，导致体内血红素无法再正常合成。另外，妇女在生理期因为损失了一定的血，所以体内储存的铁元素消耗得更快，这就是为什么早期患者大部分是女性的原因。"

"那你下一步准备怎么办呢？"

"如果我的猜测是对的，那这些人的病当然是治不好的。我已经建议部分村民出院，在家里继续观察症状。我想，只要让他们回到自己的村子里，重新得到反重力的铁元素补充，贫血的症状应该就会逐渐地自动痊愈了。芹菜、菠菜、木耳、黄豆，这些蔬菜都含有大量的铁，我估计村里种出的菜里，反重力的铁元素，一定占了不小的比例。"

"那么，要验证你的猜测就很简单了。"我说着，突然站了起来，"我们马上去小林村一趟！"

4

我和吴新天赶到小林村的时候，正看到一群人围在推土机周围，大声争执着什么。推土机面前，有一间破旧的木屋。这木屋并不大，仔细看去，屋檐下还布满了繁复的雕饰，看上去很有些年头了。有村民认出了吴新天，热情地过来和他打招呼。

"吴医生，您来啦！"说话的是位中年妇女。吴新天认出她正是前不久在自己的医院住过院的病人之一。

"看来你身体恢复得不错。"

"是啊，回家没几天就好啦。"

"这是在干吗呢？"他指着前面的人群问道，"我听说，已经放弃让村民搬迁的计划了，怎么还在这儿拆房子呢？"

"不是拆房子……是拆神庙。"中年妇女一脸神秘地说。

这女人一说起话来就停不下来，而且总是在一些无关紧要的细节上纠缠，我和吴新天听了半天，才搞清楚情况是怎么回事。

原来因为村民的大规模住院，搬迁的事情不得不停了下来。虽然不知道这里面到底有什么蹊跷，但高书记感觉这事可不能蛮干，要不然很容易闹出大事来。他和腾宇集团派来的张科长多次商谈，最后敲定，村民可以继续在村子里居住，而矿场的建设事宜也要继续推进。集团的工程师重新进行了几次勘探，把新的开矿口设到了村子的西边——这里的铁矿埋藏最浅，开采难度也相对较小。在开矿口的附近，没有民居，只有一间无人居住的破屋子。本以为这次的计划不会有什么问题了，没想到一听说要拆那间木屋，好多村民又不干了。据他们说，这是村里的"月魔庙"，拆不得。

"你们拜的菩萨也真够奇怪的啊，我从来没听说过拜什么月魔的。"听了这么久，吴新天忍不住插话道。

"其实现在的年轻人也没怎么去拜了，都是老人在信。"那女人对吴新天说的话并不生气，她指着那正站在木屋正门前方，挡着推土机的老人说，"那老林头，是村里面最信这些东西的，每天他都会去庙里上香。这也不怪他，他林家祖祖辈辈都是月魔庙的庙祝。'破四旧'那会儿，这庙里原来的菩萨像都被砸烂了，现在里面的泥像，还是老林头他爹自己塑起来的呢！自从十几年前他爹走了以后，这掌管香火的事就落在了老林头身上。前阵子政府不是动员大家搬去新房子住吗？这老林头可是死活不肯去，说是不能离开这神庙，怕到时候惹得月魔老爷生气呢！"

我凑近了人堆，看到那老林头已经盘腿坐在了庙门口。一位半秃了头的矮胖男子低下身子，正耐心地劝说着老林头什么。老林头听了连连摇头，不为所动。那男子开始有些不耐烦了，沉下脸来，冷冷地说了几句狠话。老林头的情绪也激动了起来，突然大声说道："高书记，你别劝了。你说我迷信，那我就是迷信。反正这庙就是不能拆！"

高书记僵在了那边，有些下不来台，旁边几个乡里的干部纷纷指责老林头不讲道理。

"讲道理？好，那我就跟你们好好讲讲道理。"老林头一点也没有让步的意思，只见他从旁边的竹筐里拿出了一个小木盒，打开木盒，里面竟然是一本用红布包裹着的书。

我和吴新天挤到了人群的前列，看到那书的封面印着"三牲祭月禮"五个字。书页已经完全变黄了，不过因为保管得很好，并没有出现什么破损。老人翻开书，开始抑扬顿挫地念起了书里的字句。因为书的内容是古文写就的，众人听了也不知所云。不过好在老人念了几句话后，便停下来，重新用白话解释一遍。

"这人还挺有学问的。"有人在旁边说。

"那当然，"有村里的人立刻解释道，"家学好啊——他爷爷可是中过秀才的。"

众人听了一会儿那老人读的内容，发现那书里写的是一个神话般的故事。故事里说，在上古时期，仙界和人界是混在一起的，那时候人和仙都能和睦共处，社会也是一片安定繁荣的景象。过了许多年后，人界出现了一个暴戾的皇帝。据说这个皇帝乃是月魔转世，他训练了一支无敌的铁甲军队，用五年时间就统一了人界。可是，他的野心还没有得到满足，他带领他的军队，开始向仙界进军。于是，一场仙与人之间的大战开始了。战争持续了数十年，虽然最后仙界杀死了皇帝，赢得了战争，可是仙界也因此元气大伤，从此对人界也产生了芥蒂。几年以后，仙界集合了众多法力高强的仙人，施展法术，将仙界和人界强行分开了。两界一旦分开，便迅速地远离，到最后人界再也看不到仙界，而人间也再也没有仙人的存在了。仙界离开的时候，便把月魔的三魂七魄都镇压在了一处绝阴之地，并且留下了大量的仙界灵石，将其封印了起来。

"这个庙，就是当时那个封印的封口所在。"老林头一脸认真地说，"我们林家祖祖辈辈都受命守护这个封印，历朝历代，不管遇到什么大灾大乱都没有中断过。今天你们开这么多大机器进来，恐怕已经惊扰到那个孽障了，我看待会儿还是多上几支香，希望它安生一点……"

"说什么鬼话呢！"高书记终于忍不住大骂道，"神神叨叨的，我看你是精神出问题了。你，你，还有你，给我把他抬开。"

几个人听到吩咐后立刻围到老人身边，抓起了他的手脚，把他抬了起来。老人挣扎不动，只有破口大骂。几人也不理他，只顾将他抬到一旁。接着，那等待已久的推土机终于轰隆隆地开动起来，抬起铲子，对着木屋的柱子轻轻一碰，那屋子顿时轰然倒塌，激起了一片迷眼的沙尘。

5

神庙推倒以后，矿场的建设终于正式展开了。我和吴新天每天穿梭在工地上，四处对植被和矿物进行采样。结果非常理想，我们不仅从植被里分离出了反重力的铁，而且还直接在露天的铁矿上采集到了大量的反重力铁组成的矿物化合物。这些铁元素除了在万有引力这方面很特别外，在电磁力和其他方面与正常的铁元素别无二致。我用电解法制取了部分反重力的铁单质，测量了它们受到的反向重力。有趣的是，它们的反重力大小似乎并不与同样质量的铁相同。一百克的反重力铁单质（虽然不能直接用天平称量其质量，我仍然可以通过测量其惯性大小来得到其质量），其竖直向上的反向重力大小约为11N。

这几天，我也建构了一些初步的理论模型来描述这些反常的现象。如果把正常的物质称为"重物质"，那么这些反重力物质不妨称为"轻物质"。重物质和轻物质在各自的同类物质之间都具有万有引力，但是两种物质彼此间具有类似万有引力的一种斥力。而且，这种斥力还不是与距离的二次方成反比的，这一点从铁的反重力与正常重力大小相差甚大就可以推测出来。

这个理论至少可以定性地解释如下问题：为什么人类在这之前从来没有发现过轻物质，或者说轻物质在地球上为什么如此稀少？

可能在地球形成的早期，重物质和轻物质还彼此结合在一起，连接它们的是电磁力。通常情况下，电磁力比万有引力强很多，比如，一个重物质的钠原子和一个轻物质的氯原子，是可以通过化学键形成氯化钠的，它们之间的斥力远远不足以将其分开。那时候，虽然轻重物质并存，可是总体而言，重物质还是远超过了轻物质的量。于是，随着地球的自转，那些由重物质和轻物质混合而成的物质，因为不能借助万有引力吸附在地球上，逐渐被甩出了地球轨道，进而慢慢脱离了地球的引力范围。剩下来的，绝大部分便是重物质了，只有很少量的轻物质零散地存留于地表之下，因为被重物质所组成的地壳覆盖而得以保留。

可是我对于这个解释还是不太满意。因为我做了几次计算，仅凭地球的自转，似乎没办法把轻物质如此干净地从地球上分离开，除非加入一次剧烈的振荡过程。我在常微分方程组中加入了一个表示振荡的项，根据分离的彻底程度，可以自洽地求出那一项的值。

我用数值的方法求解这个方程组，最后得出的值非常大。我查阅了一些资料，仅凭天然的火山或者地震等地质活动，是远远不能拟合出如此大的振荡项的。不知道为什么，我突然想起了那天林老头讲过的神话故事，那其中或许隐藏着某种程度上的真相。

有一天，我正忙于对这些铁元素做一些常规物理性质的检测，吴新天突然把我叫到了工地，说是施工队在地下发现了一些很特别的东西。我们挤进人群，发现在矿床的掘进口里面，出现了一整块似乎是陶片的东西。陶片很大，而且很完整，在发掘口四周延伸开去，不知道其边界到底在哪儿。把土清掉后，陶片露出了它纯白的底色，上面密密麻麻地烙印着许多花纹。仔细看去，在那些花纹之中似乎有某种规律，感觉像是某种未知的文字。

那看似陶片的东西非常坚硬，斧头锤子都打不破。施工一时陷入了停滞。几个技术员蹲在陶片上商量着什么，围观的村民也渐渐多了起来。

我问吴新天这几天都在忙些什么，他说他正在研究不同植物体内的反重力铁元素的富集情况。我问他有什么收获吗，他想了想，说他发现了一个规律："直根系植物体内反重力铁元素的所占比例，普遍要比须根系植物更高。说明在地下越深的地方，反重力铁元素的比例越高。我怀疑这地下，很可能会有大规模的反重力铁矿。"

"不可能。"我下意识地否定说，"在这么浅层的地表，是不可能存在大规模反重力铁矿的。即使它们和别的元素形成化合物，其反重力特征也会使得它们不能长久停留在地表。如果说地球上还有大量的反重力物质的话，它们也只能存在于地壳层下甚至更深层的地方才能稳定存在。"

"如果，有某种东西压住了它们呢？"他犹豫了片刻说，"就像用一个锅盖封住了高压蒸汽。"他说完，便转过身子，继续看向了那块陶片。我愣了一下，马上意识到他指的是什么，开始认真思考起是否有这种可能性。

这时候，人群里发出了一阵喧哗声。挤过去一看，原来是那老林头不知什么时候跑了过来，还跳进了掘进口处的大洞里，一屁股坐在了那刚刚清理出来的陶片上。他右手拿着一个塑料瓶，冲着旁边的施工队大声喊道："赶紧出去！这东西就是那个封印，千万碰不得！"几个工人不听，正要上前把他拉开，他突然把那塑料瓶的盖子打开，把瓶口放在嘴边，厉声说："这是敌敌畏，你们再过来我就一口喝下去！"这一招顿时生效，大家都不敢上前去拉他。马上有人出去向领导汇报，没过多久，高书记就亲自赶了过来，动之以情、晓之以理地劝了一会儿，可是一点都不管用，那老林头脾气非常倔，非要让施工队停止施工才肯罢休。到最后，高书记也怒了，拉过几个人，吩咐说："你们待会儿冲过去，直接把他按住拉走。如果他喝了敌敌畏，就马上送到卫生院去洗胃。放心，一时半会儿是死不了的。"几个人都点头答应，过了几分钟，趁着老林头稍微松懈的时候，几个人一拥而上，一下子把他按倒在地上，把他手里拿的塑料瓶也一脚踢到了一旁。有人捡起瓶子一闻，笑了，说："什么味儿都没有，就是矿泉水！"大家都跟着哈哈大笑了起来。

可是老林头却突然哭了起来。我从来没有见过一个老人能哭得这么凄惨，这么伤心。那哭声低哑而绵长，让人听了心里直发麻。

老林头被拉走了，几个技术员也商量出了解决方案。他们决定进行爆破作业。开矿本来就需要用到大量的炸药，很快，就有大堆炸药集中在了陶片上方。人群都被疏散开来。我和吴新天来到了一公里外的一个小山丘上，远远地眺望着掘进口。过了十几分钟，一阵猛烈的轰响传来，掘进口的坑洞上方冒出了一股黑烟。

"这么猛，应该炸开了吧？"吴新天喃喃地说。

就在这时，一股低沉的鸣响突然从地下传来，地面开始晃动，幅度越来越大，吴新天被晃倒在地上，我则赶紧抱住了身边的一棵柏树，这才勉强站稳。而在爆破口那地方，地面却开始缓缓向上凸起，越来越高，影响范围也越来越大，像是有一座大山正突兀地从地下升起一样。

"赶紧走。"我一把拉起还瘫在地上的吴新天，一边催促着他向外面跑去。

"怎么回事?"他还有些搞不清状况。

"锅盖破啦!"我一边跑，一边大声吼道。

脚下的地面开始慢慢变得倾斜。我没有回头，只顾着向前飞奔。在连绵不断的轰响声中，我可以清晰地感觉到，在我身后，一个庞然大物正从地下喷薄而出。

6

四十年来，我时常扪心自问，如果当时我阻止了那次爆破，事情会怎么样?

大概一切都不一样吧，至少不会比现在更糟。

在之后的报道中，那件事通常被称作"小林村事件"。记者们在幸存者的口耳相传中，一点一点地复原了当时事情的大概情况。那时候，巨量的反重力铁矿从地下涌出，开始时还比较缓慢，到后来却越来越快，简直像喷泉一般。在一个直径五公里的大裂口中，矿物伴随着泥沙腾空而起。整个喷射过程持续了三天三夜，这期间，本省和周边的几个省份多次发生六级以上地震。事发一小时后，关于这件事的只言片语就在微博上流传开去，刚开始信者寥寥，但随着越来越多的视频和图片发上网，其造成的震撼效应便迅速扩大了。事发第二天，《南方日报》第一个对事件进行了专题报道，之后，越来越多的记者从世界各地赶来，或在远处作连线报道，或乘坐直升机冒险靠近，以便取得更震撼的现场录像。当然，官方也做出了反应，派出部队到现场救助灾民，也调派了大量的帐篷和医疗物资。

然而，在很长一段时间里，对于这件奇特的灾难本身，不管是官方还是民间媒体，都无法给出一个令人满意的解释。我根据之前在小林村的研究结果，写出了一篇关于"轻物质"的论文，投给了《科学》杂志。杂志编辑很快把文章交给了三个评审人，其中两个评审"严重质疑"文章的结论，导致文章最后没能发表。我只好修改了文章的结构，淡化了我所建立的模型，重点放在实验数据的处理上，然后投给了美国物理协会旗下的《物理评论快报：L》。这次文章倒是很顺利地发表了，因为在这期间，已经有大量的国外研究机构对喷射物质的样本进行了研究，结论和我的大同小异。

最终这些喷射物还是被命名为"轻物质"（Light Matter）。根据欧洲地球物理学会做出的估计，此次喷射出的轻物质总量达三千亿亿吨，大约为月球质量的一半。

可是疑惑并没有因此解开。科学家们至今仍然想不通，那一层薄薄的陶片是如何把这么多的轻物质铁矿压在地下的，而且是在这么表层的地方。我也曾经拿到过一两块陶片的碎片进行研究，却一无所获。我们只知道，陶片是由无数层单原子超晶格结构组成，在层间有规律地分布着许多稀土元素的杂质和缺陷。这些杂质和缺陷似乎对于整个陶片的结构和性质有着重要的调节作用，但是其中的机理我们却无从得知。

喷射出的轻物质先是在离地面十万公里的轨道上凝结在了一起，这期间，不断有"重物质"从它上面掉落，其离地高度也越来越高。大概在一个月后，这个大部分是由轻物质构成的新天体已经在地球的斥力作用下，越过了火星轨道。之后十年，它的轨迹开始偏离黄道平面，在冥王星附近的天文望远镜观测得到的数据显示，它最后是沿着一条与黄道平面约呈四十度的斜线，缓缓地离开了太阳系。

然而，它留下的创伤却深刻地影响了地球环境和人类社会。

其最大的影响是，地球重力场的分布发生了显著的变化。之前，虽然地球重力场受到自转和自身密度分布的影响，具有一定的涨落，但总体而言，其分布仍然是相当均衡的。但小林村事件之后，根据专用重力测量卫星GRACE的测量结果，在事发地周围，出现了一个明显高于地球平均重力场的区域，偏离幅度达20%以上。也就是说，在该区域，重力加速度g的值约为$12m/s^2$。重力场的异常变化也影响了附近的大气压分布和大气循环，洋流的走向和地壳的运动也因其而发生了显著的变化。

这事儿甚至还波及了月球。因为地球重力场的异常变化，同所有的卫星一样，月球的轨道也受到了摄动。它开始在轨道上起伏和振荡，其总的机械能亦逐渐耗散着。事变一年之后，大部分人造卫星的轨道发生了显著的变化，有些甚至已经坠入了大气层，在与大气的摩擦中化为了灰烬。不过月球毕竟是太阳系中排名第五的大卫星，其庞大的质量也保证了它运行轨道的稳定性。在事发之后数十年中，关于月球轨道是否会发生显著改变，仍是一个极富争议的问题。很多著名实验室的天文望远镜对准了月球，盯着它的一举一动。随着时间的推移，人们发现，月球轨道的偏心率的确在缓慢增大，其近地点越来越靠近地球表面。潮汐力的增强让地球上的潮水愈发汹涌，而月球本身也开始被巨大的潮汐力所撕裂。先是在月面上观察到巨大的裂纹，然后这些裂纹慢慢张开，变成了肉眼可见的缝隙。在满月的夜晚，月亮上的伤痕看起来尤为明显。

早已经有人列出了月球的摄动方程，计算了其轨道在之后的变化情况。数值模拟的结果也慢慢地多了起来。所有的研究结论都指出，随着月球近日点越来越靠近地球，总有一天，它会进入地球的洛希极限之内，被撕裂成数十块大大小小的碎片，然后再撞向地面。而这个时间点，大概在一万两千年之后。

这个结果并没有在社会上引发大规模的恐慌，相反，它让大部分人松了一口气。一万两千年在宇宙演化史上可以说是一瞬间，但是对于人类来说，它却是那么遥不可及的未来。

7

在大学退休后，我养成了赏月的习惯。每到月圆时分，我都会独自一人来到阳台，躺在竹椅上，就着天上那伤痕累累的月亮，喝几口小酒。酒一入喉，便化作一股热流，窜遍了全身，让我在清冷的月光下又感到了温暖。在我醉眼迷离之际，我总是会想起当初在小林村的那些往事。

"封印一开，月魔可就出来啦！"

老林头的这句话我一直忘不了。

事发多年以后，我再次在报纸上见到他的名字。这时候，他已经成了一个神秘教派的精神领袖。我忘了它是叫"月魔教"还是什么别的名字，其教义基本上就是一些道教和佛教典籍的混合体。刚开始它没什么信徒，只是一直不声不响地存在着。但是在五年前，老林头突然对外宣称，月球马上就会四分五裂，并且坠落在地球上。科学界觉得这件事不值一驳，因为根据计算，至少要一万年以后月球才会出现分裂的迹象。很快就有媒体发表评论，称这种观点是"杞人忧天"。一度有警察介入教会，并以"传谣"的名义将老林头拘留了十几天。

然而，事情的发展让所有人都跌破了眼镜。四年前，一位天文爱好者指出，月球上的裂纹有加速扩大的趋势。这个结果很快就得到了众多天文观测的证实，可是它却让理论研究者们陷入了疑惑，因为这完全违背了科学常理。构成月球的巨量物质，在万有引力之下结合在一起，怎么会因为如此微弱的潮汐力而裂解呢？科学家们提出了各种理论来解释这些巨大裂纹产生的原因，但就是不相信月球真的会裂开。

直到三年前，一块约为月球体积十二分之一的碎片，突然与月球脱离，并且以极近的距离，掠过了地球。

这时，科学家们才不得不承认，在这场与科学界的战斗中，老林头又赢了。

从那以后，老林头身边的信徒便开始呈指数增长了。他变成了一个真正的公众人物，在各种电视台和新媒体中频繁出现。越来越多的人对科学失去信心，转而聚集在这位神秘老人的身边。

科学家们在一年后终于找到了问题所在。他们从月球的裂纹中发现了"轻物质"存在的证据。原来在月球内部，也大量存在着这些反常物质——正是因为它们的存在，才导致月球的凝聚力大为减弱。在考虑了这些轻物质的影响后，科学家们做出了一个令世人震惊的结论：第一块月球碎片在十年内就将坠落在地球上。

没有人知道该如何避免这场迫在眉睫的危机。

有一天，吴新天突然找到我，希望我可以发表一些支持该教派的言论。我这才惊讶地发现，原来在我毫无察觉的情况下，竟然有很多原来在科学共同体之中的人，也成为了这个教派的信徒。我满怀疑惑地问他，为什么会加入其中。

"为了消解傲慢。"

"什么意思？"

"你还没有觉悟吗？在整个现代化的过程里，人类已经逐渐失去了谦卑和敬畏，变得无比傲慢而自大。我们在历史面前的傲慢，让我们毫不吝惜地拆毁了一处又一处古迹，扯掉青砖上的古老藤蔓，让它们枯死在混凝土的高墙下。我们借助科学，建立起对自然和经验的傲慢。我们以为一切都已囊括于科学的框架之下，可是现在才发现并非如此。"

"可是……你真的相信老林头说的那一套能拯救世界？"

"那并非他的一己私言。在《三牲祭月礼》一书中，早已记载了应对这种灾变的处置之法。"

他从背包里取出那本古籍的复印本，翻到其中一页，对我一句一句地解释着。我静静地聆听着，不发一语。

几个月后，第一块月球碎片的坠落进入了最后的倒计时。科学界仍然没有拿出有效的应对方法，之前的几次试图改变碎片轨道的尝试也都以失败而告终。在社会普遍弥漫的恐慌和绝望情绪下，老林头宣称的拯救行动终于开始了。这次行动，得到了政府的正式承认和大力支持，因为在这个时候，不仅大部分公务员已经入了教，一多半的科学界人士和其他社会精英也开始为他们背书。他们试图从古籍的记载中寻找到某种可以纳入现今科学框架的线索，各种解读和新奇理论也不断涌现。每天都有科学家宣称找到了古籍记载的科学依据，其方法必定有效。

报纸和网络上，这些消息总是铺天盖地。人们希望看到这样的消息，人们愿意相信这样的报道。

拯救行动正式开展的那天，我被邀请到了现场。我被安排坐在祭坛左边的一个座位里，与我相邻的分别是一个阿拉伯王国的王子和微软的现任总裁。祭坛位于原来的小林村附近，是一座用黄土堆起的数十米高的平顶金字塔状的平台。周围摆着一圈各个媒体的摄像机。在几公里外，早已经拉起了警戒线，围观的群众只能在遥远的山头上架起望远镜眺望。

老林头已经上了岁数，不太能动弹了。他坐在轮椅上，被弟子们推到了祭坛中央。

他的左护法，也是曾经的诺贝尔物理学奖得主，手举风幡，三跪九叩地走上了祭坛，然后，将放在地上的一只大红公鸡，认真地悬挂在祭坛前方的香案上。右护法则推着老林头来到了案前，将一把桃木剑在符水里搅了搅，再交到了老林头的手中。

老林头颤颤巍巍地接过了桃木剑，抬起剑柄，慢慢向着公鸡的脖颈处割去。

相机的快门声突然此起彼伏地响了起来。一位十岁左右的小道童，手捏太极子午印，用稚气的声音高呼道：

> 元始安镇，普告万灵。岳渎真官，土地祇灵。
> 左社右稷，不得妄惊。回向正道，内外澄清。
> 各安方位，备守坛庭。太上有命，搜捕邪精。
> 护法神王，保卫诵经。皈依大道，元亨利贞。①

　　所有人都屏息凝神，注视着祭坛的中央。若干个世纪以前，这样的祷文也曾经一次又一次地念起过，只是没想到，人类在时间的长河里转了一大圈之后，又回到了原点。

　　我疲惫地闭上了眼睛。无论祭祀的结果如何，一个世界终结了。

　　一阵风吹来，我仿佛听到了来自大地深处的声音。

---

① 此为道教神咒之一《安土地神咒》。

小雷音寺

"小!"悟空低语念诵的声音在狭小的金钵里回荡,激起一阵嗡嗡的回响。他蹲在地上,眼睛直直地看着面前的金箍棒。

那竖立在地上的金箍棒立刻发生了变化。它的体积以肉眼可见的速度缩小,很快就变得宛如一根筷子。唐僧傻傻地问:"悟空,你这是干啥呢?"他经常跟不上这个猴子的思路,很多次被猴子救了以后,自己还不知道是怎么回事。

悟空不发一语,只是低着头看着那根铁棒。随着与地面接触面积的减小,金箍棒对地面的压强越来越大,不明材质的地面上出现了一道道裂痕。在某个瞬间,"噗"的一声,那棒子猛地颤动了一下,然后开始一顿一顿地从地面沉陷下去。

八戒皱着眉头,低头看着这一切。现在,师徒四人都被那小雷音寺的黄眉怪用金钵扣住了。尽管已经尝试了各种办法,但都没能脱困。难道这猴子是想挖隧道出去吗?

金箍棒很快就完全没入了地下,消失在众人的视野中。悟空使出火眼金睛的神通,一直追踪着那铁棒的位置。金箍棒重一万三千五百斤,现在已经只有一块橡皮擦的大小了——此刻,其密度与白矮星相当。它不断地加速沉陷,在周围岩石的挤压下晃动、翻滚着。

"再小！"

金箍棒继续缩小。眨眼之间，它已经如同一根细针。周围的岩层已经无法对其沉降的状态产生什么影响了，它像一块落水之石，以略小于g的恒定加速度向地心不停掉落。摩擦使它的温度越来越高，一分钟后，当它下降到地下两百多米时，其表面温度已经达到了一千摄氏度。

"黄毛怪，放我们出去！"沙僧还在用手敲着金钵，有气无力地喊着。

八戒压下心底的烦躁，大口喘着气。他还是没看明白那只猴子在干什么，不过长久以来的经验告诉他，那家伙总会有办法的。

"再小！"

铁棒现在已经缩小到和一个酵母菌差不多大了，其密度已经达到了和中子星相当的程度。越来越小的体积和不断升高的温度使其产生了强烈的热辐射和电磁辐射。在黑暗的地下，它像发光的流星般一闪而逝，向更深处飞速下坠。十分钟后，金箍棒穿透了地壳层，进入了由可塑性岩层构成的地幔之中。

"靠！我不玩了！"唐僧突然大声喊道。金钵内部的空间不大，氧气存量有限。逐渐产生的缺氧状态，让和尚脸色发白，呼吸急促。他探着手向腰间摸索着——那里应该有一个红色的按钮，上面用半透明的字样写着"退出游戏"。可是片刻后，他的手颤抖了起来，脸色更显苍白。

"白痴！"八戒在心里骂了一句。退出按钮变灰了——他几分钟之前就发现了这一点。相信那只猴子也察觉到了，因为那家伙似乎小声嘟哝了一句"睡美人"。

那是一种最近流行起来的电脑病毒，作用是使全息游戏的玩家无法自主退出游戏。有新闻报道，至少已经发现了十几名玩家相继在游戏槽里身亡，据传就是这种病毒造成的后果。

悟空还是瞪大了双眼盯着地下，眼珠子也不见转动。八戒终于忍不住问道："死猴子，你到底在干吗？"看着他一动不动的样子，好像卡帧了一样。

"还记得这个游戏的宣传语吗？"悟空终于开口道，"——创造最真实的西游世界！"

"嗯，那又怎样？"

"这个游戏的魅力在于，除了那些根据原著设定的法术以外，这里的一切都符合真实世界的物理定律。为了达到这样的要求，他们甚至组建了一个由几千名顶尖科学家组成的团队，来为他们打造游戏的物理引擎。"

"我问的是——你在干吗呢？"

"我在创造一个黑洞。"悟空的声音变得尖锐起来，"一个有质量的物体，体积不断变小，最后会怎么样？"

八戒愣住了，忽然间恍然大悟，脸上露出了一抹喜色。沙僧还是皱着眉头，似乎没有明白这其中的意义。唐僧突然间冒出一句："黑洞是什么？"

悟空没有理他，继续说道："我估算了一下，金箍棒的史瓦西半径在 10-14 纳米这个量级——也就是说，只要金箍棒的尺寸缩小到这个量级，它就成了一个微型黑洞。"

"现在到多少了？"

"快了！"

再小……再小……再小！

在某个瞬间，位于地幔中的金箍棒突然消失了。所有的热辐射和电磁辐射都消失了。一个足以扭曲时空的致密小点，出现在服务器的处理队列中。

为了模拟这个奇异点与周围物质的相互作用，游戏的物理引擎开始从经典力学算法转向基于广义相对论的数值算法。这一理论与生俱来的数学复杂性，以及把它转换为数值算法的极端困难性，使得整个服务器的计算资源开始飞速向这个节点集中。即便如此，庞大的内存还是很快就出现了溢出的征兆。算法本身的不稳定性，更是让计算举步维艰：几乎每循环几次，就会遇上分母为零或者其他无法处理的数学状况。

异常很快出现了：周围的环境中开始出现了噪点，画面的渲染效果越来越粗糙，甚至出现了肉眼可见的像素点。

"准备！"悟空抬起头来，向四周看了看，"服务器崩溃的瞬间，我们应该会自动弹出游戏。"

空间开始震荡。刺耳的声音在四周不停回响。

数据流出现紊乱，一个又一个节点开始自动关闭。

一道白光闪过！一切归于平静。

悟空从游戏槽里爬起来时，蓝色的第二个太阳正悬挂在天的正中央。而在平原的尽头处，一个略微小一点的橙色的太阳已经快要沉入地平线了。蓝色太阳的光线极为强烈，光秃秃的大地上泛着一片银白色的反光。

他揉了揉眼睛，不敢相信地看着四周：沙漠，灰霾，污水，以及堆积成山的废弃物。

这是哪里？他茫然地摸了摸自己的头。良久之后，一些零碎的记忆才慢慢从脑海中泛起——战争、毁灭、毒品、虚拟机。

这里不是地球！他突然想起了一些来自遥远童年的回忆。虽然自己在"地球"上已经生活了十几年，可那终究也只是一个幻象。

这里只是一个地外殖民地而已。地球早已经被毁灭，现在的人类只会靠着虚拟机来重温在地球上的美好生活了。

我被彻底弹了出来！他苦笑着叹了口气。从最底层的游戏界面，越过了第一层的虚拟地球，直接弹到了物理层。

他走到能量柱前面查看了一下剩余的储备。夹杂着沙砾的风不停打在脸上，令他几乎睁不开眼。这时候，他想起了自己在"地球"上的妻子和女儿，心里突然一阵焦躁。他很快就再次缩进虚拟机，扣上了密封舱的卡槽。在闭上眼睛前的一瞬间，他熟练地按下了那个写着"Earth"的虚拟按钮。

流光之翼

1

延庆十三年，8月20日，申时三刻。

冲到河滩上的三具尸体，最新的那具已经开始发臭。较早死亡的那两具已经只剩下几丁质外壳，味道反而轻很多。昨夜钱江发大水，这三具尸体便同时从江底泛了起来，被江边采沙的民夫发现。

拉起的警戒线外面，围着一大群皮肤黝黑的小孩。大的不过十来岁，小的还不会走路，连背脊上的翅膀也还没有硬化，只是拿一块破烂的布条包着那脏兮兮的鳞翅，吊在哥哥或者姐姐身上，咿咿呀呀地叫着。这些身形瘦弱的孩子都一个个昂着头，伸长了触角，好奇地向河滩上张望着。

"走！回家去！"李山冲着这些小孩吼了一嗓子。小孩子们抬头看了李山一眼，只是嘻嘻哈哈地哄笑一阵，又转眼看那些盖着塑料布的尸体去了。

"大人都去哪儿了？"李山冲着小王喝问道，"没人管管这些小屁孩了！"

"李头儿，这些都是渔民的小孩，现在这个时间，大人都还在海上面。"

"哼，会生不会管的破落户！我们家阿明放学后只会在家里看书，哪里都不去，哪像这些浑小子……"李山嘟嘟囔囔地拉开警戒线，走了进去。

尸体的旁边，有一个穿着蓝色长袍、留长发的男人，正念念有词地绕着尸体转圈，不时敲一下手中的铜锣。

"道士还没走啊？"

"已经烧了安魂符，马上就好了。"

李山点了点头，走到最近的那具尸体旁边。阳光炽烈，热气蒸腾，河面上氤氲着一层浓浓的水汽，带着一股泥沙的味道。李山穿着褪色的蓝色衬衫、牛仔短裤，脚上拖着皮革制成的圆头凉鞋，苍蝇在他裸露的脚弓上跳动。他把右脚从凉鞋里抽出来，在左脚的脚背上拍了拍。

尸体很矮小，一看就是未成年的孩子。最新的那具尸体上，鳞翅黏糊糊地紧贴在背脊上，看上去像一个廉价而破旧的黑色塑料袋。淡黄色的体液在身上浸染出一块块的污斑。总是要过了十岁以后，翅膀才会完全硬化，显现出清晰的脉络来。李山注意到，在那两具尸体上，背脊侧面的翅脉陡峭地立起，显露出脆白色的甲壳质支架来——显然死者也都是小孩子。

"案发多久了？"

"这具刚死了几天，另外那两具，都至少有一年了。具体时间还没有确定下来。"小王看了看手里的初验单，又接着说，"有人认出这具尸体是一个月以前一度在大正街上乞讨的小乞丐。"

"谁说的？"

"街头绸缎庄的伙计，他说那小乞丐长期蹲在他们店对面要饭。但是一个月以前就不见了，之后再也没在街上出现过。"

"三个都是小孩？"

"都是，从翅脉发育的情况来看，两个七到八岁，一个在十岁左右。"

李山握紧了拳头，暗骂一声混蛋。

"死因是什么？"

"这个是淹死的，另外那两个还在查。不过所有的小孩的后足上都绑着装满石头的尼龙布袋，昨天的大水把布袋冲散了以后，尸体才浮上来。"

这时，围观的小孩群体中突然发出一阵喧哗声。一个矮个儿的小男孩想要挤到前面去，但是另外的小孩不让，一来二去几个小孩便打了起来。李山皱着眉头，正想上前去驱散这些闹腾不休的小孩，这时从河堤上突然冲过来了一个穿着长衫的中年男子。他大步踏进喧闹的人群中，把那个正在打架的矮个小孩拽了出来，瞪着眼，狠狠地训了几句。看上去，他应该是这个小孩的父亲。

见到家长到来，其他的小孩便迅速地散开了。长衫男子拍了拍小孩身上的灰尘，似乎是不经意地向河滩的方向望了一眼。李山对这人的穿着有些讶异，因为他看上去不像是一般的渔民或是农夫，更像是读书的秀才。目光碰到李山注视的眼神，那男子微微颔首，然后便带着孩子径直离开了河滩。李山注意到他穿着一双胥吏常穿的黑色布靴，上面绣着白色的云彩图样。

"那人是谁？"

"哦，那是蝶光阁的副馆长，叫……叫什么来着？"小王仰着头想了一会儿，始终想不出名字来，旁边的一个片警插嘴道，"叫刘一舟。"

"对，对，是这么个名字。"小王连声说道，"六年前从外地来的，应聘做了蝶光阁的程序员，之后慢慢做到了副馆长。"

李山"哦"了一声，没有再说话，低头去看手上的案情简报。案情一目了然，然而线索并不多。

天色渐暗，李山从口袋里拿出手机想瞟一眼时间，但是屏幕上却显示出信息故障的提示来。他摇了摇头，从食盒里捻出一撮由桑叶打碎制成的细小叶片，打开手机背面的小盖，把碎片小心地抖了进去。一群白色幼虫立刻蠕动着身躯，从手机盒盖的深处爬过来，啃食起了细碎的叶片。他把盖重新盖好，等着幼虫消化食物。不多时，屏幕上的故障提示终于消失了，他这才看到时间已经过了申时四刻了。

也不知道阿明回到家了没有，他想。

打鱼的船只开始从入海口沿江逆流而上，一一靠在不远处一个铁皮搭建的小型码头上。收工的渔民们陆续来到河滩。这些人打着赤膊，皮肤油光发亮，下身穿着短小而紧致的黑色皮裤，身上的肌肉线条分明。

"去！"他们像赶鸭子一样，挥舞着手上的鱼叉，向着渔村的方向驱赶着河滩上的小孩子。

真是野蛮，李山用轻蔑的眼神看着那些渔民。他知道这些渔民都是灰族人，他们天生愚钝，只能从事渔猎这一类的体力劳动。

李山是环族人。那个刘一舟应该也是，他想，只有环族人才有足够的智力从事编程的工作。这样说来，他的孩子竟然和一群灰族的小孩在一起闹腾，真是太不像话了。

他摇了摇头，从口袋里拿出铁质的烟盒，抽出一支点燃。铁盒的盖子上贴着一张一寸大小的照片，一个虎头虎脑的小孩子咧着嘴笑着。他眯着眼睛看着小孩的照片，咬着烟嘴，深深地吸入一口。

2

在这个三线小城里，街头的监控不多，而且很多是坏的，摄像头背后的主机虫盒里，幼虫都死光了，彻底沦为了一个摆设。李山调看了城南绸缎庄附近的所有监控，只有一台监控还保存着一个月以前的数据。这台监控的角度差强人意，其视角正对着的是一家叫作"蝴蝶效应"的广告事务所，占据镜头的大部分位置的，是一条宣传横幅，上面用白底红字写着"仅用一只翅膀扇动，你的产品就可以引发飓风"。不过幸运的是，虽然大部分时间是横幅飘荡的画面，但在那些视频资料里，偶尔还能看到那个小乞丐从镜头前经过。那个绸缎庄的伙计说得很对，近一个月以来，这小乞丐确实消失了，一次都没有出现过。

李山找到小乞丐最后一次出现的时间。那天正好是隆裕太后的诞辰，街上张灯结彩，很是热闹。李山仔细观察了在这之前几天内出现在这个街角的各色人等。那些人大部分是经过的路人，或者是从绸缎庄出来的顾客。虽然视频里面并没有拍到，但李山脑子里还是自动浮现出当时的画面：行色匆匆的人群，冷漠而空洞的双眼，夹在臂弯里的皱巴巴的公文包，不时拿起来扫一眼的手机，像工蚁一般急促的脚步。人们在青石铺成的街道上穿梭着，在陌生的人群中擦撞着，去往生命中下一个可以短暂停留的时空。他们根本不会注意到在青石缝中蔓生的野草，在屋檐斗拱下筑巢鸣啼的家燕，在路旁的铁轨上冒着白烟缓缓驶过的客车，或者，在街边独自斜卧的幼小身影——况且，这个身影还那么安静，那么单薄。

在这些镜头里，很少会看到重复出现的人。即使有，也多是附近的居民。然而，有一个熟悉的身影引起了他的注意：那人穿着长衫，在小乞丐失踪前几天频繁地出现在这个街角。

那不是……刘一舟么？

蝶光阁距离这里很远，而且据小王说，刘一舟也并不住在这附近。

李山联系了蝶光阁的保卫科，简单地聊了聊刘一舟这个人。他是五年前来到单位的，带着一个怀孕的妻子。可惜，妻子产卵后不久就病逝了，他便独自照顾那幼卵，待其孵化成幼体，再小心地呵护到其化蛹。这期间，他在蝶光阁做程序员，主要负责调试通信系统的光路。工作一个月以后，青蛹破开，儿子出生，他很高兴，所有的阁员都去喝了他办的破蛹酒。但是之后几天，有小道消息传出，说那小孩是天生的痴呆，神态和动作都愣愣的，和正常小孩大不相同。问他的时候，他当然是极力驳斥，可是再也不让外人去探望他的小孩了，甚至连满月酒也没办。到最后谁也不提这事了。

"我那天在河滩上见过他的儿子，看上去倒并没有什么异样。"

"这事儿有点特别。刘家小子其实不仅不傻，而且异常聪明，在学校考试的成绩一向名列前茅。但是偶尔会犯'嗜睡'的怪病，发作起来的时候，不管在做什么，立时便会昏厥睡去。"

"哦？我倒没听说过还有这样的怪病。"

"不仅儿子有，他本人也犯过病。我亲眼看过他发病的样子。那是他第一年来的时候，有一次我们出去聚餐，临走的时候怎么也找不到他。最后在一个厕所里找到了，他竟然坐在马桶上睡着了。所以我猜啊，这多半是什么遗传的毛病。"

李山暗自沉吟了片刻，突然问道："他平时抽大烟吗？"

对方大吃一惊，连连否认："这可从何说起啊……从来没有听说过这种事情！"

这倒也不是李山胡乱发问。他在查看监控录像的时候就发现，刘一舟的颈部有一块淡黑色的疤痕，很像是长期使用针头注射而造成的。他查看了刘一舟的健康档案，并没有什么需要长期注射的疾病，那么很大的可能就是吸毒了。

可是联系到其人的神态和长相，确实也没有吸毒者那种萎靡和狂躁的特征。李山一时犹疑不决，感觉来了这一趟之后，这刘一舟身上的疑团反而更多了。

他让小王从另一个方向入手，去调查刘一舟近期的购物记录。小王虽然是灰族人，脑子不太灵光，可是做事一向是勤勤恳恳的，第二天就把一张购物的单子交给了他。他扫了一眼，果然在里面看到了大量的一次性注射器和针头，另外，还有很多用途不明的化学制剂和化工器材。他怀疑刘一舟在自制毒品，于是把单子发给了禁毒所的同事，让其帮助判别这是制作哪种毒品所用。结果很意外，同事告诉他，这些化学原料并不能制备出任何已知的毒品。

这结果让李山挫败不已。他破案虽然也重视证据和线索，但帮助他拨开迷雾的却往往是那种天生的直觉。这次调查乞丐河尸案，让他第一次有了一种无处发力的感觉。

这种感觉到第三天更加明显。这天，派去刘一舟户籍所在地了解情况的员警发来报告，刘一舟曾经居住的是一个极小极偏僻的村子。他的父母早已经亡故，家里再无亲人，连土坯草棚的祖屋也坍塌了，于是员警只有去找与他祖屋相邻的唯一一家农人了解他的情况。可是不巧的是，那家的夫妇二人，在前几年突然得了一场怪病，病好以后就再也记不起以前的事情了。因此，说到底，这次到刘一舟老家的行程，竟是什么情况也没有打听到，白白地跑了一趟。

3

找到刘一舟的时候，他正在光球室里忙着调光路。看到李山到来，他并没有露出意外的神情，只是挥手打了个招呼，便继续投入到工作之中。李山示意他继续忙，自己则饶有兴致地打量起了眼前房间里的一切。

"光球室是蝶光阁的计算枢纽。"贴在墙上的科普海报是这么写的。这些海报用彩图画出了一片令人目眩神迷的光路，让人看了以后也不知所云。每年的固定时间，蝶光阁都会作为科普教育基地开放给中小学生参观，不过那些学生真的看得懂这些图解吗？或许环族学生多少能理解一点吧，李山想到了儿子阿明。很多新出的电子设备，自己要花很长的时间才能学会使用，可是儿子很快就可以玩起来。他年轻的时候，电子设备都是笨重而庞大的，显示器也只是简单而粗糙的黑白界面。每次使用前，都要先给虫盒里的幼虫喂食桑叶，要不然根本开不了机。现在完全不一样了，就拿手机来说，越来越薄，屏幕也炫目得很，喂一次幼虫可以连续使用一个星期。据说现在用的幼虫早已经不是几十年前的那种品种，经过基因改良，体积更小，而且存活率也大幅提高了。

时代不一样了，他想，自己毕竟是老了。

"从各处发过来的计算任务，在这里化为了处于纠缠态的偏振光，并经过一系列可控的量子逻辑门，最终通过检测输出光子的偏振态来得到计算结果。"这句话就更让李山头疼了，虽然每个字都认识，但是完全不知道它在讲些什么。很多时候，当科学家写科普文章的时候会遇到这样的尴尬：他自以为是用极其浅显和生动的语言在做说明，其实外人根本听不懂。当然，李山也见过一些极善于向普通人介绍科学原理的科学家，他希望刘一舟是后者，这样可以使自己待会儿的谈话更轻松一点。

在等待了十几分钟后，刘一舟终于从隔离仓中钻出来，去换衣间脱掉了消毒衣后，他又穿上了那件熟悉的灰白长衫。一见到他出来，李山就主动伸出了右侧的前足。

"今天来是因为河滩浮尸案，想找你了解一些情况。"

刘一舟也伸出前足和李山握了一下。李山注意到对方的前足附节处有明显的磨损痕迹，应该是长期使用造成的。很多精细操作都需要用到前足，这倒是不足为奇。与此同时，他伸出两只中足，从座位下的抽屉里拿出一包茶叶来，给自己和李山都冲泡了一杯。

"不是什么好茶，将就喝。"他隔着茶几坐在李山对面，"刚才有个可控非门出了点问题，让你等了这么久。有什么事随便问吧。"

长衫把他的胸口遮盖得严严实实，李山没能看到针眼的痕迹。

"其实也没什么事。"虽然刘一舟一脸平静，但他感觉到对方戒备心很重，现在最好是先聊一点别的话题，"我一直想不通，你说这个大箱子里的光线在一堆蝴蝶翅膀上来回反射，怎么就能进行计算了呢?"

"这可不是一两句话就说得清楚的。"刘一舟夹起茶杯盖,吹了吹热腾腾的茶水,"光球室里的蝴蝶,都经过了特别的基因改造。它们的鳞翅实际上是一种偏振分束器……"

"那是什么?"

"嗯……偏振光你知道吧?"

"上学的时候似乎学过,不过已经不记得了。"

"其实很简单。光是一种电磁波,而且是横波,它的振动是垂直于传播方向的。一般的自然光,它具有垂直于传播轴的各个方向上的振动模,但是我们可以通过加入偏振片等人工改造的方式,把光的振动固定在某个特定的方向上,这就是我刚才说的偏振光。"

虽然只是似懂非懂,但李山还是示意对方继续说。

"光球室里的光都是偏振光,不同的偏振方向实际上代表了不同的态,或者说不同的量子比特。比如,沿着水平方向的偏振光代表0,沿着竖直方向的偏振光代表1,这样我们就得到了一种表示二进制数的方法。"刘一舟站了起来,透过半透明的保护膜指着光球室的左端,那里有一根直径约一米的密集光纤束从墙壁上伸进来。"这是输入端。大量从终端设备——比如你的手机——传输过来的数据,都会转换为偏振光信号,进入光球室。"他的手指移动到房间中部,"而这里,每一个蝴蝶翅膀,也就是偏振分束器,都具有对特定角度的偏振光产生选择性通过的效果。大量的鳞翅通过特定的排列组合,便形成了不同的逻辑门,再组成逻辑电路,并最终形成了一个量子计算系统。当然,计算出的结果,实际上也是通过光的偏振方向体现出来的。比如,最后从输出口透出来的光是沿着水平方向偏振的,也就意味着计算出的结果是0。"

"你是说,这些光会算数?"

"光当然不会算数,它只是一种计算的媒介罢了,就像算盘上的珠子,到底还是得靠人去拨动它才行。"

"那拨动光这个算珠的，就是那些蝴蝶翅膀？"

"可以这么说。"

李山想了想，又问道："可是我手机里的幼虫还没有翅膀，它们是怎么进行计算的呢？"

"它们？"刘一舟愣了片刻，然后苦笑一声，"它们当然没办法计算。"

"那我还喂它们干什么呢？"

"它们是所谓的'信使'。这些蝴蝶幼虫和母体之间具有一种奇特的通信方式，我们现在对于这种通信的机理还不太明了。但我们已经知道，当幼虫和母体通信的时候，其体壁上的刚毛会发生一种细微的电位变化。反过来，我们可以人为地在幼虫的刚毛上制造出特定的电位变化，从而将我们需要的数据传输到母体一端。简单地说，当你的手机上需要进行某种计算时，这些计算的数据就会通过幼虫传递给当地蝶光阁中的母体，通过光球室的计算后，再将结果从母体传回到终端的幼虫之中。"

"原来如此！那县里所有的手机数据都是通过你们这个蝶光阁计算的吗？"

"不只手机，电视、冰箱、空调……所有的智能电器，其数据的计算都是通过我们这里进行处理的。"

"难怪这些东西的主机里面都有一个虫盒。我们县里就这一个蝶光阁吗？"

"我们这儿是个小县城，一个就足够了。一般的州城有三到四个蝶光阁。最多的是京师，绕着内城外缘，一共分布着十二个蝶光阁。"

"那你们平时忙吗？"

"倒也不忙。"

"我想也是。前阵子看你经常在城南那一片闲逛，对吧？"

李山注意到刘一舟的身体突然出现了一瞬间的僵直，腹部不自然地微微上翘。

"是。"他倒是痛快地承认了。

"那你注意到城南绸缎庄对门那个小乞丐了吗?"

"小乞丐?"他低头想了想,然后恍然道,"对,对,我想起来了,是有个小乞丐,我还给过他几枚延庆通宝呢!"

"那小乞丐后来不见了,你知道他去哪里了吗?"

"这个……我就不知道了。"他低下头,端起茶杯,抿了一口。

两个人对坐着,突然陷入了短暂的沉默之中。李山眯着眼睛仔细打量着对面的男人,似乎想从他的身上看出点什么。

"喝茶。"刘一舟把李山面前的茶杯向前推了推。

"好。"李山端起茶杯,揭开盖子扫了扫水面的茶叶,张嘴喝了一大口。接着,他喉咙一紧,差点没把嘴里的茶喷出来。

那茶竟是意想不到地苦!

4

这里是城乡接合部的棚户区。一大堆用灌木茎秆、兽毛、鸟羽和泥土糊成的简陋板房密密麻麻地堆积在一起,像在大地上蔓生出来的某种肿瘤。一股腐臭味迎面而来,李山不由得停下了脚步,小口呼吸了几次,慢慢适应这污浊的空气。

他一路跟踪刘一舟来到此地。此前的几天,刘一舟别无异样,正常地上班,下班,然后去学校接小孩回家。然而今天他突然请了假,李山一下子警觉了起来。在午后天气最闷热的时候,刘一舟出门了。他没有坐公交,而是挑了一条偏僻的小路,径直向着郊外走去。

此刻,刘一舟已经从一个洞口一头钻进了小棚子里。李山赶紧跟了上去。

从洞口钻进来，一大片黑压压的人群顿时映入眼帘。眼前是一个低矮而巨大的房间，没有灯，只有从几个狭小的洞口中照射进来的日光在地上晕成一团，给房间里带来一点暖红色的微光。在这暗淡的光线中，李山抬脚向前，不料竟踩到一团柔软的物体。慌乱之下，他连忙收脚，这才看到地上密密麻麻地躺着赤裸的人体。等到眼睛逐渐适应了黑暗，他这才发现在房间里的地面上杂乱地排列着几十个交错的竹榻。不仅在竹榻上躺满了人，连竹榻间的地面上也是人影横陈。这些人或者闭着眼陷入沉睡，或者在迷醉中低声沉吟，还有几个眯着眼睛，表情木然地盯着前方。

茫然四顾，他已经找不到刘一舟的身影。

"喂！喂！"他拉过一个半身靠坐在竹榻上的人，"你没事吧？"

对方睁开眼睛，从喉咙里发出一连串咕噜咕噜的声音。

这时候，他听到门轴发出吱呀的声音，在房间尽头处的一扇小门晃动了一下，然后猛地被推开。一个穿着灰衣的瘦高男子走了出来。

"你跟我过来吧。"他对着李山说了一句，然后便慢慢走回到门后面去了。李山愣了片刻，然后小心地跨过地上的人，跟着走进了那个小门。

门后是一条曲折的走廊。瘦高男子见到他，点了点头，便向着走廊深处走去。李山连忙紧着几步跟了上去。这里空气没那么浑浊了，每隔几步便有一台壁灯照亮了周围的路。

走廊似乎是在斜向下延伸着，大致走了一百米，拐了两个大弯，走廊便到了尽头。两人来到了一个地下大厅里，空间里的压抑感这才稍微缓和了一些。这里像是火车的候车室，有很多绿色的塑胶椅整齐地排列着，但是人并不多。

"在这里等着，排到了会叫你。"瘦高男子说完，便转身回到了走廊里。

李山四处看了看，这里空荡荡的，墙上什么装饰品都没有。有五六个人在椅子上靠着，时而用触角相互轻碰，无声地交谈着什么。他摸了摸皮衣下的枪套，定了定神，过去找了个邻近的位置坐下。

一个触角向他伸来，他连忙扭动着头顶的触角迎了上去。信息通过挥发性的化学物质刺激着触角，下一个瞬间，对方的念头已经弥散在了李山的感知系统里。

"你是第一次来卖的吧？以前没见过你。"

李山含糊地应付了几句。对方的胸口处有一片密密麻麻的针孔的印痕，让他想起了刘一舟。

"没什么大不了的，"对方似乎觉得李山有些紧张，安慰道，"待会儿别乱动，抽完之后睡一觉就行了。"

抽完？他注意到一个关键词。

"有没有什么副作用啊？"他试探着提问道。

"除了犯困，别的没啥。"

"你为什么要来卖啊？"李山继续问道。他很想搞清楚这些人在卖什么，看样子似乎需要从体内抽取某种东西。

"嘿，像我们这种没用的人，这种睡一觉就能赚到钱的机会可不多。"他似乎是察觉到某种异样，转过头来看了看李山，"你这家伙，看着倒是人模人样的——谁介绍你来的？"

李山身子一僵，脸上却笑了笑，挥动触角回答道："哦，我啊……刘一舟是我朋友。"

"哦，难怪！"对方点了点头，看了一眼大厅尽头处的那扇铁皮大门，"我刚看他下去找老板了。你刚才跟他一起来的？"

"是啊。"李山应道，然后突然站起来，脱口说道，"糟了，我有个东西还在他那儿！我得马上去找他。"

"那你得赶紧去追他，等他过了警戒区，你就进不去了。"

"是啊，是啊……"李山连声应道，起身向着那扇大门快步走去。

推开大门，里面是一条更为幽深的甬道。走了几步，一个人影突然从暗中闪出来，拦住他问道："你是……"

他收拢翅膀，猛地扇动翅脉，击打在对方的头部下方。一股气浪在翅脉中涌动，震荡让几片细小的鳞片从他的翅膀上掉落下来。

对方一声不吭地倒在了地上。

他蹲下身，掏了掏对方的腹部口袋。人名牌一个，上面印着"谢震"；一个门卡，一个手机——他都收进了自己的口袋里。接着，他摸到一块硬质的牌子，质地细腻，竟然是玉质的。他心里突然生出一种不祥的预感。

牌子上印着"蓝翎侍卫"四个大字。

妈的，他真想破口大骂一句。这种腰牌只有宫里面的侍卫才有。

你说你堂堂一个六品武将，怎么就被我这个小警察一翅击倒了呢？在预感到自己惹了大麻烦的同时，竟然有一种得意的感觉不由得冒了出来。

5

在摇曳的烛光中，那张庞大木椅的影子妖异地在四壁飞舞着。刘一舟凝神注视着在椅子中央端坐着的瘦小人影，正如后者也专注地看着他一样。

洞穴尽头的房间并不大，容不下太多人。除了刘一舟和椅子上坐着的"老板"，房间里只剩下一个精瘦的汉子——这人默默地站立在椅子后方的阴影中，不发一语，连呼吸的声音都没有，像是投射在空气中的某个幻影。

"最近有批货出了点问题。"椅子上的人既没有问来者为何而来，也没有问他几个月之前为何离开。他像对一个老熟人一样，在轻言细语中，直击问题的核心。

"给我样本看看。"刘一舟毫不犹豫地回应道。

一个结晶槽盛在盘子里端了上来。盘子是青瓷的，上面有着蟠龙的花纹。一些微小的白色颗粒在结晶槽的母液里析了出来。盘子里另有一份实验报告，手机大小的封面，厚厚的，足有两三百页。刘一舟先简单地看了看样品，之后便翻开报告。扫了一眼摘要，再找到X射线的结果看了看，最后找了几个数据表格仔细核算了一遍。他熟练而快速地进行着这一切，就如同之前这些年他无数次做过的一样。他知道这是椅子上那个人对他的考验，判断他是否真的想要重新回来，另外，手艺有没有荒废掉。

结晶槽里，蛋白质形成的微小晶粒在空气中开始逐渐变形。他忍着胃部不时涌起的呕吐感。

针管，消毒液，沉淀剂，缓冲液。

惨白的皮肤，密密麻麻的针孔，浑浊不清的橡胶软管。

他竭力摒除脑海里不停浮现出的画面，将精力专注于数据的分析上。

一股淡黄色的体液，在针管中缓慢涌起。他想到这个画面的时候，手开始颤抖起来。

"你的老毛病还是没好啊！"椅中人的嘴角微微翘起。他熟悉刘一舟的习惯和性格，知道他每次见到体液都会犯恶。

"没事，"刘一舟闭上眼，深吸一口气，"一会儿就好了。"

多久也好不了。

他想起了前几天在河滩上看到的小乞丐的尸体。那孩子体内的信使蛋白，是否就结晶在眼前的玻璃槽里呢？

"温度没控制好，"他终于抬起头来，平静地说道，"纯度也不过关。"

椅中人沉默了片刻，终于站起身来，走到刘一舟面前。他个子不高，但握力很强。他把手搭在刘一舟的肩上，握住了刘一舟前翼的翅边。几块鳞片掉落下来，青色的体液在翅脉中涌动。

刘一舟一动不动，头抬起来，直直地看着前方。

"我知道你心软。"声音里带着一丝无奈的味道。"三年前我就看出来了。你同情那些灰族人,看不惯我不管不顾的样子。可是,你想过没有,如果没有这几年的努力,没有那些灰族人的牺牲,我们又哪里能得到这些小东西呢?"

端着结晶槽的手抖了一下。刘一舟想起了几年前自己刚来被招募进实验组时,所做的那些事。从体液里数量繁多的成分中找到目标,再想办法将目标透析分离出来,这就用了整整两年时间。弄清楚它们的作用机理又用了一年。接下来,将目标结晶,分析化学组分,寻找人工合成的方法——这些难题到现在还没有最终完成。而在这个过程中,自己也凭借着优异的表现,一步步成为小组的带头人。

刚开始,他并不知道这些供其分离透析的体液样本是从何而来,只以为是志愿者的捐献。之后,他接触到了黑市,这才发现有好多人在靠着卖自己的头囊中的体液赚钱。但即使如此,供应的量还是不够。每一次从胸腔中抽取体液后,被取液者都会进入相当长时间的昏睡和迷幻期,这段时间是无法进行下一次取液的。

实验组有一段时间陷入了体液样本的急缺期,很多实验的进度都被拖慢了。但是很快,样本的供应就迅速增加了。刘一舟一度想不通这些样本的来源。

直到他无意中看到那个庞大的、密密麻麻地关满了灰族人的铁笼群。

想到这里,他头上的触角再次不受控制地抖动起来。

"再想想你的孩子吧。没有这些白色颗粒,他能像现在这样活蹦乱跳吗?"声音再度响起。这次的声音虽然不大,但却像一股电流通过了刘一舟的身体,让他全身猛地一震。

他终于转过身子,面向了身前的这个黑影。

"我知道合成的办法了。"他缓缓地说。

那人终于笑了起来。他满意地看着刘一舟,拍了拍他的肩。"我就知道，没有你办不到的事。你是我见过的最好的药剂师。"停顿了片刻，他又补充道，"我给你一百种样本，24号之前，每种合成一百克。"

他一边说着，一边向门口走去。说完这番话，他便径直步入了前方的黑暗之中，甚至没有再回过头来看刘一舟一眼。那个精瘦的汉子一直跟在他身后，在跨出大门的时候，他似乎闻到了一股陌生人的味道，但四面看去，却没有发现任何可疑之处。犹豫片刻后，他还是快步跟上了前方那人的步伐。

在大门正上方的通风管道里，李山仍然一动不动地趴着。刚刚听到的话，包含了很多他暂时无法理解的内容，但令他陡然冒出一股冷汗的，却是"24号"这个日期。

整个县城的人都知道，在那天，皇太子会到城西的夏妃墓祭母。警局里也早已进行了多次对应的安保演习。

这些人到底在谋划什么？

6

今天是打折的日期，商场里人头攒动，闹哄哄的。李山竭力收拢了翅膀，在人群中钻来钻去，寻找着数码相机的区域。儿子阿明一直很喜欢摄像，自己早就答应给他买一台智能相机，可惜一直没有时间去买。今天终于等到自己轮休，于是赶紧来到卖场挑选。

他刚在一家摊位站定，拿起一台相机看了几眼，摊主马上就热情地招呼起他来，絮絮叨叨地说起了这个相机是如何地好，像素、对焦、虚化、立体感……一大堆陌生名词让李山有些迷茫起来。

"……这还是一台双核相机，比大部分的单核相机处理速度要快一倍！"

"呃，这个，双核是什么意思？"李山终于忍不住问道。

"就是有两个独立的数据计算单元。你想，相机拍照了以后，总还需要校正、成色这些复杂的数据处理过程……"

"就是说有两个虫盒是吧？"李山打断他道。

"对！"摊主用力拍了拍手，"您一下子就说到重点了。"

这时，李山突然想起了曾经听刘一舟说的，所有智能设备中的虫盒其实都只是个数据发送装置。它们只是负责把数据发送到蝶光阁，自己本身并不具有计算能力。所以，两个虫盒到底意味着双倍的计算速度，还是只意味着更快的任务提交速度，这一点还是很有疑问的。

李山认为，所谓"双核"很有可能只是商家打出的一个促销噱头而已。他放下手里的相机，礼貌性地点了点头，转身向别处走去。这时，一个黑影突然撞到了自己身上。来人戴着黑色大檐帽，戴着厚厚的口罩，还有一副深棕色的太阳镜。他下意识地伸出手，摸向了腰间的枪套——当然，非工作时间，那里现在是空空如也。

"别紧张，是我！"来人压低了声音说道。

从声音中，他瞬间知道了来者的身份，不过对于这位的来意却大感疑惑——来者是刘一舟。

"别盯着我看，自然点。"刘一舟似乎顾虑重重，他不时掀开帽檐，紧张地向四周看去。虽然不知道有什么情况，但李山还是立刻恢复了正常的样子，挺直了身子，当作没看到刘一舟一样，继续向前走去。

"在厕所最里面的隔间等我。"从刘一舟的触角上传来这样的信息后，他立刻向着相反的方向离开了。

李山面不改色地继续逛了一会儿，又看了几个相机摊位，慢慢接近了靠近商场卫生间的那个角落。不经意间，他突然转身迈进了卫生间，在门后面等了片刻，确定没有人跟来，这才径直来到最里间的隔间前，轻轻地敲了敲门。

门开了一个小缝，李山快速地钻了进去。

刘一舟的触角立刻伸了过来，和李山头上的搅在了一起。

"昨天你是不是跟着我去黑市了？"刘一舟的信息素里包含了一股焦躁的气息。

李山犹豫了片刻，终于还是点了点头。

"你还听到了三爷和我的谈话？"

三爷？李山想起了昨天那个阴沉中带着尖利的声音："让你做事的那个？"

刘一舟沉默了半晌，没有回答李山的问题。他似乎在斟酌着如何开口向对方说明当下的情况。

"你被发现了，走廊和大厅里都有摄像头。"说完，他停顿了片刻，又道，"三爷马上就会着手处理你了，你小心点！"

"什么？"李山压住心里的惊讶，"他要怎么对付我？干掉我？"

"那倒不会，你多半会失忆。"

失忆？李山愣了愣，突然想起了在刘一舟老家的那对老人。"像你的邻居那样？"他试探着问道。

刘一舟眼神复杂地看了看李山，似乎没想到对方会知道这么多。

"不错，那就是三爷干的。那时候正是实验组刚建立的时候，为了保密的需要，组里所有人过去的生活痕迹都被抹掉了。那对老人早年生活很惨，几个儿子要么夭折，要么死于非命。唉，忘了也好。"

"他们怎么做到的？"李山讶然问道，"要把我脑子切了吗？"

"不用那么麻烦，只要找到你的脑位就可以了。"刘一舟张嘴说道，突然又反应过来，立刻闭上了嘴巴。

"什么是脑位？"

刘一舟并不回答，只是从触角中传过一大段话来。"他们会先寻机将你击晕，记录下那时候的时间。过了一段时间后，再用水把你泼醒，记录下你醒来的时间。之后，你就会被释放。如果不出意外，几天后你就会突然变成一个痴呆的人，持续五天后，你又会重新恢复正常，只是，以前的记忆已经完全消失了。"

李山瞪大了眼，像在听一个蹩脚的侦探故事一样，完全无法理解这些事情之间的联系和逻辑。他看着刘一舟，静待对方的解释。

"其实，他们所做的这一切，正是为了找出你的脑位。"

"那脑位，到底是个什么东西？"李山有些恼怒地问道。

"我曾经和你说过吧：所有的智能设备都有虫盒，大部分人以为那就是设备的计算单元，岂不知那只是一个数据传输口罢了，真正的计算都是在蝶光阁里进行的。"

这时候，李山的心底开始隐隐地升起一种令人毛骨悚然的念头来。

"其实，我们的大脑也是一样的。"刘一舟淡淡地说道。

李山几乎要跳起来。他的中足不自觉地向后挥舞出去，击打在坚硬的白瓷墙面上，发出一声闷响，可是他却浑然不觉，只是颤抖着摆动触角，像是被电击了似的伸向前方，"你是说……你是说，我们的大脑……其实也只是个'虫盒'？"

刘一舟沉默着，点了点头。

"不可能！"李山下意识地反驳道，"那么我的思想、我的自由意志，难道不是从我的大脑里流出的吗？"

"当然不是。"刘一舟冷笑着说，"难道你从来没有疑惑过吗？以我们如此简单的大脑，怎么可能进行如此复杂的信息处理，并建立起今天这样高度文明的社会呢？"

"那……那是……"李山在震惊中说不出话来。

"那是在蝶光阁中进行的。"刘一舟平静地说，"所有的计算，所有的信息处理，不管是智能机械还是人脑的思考过程，并无分别！"

7

"七千年前，在地球上，不管是环族还是灰族，都还处于前文明阶段。那时候统治地球的是一种猿类哺乳动物，他们在这个星球上建立了空前发达的文明。从一些残存的资料和考古发现来看，他们的科技发达到了令人匪夷所思的地步，完全不是现在的我们所能理解的。从考古资料中可以知道，他们的一些科学家发现，蝴蝶的翅膀具有一些特殊的光学和电学性能。因此，他们将我们祖先的一部分，进行基因改造后，借助其鳞翅的特性，构建出了一种基于生物活性物质的量子计算系统。现如今的蝶光阁，其实不过是这种系统的一个简化版本罢了。

"可是，从那个时候开始，猿人的数量却开始逐渐减少。从各种遗迹的考古发现来看，他们的城市出现了明显的衰落迹象，不管是规模还是数量，都大幅减少。其原因仍有争议，不过当前主流的看法是他们陆续离开地球，迁移到别的行星去了。大约在六千五百年前，猿人在地球上已经完全消失了，只留下空无一人的城市群和广袤的原野。

"这之后，我们的时代便开始了。

"借助于猿人们建立的量子计算系统，我们的祖先发展起来了一种迥异于猿人的智慧模式。凭借着与计算系统间特有的生物感应，我们放弃了个体大脑的思维能力，而逐渐使其进化为一个数据发送单元。每个人的思维通过这个伪大脑发送到宏大的计算系统中后，在那里进行真正的思考和逻辑判断，后者再将结果返回到我们的大脑里。借助这样的方法，我们显著地提升了自身的智力水平，成为继猿人之后的下一个统治地球的智慧生物。

"因此可以说，我们的智慧其实是来自猿人。

"不仅如此，我们的科技，实际上也是在对猿人遗留下的资料进

　　　　　　　　　　　　　　　　　　　　　流光之翼

行学习的过程中，逐渐发展起来的。我们学习'牛顿三定律'，但从来不讲'牛顿'是谁，其实，那就是一个猿人的名字。各种机械和电器的名字，例如手机、电视和洗衣机，也都是从猿人那里来的。不同的是，我们模仿猿人的量子计算系统，建立了大量的蝶光阁，专门用于各种智能电器的数据处理——就像我们大脑的运作模式一样。甚至在社会的组织形式上，我们也处处模仿猿人。皇帝、大臣、警察、平民，这一整套制度和名称，都来自猿人。"

刘一舟一股脑儿地将这些信息传递给李山之后，这才长长地喘了口气。通过触角传递信息，其实比说话更累，一般只用于那些需要保持安静的场所，或者在一些古老的祭祀典礼上。老人们还会遵循古老的习俗，在每次食用花蜜时，都会用触角轻轻敲击花蕊，祈求花神的护佑。可是近年来的年轻人早已经不管这一套了，他们习惯于用那纤细的声带大声喧嚷，发出如金属般尖锐的鸣响。作为一种非哺乳动物，为什么我们会拥有声带，已经很少有人能知道其中的原因了。他们不知道，为了通过基因改造的方式在气管中植入声带，在这几千年里，他们的前辈们花费了多少精力，克服了多大的困难。到现在，这些致密的结缔组织已经自然地变成了人们身体的一部分，仿佛它们从来就在那里一样。

李山艰难地接收着这一堆包含了大量信息的化学信号。他像是被一个炸弹击中了，无与伦比的震撼感伴随着非现实的疏离感一起涌上心头，让他久久不能言语。历史教科书里虽然提到了猿人的存在，但从来没有交代过我们和他们的关系，更没有提及任何关于我们大脑运作方式的真相。

"为什么……为什么……"李山艰难地张开嘴，发出一连串呢喃般的声音。

刘一舟示意对方停止发声，并透过门缝再次确认了周围的环境。"我知道你想问什么。为什么这些在教科书里都找不到，对不对？"见李山点了点头，刘一舟便继续说道，"很简单，愚民政策罢了。在面向环族人和灰族人的教材里，这些东西统统被删除了。"

"那你是如何知道的？"李山终于挤出了一句话来。

"因为……我既不是环族人，也不是灰族人。"

这句话对李山的震动不亚于之前的所有信息。他抬起头来，第一次认真地打量起眼前的人来。

"这么说，你竟然是皇族人？"

李山从来没有想过，自己有一天竟然会在厕所的隔间里见到一个皇族人。

与环族和灰族混居的情况不同，皇族人从来都是与外人隔离而居的。他们是天然的统治者。他们是神秘的、不可侵犯的、高高在上的。在民间流传着许多关于皇族人的传说，有很多都像是虚无缥缈的神话。据说他们智商极高，能在几秒钟内进行数十位数的根号运算；他们天生神力，轻易便能够举起数吨重的巨石；他们可以飞檐走壁，甚至可以呼风唤雨。李山也曾私下产生过一些关于皇族人的猜测和想象，但他并不相信那些过于夸张的传言。同大多数人一样，他只在电视上看见过一些皇族人——那些家伙看上去和普通人也并没有什么不同。

而现在，在自己的面前，竟然站着一个活生生的、真正的皇族人！

李山竭力从那种笼罩着自己的极度荒谬的不真实感中抽离出来，将理智和逻辑重新灌注到身体之中。

"好吧，让我们回到开始的问题。"他深吸了一口气，让满心的震骇稍作平复，缓缓说道，"脑位，到底是什么？"

刘一舟将触角前伸，正在考虑着如何回答这个问题。这时，一连串脚步声在外面响起，一个个隔间的门被强行打开，发出门栅破裂的声音。他脸色一变，飞快地将一串信息传递给李山，同时把一个脉冲电击绷带贴在其短衫之中，然后毫不犹豫地打开门，将李山推了出去。

李山还来不及消化刘一舟的信息，也没有看清贴在自己身上的是个什么东西，便跟跟跄跄地闯了出来。他抬起头来，发现三个黑衣大汉站在走廊里，面色不善地看着他。

"不要理会他们，自然地向外面走出去。"从触角上传来的化学物质开始一句接一句地转换为清晰而明确的指令。李山整了整衣服，仿佛没有感觉到四周弥漫着的危险气息一样，吹着口哨，向着卫生间的门口走去。

"攻击你的时候不要反抗。等你晕倒后，背后的电脉冲会使你重新清醒过来。醒来的时候不要妄动，继续假装昏迷，直到他们主动将你唤醒。"

他走到门口的时候，清晰地感觉到了一阵掌风从后颈处袭来。

"他们唤醒你的方式有可能是……"

信息流涌动到这里的时候突然中断了，他仿佛看到整个天空突然变成了一片黑暗，然后便失去了意识。但紧接着，一股从后背处传来的刺痛让他瞬间醒了过来。头像是裂开了似的，眩晕感仍然很重，但他竭力让自己保持警醒。

三个袭击者在自己身边嬉笑闲谈，不时走过来查看一下他的状态。

"差不多了吧，头儿?"一个声音说。

"才五分钟，再等一等。"第二个声音。

又过了几分钟，大概在这些人开始觉得无聊的时候，第二个声音终于又说话了："去打盆水!"

有脚步声走开，片刻之后便回来了。沉重的步伐向着自己靠近。李山脑海里浮现出对方端着一大盆水，颤颤巍巍地走向自己的样子。

李山已经知道他们将用什么样的方式将自己"唤醒"了。他一动不动地瘫倒在地上，没有做出任何防备的动作。

一股冷冽的凉意突然从头灌到了脚。细长的虹吸式口器被冷水拍打到地上，一股泥浆灌进了喉里。

他大声地咳嗽起来，同时睁开眼睛，迷茫地看着袭击者们。

"3点24分8秒。"其中一个人看了一眼手表。

另一个人点了点头。接着，几个人转身便向外走去，再也没有看李山一眼，仿佛他已经是个死人。

8

在每个蝶光阁里，都有一个黑墙无窗的特别房间。这个房间在碧瓦朱檐的最深处，虽然看上去只是一个普通的光球室，但从诸多细节上可以发现，它与那些用于辅助智能机械计算的房间截然不同。它用特制的低电阻金属材料作为墙面嵌入层，并辅以高磁导率材料制成的墙外笼网，以便让整个房间对高频和低频的电磁信号都具有良好的屏蔽效果。猿人们建立这些房间已经有几千年了——在蝶光阁还不存在的时代，它们就屹立在了这个大陆的每个角落，一同构成了一个覆盖全球的量子计算网络。

这个房间连蝶光阁的馆长也无权进入——它只对少数的皇族人开放。

现在，三爷就坐在这个房间的角落里，看着下人们在屋子中央的光球区来来去去。房间里很安静，地上铺着一层羊绒地毯，让脚步的震动也无法激发起足以在空气中传播的声波。在等待的过程中，周围的一切逐渐变得模糊起来。他的呼吸变得悠长而缓慢，似乎正陷入深沉的睡梦之中。在半睡半醒之中，他仿佛看到了一根无形的细线，从每个人的大脑中生发出来，悬浮在半空中，像藤蔓一般游移和延伸。渐渐地，它们从四周汇聚到了蝶光阁，密密麻麻的线头攒动着，像巡游的蛇群。在某个瞬间，这些线头突然猛地向前蹿出，一下子扎进了眼前的光球室里。他惊恐地看到，从自己头上长出的

　　　　　　　　　　　　　　　　　　流光之翼

线头也进入了光球之中，接着，一股吸力传来，他感觉自己的灵魂开始从体内浮起，向着那光球中飘去。他竭力想抗拒这种吸力，可是却无能为力。接着，天地间开始剧烈地晃动，那些细线纷纷断裂。他的心头一松，灵魂又重新回到了体内。

"三爷，"干瘦的黑子躬身站在他的面前，"出了点问题。"

异象退去，眼前仍然是安静地散发着彩晕的庞大光球。头上无数的复眼迅速变成了六角形，他转身看着黑子，眉头微微皱起。

"找不到那个警察的脑位。"黑子的声音里流露出一丝不安。

每个人都有自己对应的脑位，不管是灰族、环族还是皇族，无一例外。这些脑位都位于像眼前这样的光球区里。每个脑位都是一个独立的计算单元，它们像一个个原子一样紧密地排列在一起，形成了一个庞大的二维阵列。

不管是进行逻辑思考，还是决策判断，人类简陋的大脑都无力完成。它们需要借助这个位于众多纠缠偏振光中的计算体系，来实现它们大部分的功能。从本质上看，这个光球区中的众多称为"脑位"的计算单元，才是人类真正的大脑。人类出生之后，在尚未进行变态发育之时，是没有专属脑位的，这个阶段，我们都只能凭借简陋的大脑，像动物一样生存。直到我们破茧成蝶后，大脑才得以向外脑发出第一道指令。当外脑识别出这是来自新个体的信号后，便会随机给这个新个体赋予一个新的脑位，并使其伴随终身。只有当个体死去——确切地说，是连续一个月未提交任何计算任务时——系统才会回收这个计算单位的使用权。

脑位，乃是每个人的命脉所在。

"废物！"三爷瞪大了眼，冷冷地骂道。黑子的腰弯得更低了。

从光球区里偶尔散射出的光线在三爷的脸上变幻成了一幅五彩的抽象画。不同频率的偏振光用在了不同的功能区。纠缠制备区、光路校准区、后选择区、结果存储区，都使用了不同颜色的单色光，以便在调试的过程中更为直观和方便。红光、黄光、绿光、紫光，在浑圆的光球中交织着，却又互不影响地交错而过，混合成了一片梦幻般的景象。

"光强时域图呢？给我看看！"

"在这里。"黑子递上了两张打印出来的曲线图，"上面这张是3点18分的，下面是3点24分的。"

三爷接过图表，看了一会儿，然后猛地把图纸摔在了地上。

"我想，你现在总该给我一个解释了吧。"在城郊的一个偏僻小店里，李山看着对面的刘一舟，略显恼怒地问道。在袭击者走后的这段时间里，刘一舟带着他辗转多次，来到了此处。他觉得自己像个什么都不知道的木偶，只能任由各方的提线来摆布。这种不由自主的状态，让他很不舒服。

刘一舟仿若没听到对方的话似的，只顾盯着桌面上摆放着的那杯百合花蜜，沉默了一会儿，然后突然说道："现在可以向你解释什么是脑位了。"

他低下头，将长长的喙伸展成一条吸管，从杯子上用塑料薄膜密封着的小孔中刺了进去，轻轻地嘬了一口花蜜。李山却没有碰身前的杯子，只是一脸严肃地看着对方。一个灰族侍者过来询问是否需要加冰，李山摆了摆手，给了他一枚延庆通宝。侍者低头道谢后，便迅速离开了。

这时候，刘一舟把头靠过来，触角上散发着信息素的味道。李山把触角伸了过去，然后闭上了眼睛。他屏息凝神，默默地消化着那些关于脑位的信息。可是，这些内容并没有解答他心里所有的疑问。

他急于知道的是，自己现在是否已经脱离了失忆的危险。

"要想确定一个人的脑位，也就是确定其在光球区表层的位置，需要两个坐标。"仿佛知道李山在想什么，刘一舟终于开口说话了。也许是多次对信息素进行的编码让他略显疲惫，这次他选择振动自己的声带。"在光球层的周围，排布着密密麻麻的阵脚，它们是一些光路的入口和出口。我们可以通过特殊的流量计，测量每个时刻在这些阵脚上通过的偏振光的强度。一般而言，某一列计算单元的任务量增加的时候，其对应阵脚的光强也会相应地增强。人在清醒的时候，其对应脑位的计算量虽有涨落，但偏差并不大，而且光强随时间变化的图像是连续的曲线。而当遇到特殊的情况，比如他被突然击晕时，其脑位的计算量变化会出现一个锐减的趋势，从光强图上看，就是出现了一个不连续的下降台阶。"

李山认真地倾听着。他突然想到，此刻在蝶光阁，自己的脑位一定笼罩在一片耀眼的光芒之中。

"因此，我们如果知道了一个人被击晕的准确时间，再将其和所有阵脚的光强图进行比对，找到那个在同样时刻出现了不连续的下降台阶的阵列，便等于知道了其脑位的一个坐标。同样地，如果我们再让其突然惊醒，便可以通过其醒来的准确时刻，得到脑位的第二个坐标，从而得到其脑位的准确位置。"

"不知道我理解得对不对，"李山沉吟了片刻，开口说道，"刚才，我是在电击后醒来的，而不是在泼水后醒来的，因此，他们得到的第二个坐标是错误的。所以，我现在……安全了？"

"暂时安全了，"刘一舟点了点头，"但他们会发现在外脑中找不到你的脑位，因为没有满足第二个时刻的阵列坐标。那之后，他们会再次找上你的。所以，这段时间，你最好找个安全的地方躲一阵子。"

"恕我多言，"李山再次问道，"就算他们找到了我的脑位，又如何让我失忆呢？"

"个体的记忆也储存在光球区中——就在我们脑位对应的光球层下方！光球内部是一个具有极高密度的光子晶体，那里存储着我们所有的记忆。"

刘一舟说完这句，长长地吸了一口花蜜，瓶子刚好空了。他满足地长出一口气，把喙重新卷起来，抬起头，看着低头沉吟的李山，说道："对了，如果你没有安全的地方待，可以暂时住在我家里。"

李山沉默了半晌，突然问道："那个三爷，是紫禁城里面那个三爷吗？"

刘一舟笑了笑，并没有回答，只是举起前足来，向着不远处的侍者招呼了一声。

"再来一瓶，打包。"

9

刘一舟的家比李山想象中要简陋得多。用柏木板钉扎成的四壁，配上机制石棉瓦，从侧面看上去，就像一个在河边常见的守鱼人的窝棚。但是转到屋子的正面就会发现，这房子虽然简陋，却很大，方方正正的，感觉像是由一个仓库改建而来的。一进门就是宽阔的客厅，里面除了在一个角落里放着电视、冰箱和沙发等家具外，其余地方全都堆放着各种化学试剂，有桶装的液体，也有袋装的粉末。客厅中央是一个实验台，上面放着试管架、酒精灯、天平、坩埚、漏斗这些常见的仪器。台子旁边都是一些集成的自动化实验装置，但铭牌大多在长期的使用过程中磨损掉了，看不出是干什么用的。

在屋子的尽头处，隔出了两个单独的小房间。刘一舟打开其中一间的房门，看到儿子正坐在书桌前面，双手趴在桌面上，头枕在手上一动不动。

"新新！"他上去推了推儿子，但后者仍然一动不动。

"睡着了？"李山疑惑地问道。

刘一舟叹了口气，并不说话，而是转身回到客厅，在实验台下面的柜子里找出一管无色的试剂。他用一次性针管吸入了一些试剂，重新来到儿子身边，从后者的胸口处将试剂注射了进去。

李山想起了之前听到的传言，说刘一舟的儿子有"嗜睡"的怪病。当时他不以为然，现在看来，那竟是真的。

过了几分钟，小家伙才惘然醒来，睁开眼睛看着刘一舟，笑着挠了挠头："我又睡过去了。"刘一舟上前摸了摸他的头，低声嘱咐几句，然后把打包回来的花蜜塞给他，让他吃完之后早点睡觉。之后便带着李山回到客厅。

"有点乱，"他收拾了一下沙发上的杂物，拍了拍沉积在上面的灰，"将就一下，你就在这儿躲几天吧。"

李山点头道了声谢。

"为什么要帮我？"他突然问道。

刘一舟苦笑了一声，走到高温炉旁，把刚才使用过的一次性注射器扔了进去，关上密封门，静静地站在那里，直到弃物销毁完毕，从炉中发出一声清脆的提示音。接着，他走到水龙头前，用消毒液仔细地清洗了三遍前足的附节。

"我已经不想让身上沾上更多的脏东西了。"他看着李山，眼神中露出浓浓的疲惫与厌倦。

李山沉默了片刻，等着对方继续说下去。但刘一舟并没有进一步解释的意思。

李山只好换了个话题："那河里的乞丐是怎么回事？"他相信自己的直觉，刘一舟一定和这事有关系，但也意识到对方并非凶手。这一切波折都是从这起浮尸案开始，不弄清楚它，李山实在是不甘心。

"三爷关押了大量的灰族人用来提取信使蛋白。他们提取的频率太高，几乎达到了人体负荷的极限。每隔一段时间，就有一些人会疯掉，或者变成植物人，失去了利用价值。"刘一舟闭上眼睛，语气沉重地说道，"三爷从来不养这些无用之人。"

"信使蛋白，"李山敏锐地注意到了这个关键的词，"那是什么？"

"那是我们大脑中分泌的一种酶蛋白。它对于我们的正常生活而言，是一种必不可少的物质。当我们的大脑和外脑进行连接时，这种蛋白具有极其关键的作用。"刘一舟停顿了片刻，似乎在思考如何向一个外行解释这个自己研究了五年的神秘之物，"对于它具体的作用机理，我们现在仍然还有很多细节没有弄清楚，但是我们已经知道，有两点是确切无误的：第一，没有这种蛋白的辅助，我们的大脑将无法连接外脑；第二，每个人脑中的信使蛋白的结构都具有唯一性，或者说，不同人脑的信使蛋白具有不同的'频率'。这种唯一性使得每个人和外脑连接时，可以迅速找到其对应的脑位。我们曾经做过实验，将甲体内的信使蛋白注射到乙的脑中，当乙进行思考时，甲对应的外脑脑位也产生了明显的光子流，说明信使蛋白在别人的脑子里也可以正常运作。"

"竟然有……这种东西！"李山再次被震撼了。跟着刘一舟跑了一天，就像是世界崩坏的一天。自己以前的世界观已经在冲击中变成了一堆碎片。

"也不是什么了不起的东西。"刘一舟笑了笑，从柜子里随意拿出一瓶试剂，递给李山，"这就是信使蛋白的水溶液。"

李山小心地接过来，细细看去，发现在水中有一些浑浊的小白点。他指着那些小点问道："是这个吗？"

"啊，不要误会。"刘一舟连忙解释道，"蛋白质在溶液中有时候会有团聚现象发生，那些都是信使蛋白的大颗粒团聚体，其实真正溶解后的蛋白质是肉眼看不到的。"

"哦，是这样啊。"李山左右端详着这瓶试剂，突然想起了什么，看了看客厅尽头处的房间，问道，"刚才你注射的那瓶，难道也是……"

刘一舟的鳞翅末端突然抽动了一下。他沉默着垂下头，却难掩脸上那痛苦的表情。

10

"六年前，我还是国子监的一名监生，因为成绩优秀，特别是有机化学和生物大分子合成方面的特长，被祭酒大人赏识，授予助教之职。那时候，我授课的班上有个学生叫金睿，是个名副其实的纨绔，行为偏僻乖张，更仗着自己是太子妃的胞弟，多有欺侮同窗之举。他有几个伴读的环族下人，其中一个侍女，因为不忍心见到同班一个同学被欺负，发短信提前通知对方，被金睿发现，惹得其大怒。他命下人将侍女拖至教学楼的天台，意图杖毙此女。这事刚好被我撞上，便救下了这个侍女。没想到，第二天祭酒大人匆忙找到我，让我赶紧逃跑。我这才知道京兆府已经签发了逮捕令，正命差人前来拿我。想到我的一时义举，竟招惹下如此大祸，我惊惶之下，更觉心灰意冷，于是便带着救下的侍女逃离京师，前往西南偏僻之地避难。

"那侍女名为玉儿。在一路颠沛之中，唯有我和她相依为命，彼此自然互生情愫，再也不舍得分开。后来，我们混入了逃荒的流民之中，一路来到了丽县。这时，玉儿已经有孕，不能再赶路了。于是，我凭着早年学过的一些编程的手艺，冒充环族人的身份，应聘到蝶光阁中做了个临时工。这样，我和玉儿才得以稍微安顿下来。唉，可惜一路颠簸，终究还是让她伤了身体，产后不久，她就……"

说到这里，刘一舟语带哽咽，鳞翅也微微颤动起来。李山气愤地拍了下沙发的扶手，骂了一声"狗官"，然后也沉默了下来。他想起了之前从蝶光阁保卫科那里了解到的情况，和刘一舟说的正好对应上了。很快，他又想到了另一件事，便问道："据说，你的儿子有嗜睡的毛病？"话刚说出口，他就想起了刚才看到的情形，心里暗骂自己多嘴。

"不是嗜睡，是信使蛋白合成障碍。"没想到刘一舟倒是很干脆地接过了话茬，"小新有先天的基因缺陷，他的大脑中无法自主合成信使蛋白。最初，我只有从我自己的体内提取信使蛋白，注射给他。可是这样做，也并非长久之计。因为我和小新连接的是同一脑位，当我们同时进行思考时，便经常造成外脑光强超标或者全局变量紊乱等情况，导致我或者小新出现连接异常，陷入昏睡。正当我对这样的情形不知所措的时候，三爷找到了我。我不知道他是从什么时候起注意到我的，也许当我在国子监里的时候他就盯上了我。他给了我一管信使蛋白溶液，并且声称其连接的脑位非常稳定，使用起来毫无风险。这是我无法拒绝的条件。从那以后，我就开始加入了他的研究小组，一晃就是五年。"

"竟然是这样，"李山叹了口气，"儿子得了这样的怪病，这也不能怪你。"

"不，这都是我的错！"刘一舟再次激动起来，"帝国婚姻法确有规定，不同种族不可通婚。年轻的时候，我只当这是一条腐朽的陈规，爱情应该是不分种族的。现在我终于知道，这背后其实有着生物学上的原因——虽然不同种族的遗传基因差别很小，但信使蛋白对应的基因却有着很大的不同。因此，不同种族混血产下的后代，其制造信使蛋白的基因是无法正常表达的。"

李山眼睛一亮，却想到了一件令他长期不解的疑问，于是顺势问道："三族人的智力水平如此悬殊，是不是也和这信使蛋白有关？"

"这事说来话长。"刘一舟不慌不忙地回答道，"六千年前，凤族、环族和灰族的祖先，借助猿人们建立的量子计算网络，几乎是同时开始了进化的历程。刚开始的一千年，各族的文明水平都有了大幅的提升，彼此之间也有几次大规模的战争，但几乎是不分上下的。但是五千年前，凤族的科技发展水平突然大幅跃升，其战力也一举超过了其他两族，在其后轻易地击败了环族和灰族，成为了整个世界的主宰。后来，凤族改名为皇族，建立起了今天这个庞大的帝国——你知道他们是怎么做到的吗？"

李山摇了摇头。从历史书上，他曾经读到过关于五千年前那场大战的一些简略的描写，但从来不曾得知其背后的这些隐秘。

"那是因为一种新的技术被凤族发现了，我们把它叫作'并行计算'。最早，有祭司发现，将外人的脑部体液注入自己体内，可以使自己在短时间内变得更聪明——反应能力、计算能力、逻辑思维能力都大幅提升。现在我们知道，这是因为别人的信使蛋白的进入，使你可以同时连接多个脑位，从而成倍地提升了智力水平。那时候，虽然不知道背后的机理是什么，但凤族的祖先们还是利用这个发现，极大地提升那些古代工匠的智力水平，终于制造出了一批超越了时代的战争武器，从而赢得了战争。战后，这项技术被封存起来，被列为绝密。其使用的范围也受到了严格限制——准确地说，是只用于皇帝以及储君等少数几人——其作用主要是稳固皇权，已经不再用于推动新的科学和技术进步了。"

李山皱着眉头，疑惑地问道："可是，你说的这些，并不能解释三族智力水平的悬殊啊。"

"当然。"刘一舟挺直了触须，眼神坚定地看着对方，"那是因为，不管是哪一族的人，从生理学上来看，其智力水平都是一样的！"

"可是……"

"你看到的是什么？"刘一舟的话一刻也不停，"你不外乎看到了那些皇子在电视上表演超强的计算和反应能力——那正是使用了并行计算的缘故。其实对于普通皇族人而言，其智力水平和其他人没有任何分别。"

李山立刻反驳道："不对。在当今社会，大部分技术工作是环族人在做，而灰族人大多从事体力劳动，这难道不是环族人的智力高于灰族人的证据吗？"

刘一舟想了想，回答道："智力，是一个复杂的概念，它和家庭环境、教育水平都息息相关。就我所知，不管是逻辑思维能力、反应能力还是计算能力，都是可以通过后天培养的。你看看那些灰族小孩，有几个是上过大学的？就算他们能考上大学，有几个又负担得起那高昂的学费呢？"

李山愣愣地张着嘴，却没有说出话来。

11

三爷从一百支试管中随机抽出了两支，让助手注射到自己的体内。他的眼睛一直注视着窗外。夕阳的霞光把大地染成一片粉红，像新鲜花蕊的颜色。助手不知何时退出了房间，只留下三爷一人在其中。

感觉来得很快。刚开始，眼睛只是有一丝轻微的刺痛，仿佛窗外的光线更强烈了。接着，他就感觉到视野里的一切事物仿佛都放在了放大镜前面，所有的细节都更为细致地得到了呈现。风中飞舞的柳絮，叶片边缘的锯齿，水面荡开的清波，一切熟悉的风景都变得不一样了。视神经还是老样子，他知道，只是视觉处理中枢得到了更为强大的计算支持。两支试管中的信使蛋白让自己的大脑连接到了更多的外脑区域。没什么不适的感觉，灵台清明，一切如常。从窗口灌入的风，扫过翅膀上的鳞片，在鳞毛间辗转回荡。在风里，隐藏着细微而庞杂的味道。

过了片刻，助手推门进屋，躬身等着他的吩咐。

"是好货色。"他闭上双眼，头也不回。老刘的手艺还是没得说，只是可惜了。

"那刘一舟……"助手试探着问道。

"抓起来，和那警察关一起。"

助手点点头，退了出去。

过了十分钟，劲儿过去，纷繁而细微的感觉开始像潮水般消退。

三爷仍然没有从椅子上站起来，而是一遍又一遍地想着明日的行动细节。每一个细节都经过了仔细的推敲，绝不可能有任何的差错。他仿佛看到了太子那惊慌失措的脸，不自觉地笑了起来。

接着，他想到了老刘，脸上露出一丝鄙夷的神情。心软的人，果然做不了大事。在寻找警察脑位失败后，他第一时间就想到了老刘。一年前，牢里面关着的数十个实验样本逃走，事后查明是老刘偷偷放走的。他并没有声张，也没有责问老刘，只是为他感到可惜。

探子回报，警察确实藏在老刘家里。这样也好，他想，这几天别多事就行。

而现在，一切都已准备就绪。东西已经送过来了，老刘也就没什么用了，剩下的手尾，该收拾的也就收拾了。

李山见到刘一舟的时候，后者脸上还露出一副不敢相信的样子，似乎对眼前的情况感到困惑。李山倒是完全想通了，以那三爷的性格来看，这样做不是很自然的吗？不管他明天要做什么大事，自己和刘一舟这些人显然都是不可控因素，像是庄稼地里的杂草，当然要及时拔出来。只恨自己发觉得太晚，一直到大批侍卫包围刘一舟的河边小屋时，才领悟到原来自己早就暴露了，只是一直还不自知罢了。在监狱里的这一个小时，不停地有新人被扔进来，和自己关在同一个大间囚室里。从他们胸口那密集而显眼的针眼来看，这都是些被长期关押的样本供体，抑或是信使蛋白黑市上的卖家。他们一个个垂着头，看上去一副无精打采的样子——显然是长期的信使蛋白缺乏所造成的。一个小时以后，刘一舟也被关了进来。看来那批新制的蛋白液已经通过了审核，李山想，一切都结束了。

知道真相之后，刘一舟无力地瘫坐在地上，低着头，看上去既沮丧又气愤。突然，他抬起头来，问李山道："我们会怎么样？他们会怎么处理我们？"

"看他明天要做什么。"

"那还用说吗？"刘一舟苦笑道，"一百瓶蛋白液，足够制造出二十名感官敏锐、反应快速、武力超常的大内高手。你没有并行的经验，也许不太了解：这种并行状态下的武林高手，足以以一敌百。明天太子祭母，多半是凶多吉少了。"

"那我们死定了！"李山无奈地说，"这种事情是不能留下任何手尾的。"

"就没有办法了吗？你可是警察啊！"

"有什么办法？"李山冲着牢门外的那些狱卒努了努嘴，"除非你能从那一大堆人眼皮底下逃出去。"

刘一舟看了看门外，叹了口气，重新低下了头。

"你刚才说，我们都会被杀死？"旁边一个干瘦的高个儿男子开口问道。李山应了一声，转过头，惊讶地发现，不知何时，牢里的所有人都转头看向了他和刘一舟的方向。

在听到他肯定的回答和解释之后，人群躁动了起来。那些作为样本的人对于自己突然被转移了囚室并不在意，黑市上的人则对自己被抓还感到茫然不解。显然，他们都还没有足够的心理准备，来面对这样的绝望和黑暗。有人趴到牢门上，绝望地号叫起来，巡逻的狱卒只是冷漠地向这边望了一眼，便又若无其事地离开了。

过了一会儿，号叫者绝望地瘫倒在地，眼睛里已经毫无生气。一根玻璃针管从他的怀里掉落出来，摔在石板铺成的地面上，发出一声脆响。

看到针管的一刹那，刘一舟突然眼睛一亮。他下意识地摸了摸自己的大衣口袋。左边什么都没有，右边口袋则微微鼓起——他伸手摸到了一个塑料袋。从袋中之物的触感和轮廓上，他马上就意识到这是一袋没开封的硫酸铵。这身衣服是从实验室里穿出来的，他习惯把一些常用的药剂放在身边，以便随时取用。

"谁有烧杯？"他突然大声喊道，声音中带着激动的颤抖。

囚室突然安静了下来，众人都愣愣地看着他。李山皱了皱眉，从身边拿起一个盛着牢饭的瓷缸："这个可以吗？"

刘一舟点了点头，看了一眼在门外巡逻的狱卒，再转身面向李山，压低声音道："你想试试并联的感觉吗？"

李山愣住了。他看着刘一舟俯身从地上捡起了那支针管，然后从口袋里拿出了一袋白色药剂。这时，他想起了刘一舟这几天在河边小屋里做的那些事情。他忽然间明白了对方的打算。

他看着刘一舟，沉默了片刻，然后点了点头。

12

瓷缸清空洗净，里面盛着刚从人体中抽出来的体液。在幽暗的囚室里，所有的人都凝神注视着这个瓷缸，注视着这一抹由二十人的体液所融汇而成的青色，目光中带着渺小却坚定的希冀和渴望。

刘一舟很疑惑。他看着眼前的瓷缸，却没有一丝晕眩和反胃的感觉。从刚才抽取体液的时候，他就觉得不对劲了。自己竟然能如此坦然地做完这一切，没有任何异常的生理反应。自己长久以来的老毛病竟然好了？直到他平静地抽完了所有人的体液，还是不敢相信这一切。

"拜托了！"有人喃喃地说。

这一刻，他终于意识到了原因所在。之前，虽然自己以科学探索的名义来麻木自己，努力不去探究体液的来源，但潜意识中，对自己做的一切却是充满愧意的。那天，他看到河面上的浮尸，回家整整吐了一个小时。从那以后，他的老毛病更加严重了。每次看到试管中的体液，他都难以抑制手腕的颤抖。"我不是凶手。"他不停地告诉自己，那些都是三爷干的，和自己无关。可是这毫无帮助，越发严重的眩晕感还是像噩梦一样缠绕着自己。

可是今天不一样。一个是害人，一个救人。原来病根竟然是如此简单。

事关良心，他想，三爷说的一点都没错，我到底还是个心软的老好人。

他一点一点地把硫酸铵撒进瓷缸里，用筷子搅动着，等待着硫酸铵水解之后，信使蛋白从溶液中盐析出来。筷子的搅动变得越来越沉重，他放慢了手脚，仔细地盯着液面上掀起的每个波纹。

"出来了！"有人低声惊呼。

是的，刘一舟看到了，在液面上，一些细小的白色晶粒浮现了出来。把这些白色晶粒滤出来，重新溶解成可供注射的水溶液后，他转头看向李山，后者沉稳地点了点头。

没有人能想到，在这个远郊囚室的阴暗角落里，一个从没有人尝试过的疯狂之举将要进行。

注射液分为四份，每一份都有来源于五个人的信使蛋白。

李山睁大双眼，看着刘一舟将那细长的针管，斜向上插入自己的胸口。除了期待和兴奋，更多的却是一种即将进入新世界的不安和忐忑。

在柏木做成的囚室的窗栏上，细微的纹路逐渐显现出来。身体的每一个关节，都产生出迟滞的感觉，像是生了锈的铁质机械。他试着活动身体，随便一挥手，便带出一片残影。

"打开牢门。"刘一舟说。声音在囚室中回荡了三次，李山感觉耳朵嗡嗡作响。

他展开翅脉，朝着木栏上一根毛刺下方的一寸之地砍去。木栏上原本微不可见的裂纹突然张大成一道豁口，发出劈裂的声音。

刘一舟看了一眼李山，知道并联已经生效，便低下头，向着自己体内注射了另一支蛋白液。动手的事交给这位警察老兄就好了，他想，我负责更麻烦的事情。牢门劈裂的声音不停传来，有几道由远及近的脚步声响起，看来是狱卒被惊动了。

再抬起头时，牢门已经打开，李山一步迈出，便跟外面的狱卒交上了手。他在数十名狱卒间轻巧地辗转腾挪，一点也不显得狼狈。他动作干净利落，简单有效，每次击打都命中要害。鳞翅飞舞，对手如风中树叶，渐次倒下。与此同时，囚犯们蜂拥而出，趁乱向着外间跑去。不多时，囚室里已经空无一人。刘一舟来到门口的时候，正好看见李山将最后一名站着的狱卒击倒在地。

"赶紧走！"刘一舟一边沿着阴暗廊道向外跑去，一边留意周围的动静，"那些侍卫就要来了。"

廊道曲折而细长，永无止境似的向前延伸。一丝细微的光亮透过层层反射映入眼帘。两人向着光线的方向左突右冲，不断前行。光线越发明亮，终于在尽头处展开为一片如宝石般的碧蓝。

廊道弯曲成一个直角，径直地朝向了天空。

"飞上去！"刘一舟轻呼一声，展开双翅，急速拍打着，从出口处飞了上去。李山紧随其后，他的翅脉更为有力，几下子便越过刘一舟，飞到了更高的地方。他们看着身下的位置：那里是一个平平无奇的小土坡，上面满是荆棘。

这时，身后传来了熟悉的次声波——那是翅膀拍打空气的声音。数十名武装侍卫紧追而来。从翅脉振动的超快频率来看，他们显然也都处于并联的状态。

"再给我打一针，"李山回头看了看，"我去挡住他们。"

"没用的。"刘一舟加快了振翅的速度。对于身体机能的增强来说，五个脑位的并联已经是极致了。这自然是长期实验的结果。在三爷的要求下，这些年来，科研小组测试了各种脑位并联下的身体机能情况，并做了大量的对抗练习。当并联脑位为五个的时候，身体机能得到了最大限度的激活，再增加脑位，不仅对各方面的能力毫无提升，反而会加大脑部供氧负担，出现头痛等副作用。

"那怎么办？"李山开始焦躁起来，"这么飞下去，迟早会被抓到。"

"别急，"刘一舟抬头看了看天，"这么闷，要下雨了。"

"那又怎样？"

刘一舟并没有回答，而是从身上取出另一支针管，扎进了胸口。

"你不是说多了也没用吗？"李山骂骂咧咧地说。

这时候，一道亮光闪过，随后，炸雷响起，震天动地。

13

第二管注射带来了明显的胀痛和晕眩感，来不及等自己适应这种异常状态，刘一舟便再次把第三管蛋白液注射进了体内。刹那间，仿佛在脑子里引爆了一个炸弹，一种强烈的撕裂感从头部开始，像电流一样闪过了全身。

在一个人的大脑里，同时出现了十五个人的信使蛋白。这样疯狂的事情从来没有人做过，即使是最大胆的实验，也不过并联了七八人的外脑。大量外脑的并联会对脑部和体内的神经系统造成不可逆转的创伤，没有人愿意承受这样的后果，特别是那些高傲的皇族人。

没有人知道十五个外脑并联后，会发生什么。

这是一个真正的新世界，只属于刘一舟一个人的世界。

他首先被那些往往为眼睛所忽略的空气所震撼。在庞大的做无规运动的气体分子背后，他看到了隐藏着的有序潜流。热气蒸腾，像一道由下而上的逆流之川。别处的低速分子不停涌过来，撞击着自己翅膀上的鳞毛，稍作反弹，便被裹挟进一道更庞大的洪流之中。不同的分子间不停撞击，热络地交换着能量和动量。

从河流和湖泊表面蒸腾而起的水分子也被这道洪流簇拥着上升。它们往往抱在一起，形成不同形状和大小的团簇：有的团簇只有几个水分子，它们构成了一条短链，像一根根微小的细杆；有的则由二三十个水分子聚拢而成，组成像笼子一样的稳定结构。这些团簇在上升的气流中频繁地碰撞着，不时合并在一起，转眼又撕裂开。

他抬起头，看见了天空中乌黑的积雨云层。在云层里，水分子团簇更加频繁地碰并，与此同时，低温促使水分子间通过氢键形成了固定的空间结构，小颗粒的冰晶开始形成。冰晶又进一步形成了大颗的霰粒。大量的霰粒与冰晶在混乱中彼此撞击和摩擦，电荷开始在云层中积聚和涨落。在重重遮蔽之下，他看到了那一道道云闪的微光。

这时，头痛欲裂的感觉已经到了无法忍受的程度。他不得不放慢了前进的脚步，大口喘息起来。追兵已经迫近，他看见侍卫扇动着翅膀，在空中引起一道道湍流。

"不用跑了。"李山突然停下脚步，刘一舟也跟着停了下来。是的，已经无路可走了。五个侍卫已经绕到了前方，堵住了他们的去路。

"怎么办？你到底有什么主意？"李山的语气变得急迫起来。

刘一舟似乎突然晃了神。他目光愣愣地盯着前面的空气，嘴里喃喃地念叨着什么。就在追击的侍卫距离自己不到十米时，他突然张开翅膀，用力地扇动了一次。

扑翼引起的湍流向四周扩散开去。可是，它的能量却并没有逐渐消失，而是像雪崩似的，逐级放大，从尘旋风很快变成了一道小范围的龙卷风，像一条长长的细绳般，一直延伸到天上的积雨云中。

最近的侍卫来到了刘一舟身前不到两米的地方，他鼓起结实的翅脉，做出了攻击的姿态。

这时，随着龙卷风的移动，一道闪电突然劈了下来。数十库仑的电荷沿着这条天地间的通路倾泻而下，从数千米的高空，瞬间划出了一道耀眼的弧光。

侍卫突然停止了动作。他翅膀上的鳞片在瞬间变成了灰色，然后被风一扫而光。

他一动不动地从空中掉落，身体在狂风中逐渐肢解。

所有侍卫都停下了前进的脚步。虽然还没有搞清楚发生了什么，但武者敏锐的直觉，让他们陡然预感到了危险。

刘一舟忍着头部的剧痛，继续观察着那数量众多的空气分子。

身体周围的空气分子是最重要的，他认真地观察着它们的质量、动量和位置，为每一个分子都建立了一个偏微分方程，在脑海中对它们的动力学特征进行着迭代运算。稍远一点的地方，他则以气团和气流为对象，以纳维-斯托克斯方程为依据，建立了包含流体密度、压力和黏性系数的非线性方程组。十五个外脑并联在一起，组成了一个庞大的并行量子计算系统，无数的变量在脑海中流动着，高达百万阶的矩阵不停进行对角化变换。

从海量的数据中，他逐步搜寻着自己需要的那个不稳定点，那个可以使这个复杂体系像山顶上的巨石一样，轻轻一推就可以轰然倒下的点。对参数空间进行扫描时，他也会做一些适当的简化，比如用只包含三个方程的洛伦兹方程去简单预测一些卷筒和湍流的走向。一旦发现有合适的参数，他便立刻投入全部算力去精确模拟其对应的动力学特征。

在某个时刻，他再次扇动了翅膀。闪电随之而至，而且这一次，光弧在空中劈裂成了三道。

三个侍卫停止了飞翔。

在这个瞬间，所有的追击者都颤动着翅膀，开始后退。他们的眼中露出恐惧的神色，像是看到了魔鬼一般。

积分！

变换！

矩阵！

迭代！

无数的参数和循环变量在刘一舟的脑中炸开！

在下一道闪电降临之后，侍卫们终于毫不犹豫地转身，以最快的速度向着远方飞去。

在闪电中受热膨胀的空气，这时才猛然发出爆炸性的震动——雷声隆隆，大雨突然间倾盆而下。

14

8月24日，太子南巡丽县，未时一刻，至城郊东陵祭母。

李山带着自己的一队巡警守卫墓北的林荫道。祭典这天一切顺利，没有任何意外事件发生。只是太子回宫以后，过了不到一周，便传来三皇子暴毙的消息。外界对此多有疑问，但诸位御医面对记者的提问都三缄其口，只以"风寒之症"来搪塞。

月底，当李山再次来到刘一舟的家里的时候，他简直不敢相信自己的眼睛。刘一舟的身体已经极度消瘦，翅膀上的鳞片也大多剥落，简直不成人形。他猜到超负荷并联有副作用，可是没想到会这么严重。

他拉着李山的前足，眼神直直地看着实验台下面的一个冷藏柜。李山知道那里面是什么。在这里住的那几天，他两次看到刘一舟从里面取出信使蛋白溶液，注射进儿子的身体。

李山打开冷藏柜，却发现里面没有试剂，而是一个一立方大小的四方晶体。晶体通体透明，在灯光下折射出彩虹般的光纹。

"这是……结晶后的信使蛋白，足够……小新……一辈子。"刘一舟大口喘着气，吃力地张开嘴。李山看了看客厅尽头处的那个房间，再看了看刘一舟，不由得叹了口气。

刘一舟抬起头来，直直地看着李山。

李山用前足拂过蛋白晶体，默默地点了点头。他知道刘一舟的意思，这大概是他一生中最后的一个请求了。

他儿子再也不会得嗜睡症了，李山突然想到，一个萝卜一个坑，再也没有人去和他儿子抢脑位了。通过这一大块透明的晶体，他把自己的外脑，全部交给了儿子。

李山回到警局的时候，正好碰到小王下楼。

"头儿，河尸案真的算到三皇子头上？"小王扬起手中的结案报告，询问道，"这样会不会牵涉太大啊！上头是什么意思？"

"我让你怎么写，你照写就行！"李山骂了一句，心想现在这当口儿，谁还会出来给三皇子出头啊。皇子一死，所有攀附的党羽便随之四散，他之前承诺的所有好处和前途也都化为了灰烬。

他看了一眼时间，回头又把小王叫了过来，让他去学校帮自己接一下儿子阿明。

小王一边爽利地答应着，一边麻利地从李山身边溜了过去。

"直接送回我家里！我这边还有点事，一会儿再回去。"李山冲着小王的背影喊了一句。

小王大声应了一句，然后转身出了警局的大门。

大脑真是一个神奇的器官，他想，李头平时工作起来，思路清晰，逻辑严密，可怎么就一直记不住让自己儿子丧生的那场车祸呢？

虽然不是医生，但作为一个小警察，小王也了解一些心理学的常识。他知道，在经历过极端的痛苦和打击后，有的人会患上心因性失忆症，忘记那段痛苦的往事。从某种角度来讲，也算是大脑的一种应激性保护机制吧。

总之，脑子啊，记忆啊，这些东西，真是太复杂了，小王一边走着一边嘀咕，谁知道那玩意儿到底是怎么回事呢。

蔽芾国

话说那唐僧师徒四人自离了大唐，一路行来，风餐露宿是常事，路遇魍魉亦不惊，行了不知多少里路，这一日来到一处奇地。此地山非雄岭，水无急流，但只是那沙尘漫天，迷离人眼，四顾远望，俱是如此光景。行了一阵，三藏勒马道："徒弟，取为师纱巾来。"沙僧听了，忙歇了担子，从麻布包裹里取出一块黄布锦织的轻纱来。八戒看了笑道："却不知师父还有这等好看的围巾，此处荒郊野岭的，又取纱巾打扮，可是有相好的施主在附近？"唐僧用禅杖敲了这呆子一下，方才说道："这沙尘灌入口鼻，熏得难受，待我遮着鼻子，也好呼吸。"话罢，用手把纱巾在口鼻上系好，又道："此乃唐王赐我的御用丝巾，平日里压在包裹里，未曾取出用过，故你还不认得。"

行者见了这异象，先向师父作了个揖，再禀道："这等熏风沉沉，莫不是有妖精作怪？待我去打探一下。"说完便提纵筋斗云，翻上九重天，手搭凉棚，定睛观看，但见方圆几百里俱是黄云，内里暗影重重，却也不见什么山精水怪。只有在西北方，有一城楼高耸，似是一处人烟兴盛的所在。

行者收了神通，禀明情况，一行人便径向那城市而去。

行不多时，便见到路边有一群衣衫褴褛的农人，正手持铁斧，伐林做柴。各人见了这前来的师徒几人，皆面露异色，似有惧意。三藏乃上前合掌道："各位施主莫要害怕。贫僧乃东土大唐驾下，去往西天求取真经者。路经此地，遥见有城郭在前，不知是何去处？"一干瘦老者合十作揖回道："此地乃蔽芾国境内，前方就是都城所在。"三藏道："善哉！却正好去倒换关文，顺便打搅歇息一晚。"八戒听了，喜不自胜道："是也，这里灰尘仆仆的，也好清洗一番。"沙僧奇道："二哥倒好洁了！"行者却笑道："他哪里是好洁，只怕是馋虫上脑，急着用斋呢！"

　　几人正欲前行，三藏突又止步，再问道："《诗》曰：'蔽芾甘棠，勿剪勿伐。'此地名曰'蔽芾国'，却不见树木葱郁，却是为何？"那老农道："长老说得确是。须知三十年前，这里还是绿野连绵，林木遮蔽。哪知道三十年前，不知道从哪里来了个天雷真君，自荐到皇宫做了国师。其人神通广大，修行一门'天雷正道罡'，可以召唤雷电，端的是法力无边。过不多久，他更是赶走国王，自己做了天子。因其修炼的法门用得大把木柴，于是便强迫我们时时进献。这几十年来，为了维持皇家木贡，这方圆几百里的树林，砍伐殆尽矣。而且新王修炼之时，喷出大量烟尘，使得此地终年笼罩于这黄雾之中。"

　　三藏便向行者问道："悟空，你可知道这'天雷真君'的来历？"行者回道："能引动天雷的，唯有天界雷霆官将，有陶、张、辛、邓、苟、毕、庞、刘八人，莫不是有人思凡下界？"又向农人说道："你等也莫急。想我闹天宫时，那些雷霆官将围攻于我，哪有一人是我对手？待我们前去皇宫，看看是何人在此兴风作浪，也好解脱你等这般苦役。"众人皆拱手道谢。

　　于是四众加鞭促马向前，不多时便见到一座巍峨高城，城门处有负荆蹰行者不计其数。入城后，沿青石长街一路行来，忽见一处金碧辉煌、亭台楼阁林立之处，却不正是皇城？至东华门，自有那黄门官接入通报，不多时，便得旨意宣长老入朝。几人随太监穿堂走弄，拽步前行，到殿前见了那国王。但见他：

> 头戴明晃晃紫金冠，身穿黄艳艳衮龙袍。腰束乌溜溜凤纹带，脚踏亮铮铮云头靴。面如黑铁，目若寒星。肚圆身胖似滚筒，声清嗓亮胜洪钟。

三藏遂上前启奏道："臣僧乃南瞻部洲东土大唐差往西天大雷音寺求取真经者，途经贵国，特乞倒验关文。"那国王凝视唐僧良久，忽地大笑道："却也不难。久闻长老座下有天生神猴唤作孙悟空者，有七十二般变化，翻天覆地的神通，可愿与我交手？若能胜过我的天雷真法，自当换文放行。"行者早见此人内蕴妖火，不似凡人，却又不属天庭雷将，心道："却不知是哪里来的妖怪，胆敢挑衅于我。正好一棍子打成肉饼，也不怕师父聒噪。"于是应声上前，从耳中取出金箍棒，迎面便打。那国王也不闪避，只念了一句法诀，从双手中突地闪烁出刺刺电光，缠上过来的铁棒儿，径向行者窜去。那行者反应不及，顿时被电击中，全身麻木，一时动弹不得。趁这当口，那妖王又取出一个碗口大小的铁钵，晃一晃，变作一口大钟，倏忽之间，便把师徒几人困在其中。

却说这铁钵里黑洞洞，冷冰冰，师徒四人左拱右撞，在铁壁上碰得头皮也软了，正不知如何脱身，忽闻得一处角落里传来人声道："这缸子硬得很，各位且省些力气。"行者使出火睛天眼的神通，见得有一老者盘腿坐于一旁，身穿麻布长袍，作胡人打扮，忙禀于师父知晓。又过了一会儿，行者捻了几根毛，变了个火折子，在铁钵里点亮了。唐僧这才看见那胡人老者，上前见了礼。

原来这人名为阿尔·比鲁尼①，乃是游历西域的胡人学士，不久前经过蔽苊国，见此地大肆伐木，便去向国王进谏止伐，与其一语不合，便被收在了这铁钵里。那比鲁尼在此困了几日，身上吃食已尽，颇有些萎靡不振。

众人正踌躇间，行者忽然笑道："莫急莫急，差点忘了现成的法子。可还记得在小雷音寺的那遭了？"便即把那铁棒变作了一个金刚钻，挨着铁钵钻了几十下，却只留下一道浅白的印痕，不能伤得这大缸分毫。比鲁尼奇道："此棍大妙！不知还有何变化？"行者道："可长可短，宜粗宜细，唤作'如意金箍棒'。"那胡人凑近了观看，连声赞叹。那行者拿着棍子耍了几下，得意道："此本来是大禹定水之物，重一万三千五百斤，乃是从东海龙王处要来。但凡什么妖物，挨着一下便是皮翻肉破的结果。"比鲁尼道："原来小师父有如此神通！"行者又道："这还算不了什么，我更有七十二般变化，可长成十丈巨形，也可化为纤纤微尘，此皆不足奇也。"

那胡人忽然喜道："好！既有如此神通，则此牢可破也！"几人忙问究竟。比鲁尼道："西域古贤有言，万物皆由原子凝成，原子之间，空空然如旷野。如若缩身为原子大小，则出入此钵当如无物矣！"那行者闻之便依言使了个缩身诀，刹时将身一小，凑近铁壁一瞧，真是个：

> 圆圆滚滚似元宵，密密麻麻若锦鳞。横排纵列皆笔直，
> 阡陌相通俱勾连。
>
> 一颗微核居中定，四面薄雾共缱绻。先前未明造物理，
> 到此方悟圣贤言。

---

① 阿尔·比鲁尼（Al-Biruni），旅居印度的阿拉伯科学家，他提出了地球自转和日心说等思想，对后来的哥白尼创立日心体系有着直接的影响。同时，他对物质的比重问题也有深入的研究。

行者进了这一片原子林，寻幽踏径，须臾便从其中的缝隙穿了出去。待穿过铁钵，眼前顿时一空，便见到零零散散的大小球状体，抱结成团，各自飘荡碰撞着——原来却是空气微观时的模样。行者收了神通，现了原身，却见到那妖怪往后殿走去，手里正托着那铁钵。行者擎出铁棒，照铁钵当的一声打去，把那法宝掀了个底朝天，救出了长老诸人。那妖怪见事不谐，急忙又使出天雷真法来，扰得这堂堂大圣左支右绌，好不焦躁。等寻得空隙，一棍下去，却又从那怪物身上引来电流，恼得大圣如同老虎见了刺猬，不知从何下手。

　　这时那胡人比鲁尼突然道："照腰间黑圈打！"原来他在一旁注视良久，看出这妖法的端倪：这厮从肚里引动真火，燃烧出水汽，再用那蒸汽之力转动胸部线圈，便可从手上发出电来。行者闻言横棍一扫，正好把那怪物腰部的黑圈打掉。原来那圈乃是蒸汽的密封圈，此物一松，顿时便见蒸汽如箭般从妖怪体内冲出来。

　　假国王见泄了气，法术已破，情知不妙，立马捻着手指，念了句脱身口诀，化作一阵清风向外去了。行者追了一阵，可惜在沙尘之中，几步就失了怪物的踪影，只好返身回宫。师徒几人找宫中内官，换了通关文牒，便就出了宫，继续西行而去。比鲁尼只说要回天竺，也随师徒几人同行。

　　行得几日，众人到了蔽苻国边境。此地乃是一片茫茫沙漠，抬头远望，不见一树绿荫。又有烈日炙烤，苦得那长老汗流不止。八戒扬起耳朵，当作蒲扇扇风，一边嚷道："莫非又到了火焰山了？"三藏道："此处虽热，却也忍得，不若火焰山那么蒸人。"说罢也不多言，只是促马向前。

　　却说这比鲁尼自同行以来，一直对那如意金箍棒念念不忘，一路上追着行者，多次问询，几番试探。先是问道："此物放耳朵里可舒服否？"行者答："无甚异样。"比鲁尼讶道："怪哉！此犹大山之立于针尖，如此压强竟于肉耳无损焉？"行者挠头道："压强是何物?"比鲁尼也不答他，自顾低头思虑良久，又问："大小变换可有损其重?"行者转眼思索一番，答道："小时似略轻。不曾称过，哪知道这许多。"比鲁尼叹道："也罢，也罢，不妨拿出来一试。"

于是行者乃取出铁棒，立于沙地之上，其自陷五分。又不改其粗，只让它变长一番，便见其籁籁然再陷三分。比鲁尼恍然道："然也! 其重无定，随大小而变，却不知这损益之重，来自何处?"

行者正被这胡人胡语弄得有些不耐烦，却突见前方天际黄光一闪，两个拦路的精怪现在了云端。其中一人正是逃走的天雷真君。原来这天雷真君有一师弟，号曰"光明法王"，通晓大光明术，一直在此大漠修炼，此番天雷真君受了挫，便找来法王，意欲合力擒下师徒几人。行者见了那妖物，也不多言，径直擎了铁棒，驾起云头就打将上去。这番是:

> 沙云泛起，尘土纷飞。铁棒挥起寒雾漫，紫电闪烁灵猿惊。一边是欲取长生长老肉，一边是誓保大唐西行僧。两边斗罢天地暗，山摇地动胜难分。

那光明法王见大圣勇武难制，久战无功，终于摇动头上巨冠，暗运法力，使出了大光明术。只见那怪头上巨冠见风急长，顷刻已有几丈大小，通体浑圆，形如水镜。炙烈阳光透过巨冠汇聚成一道极热的光斑，打在行者身上，顿时把一身黄澄澄的猴毛烧为焦炭。行者大叫一声"苦也"，倒转身形，一个筋斗云翻到十万里外的南海，旋即扎进水里，方才退了这炽烈之苦。

八戒和沙僧见行者落败，也无战意，只一心护着师父离开。那二怪久战力竭，也不阻拦，收了法术，径回修炼洞府去了。

几息过后，这脱了毛的石猴重又驾云归来。八戒见到全身乌黑的大圣，不由得笑道："师兄可是又去炼丹炉里走了一遭?"行者道："晦气晦气! 这法术好生厉害，那妖光，比起三昧真火却要更烈几分。"三藏叹气道："如此可怎生是好！有此怪相阻，还如何去拜得佛祖？"行者道："师父莫急。我看这法术要引接烈日之光，方可奏效，我们不妨先休整一番，待到天光暗下，再潜行穿过此处即可。"众人听了尽皆称善。

不一时，已到了二更时分，此时月残星疏，四面幽暗无光。于是众人乃收拾行李，急急前行。无奈大漠方圆百里，一夜赶路，仍没有脱出险地。日头升起来后，那二怪便又找上门来，与行者大战一番。那妖法果然厉害，行者终是不敌，三藏等人只好又退出了沙漠。

几次三番下来，行者也焦躁起来，对三藏道："莫若等到夜里，我背师父飞过去罢了！"唐僧忙喝止道："万万不可！证道之路，非一步步走去不可，万不能寻巧投机。"沙僧点头道："师父说得对！"行者道："那便无法可想了。除非夜行百里，否则哪能穿过此地？"

几人正唏嘘怨叹，那比鲁尼忽然道："如果一夜有二十个时辰，那又如何？"八戒笑道："你这胡人也昏头了！一天不过十二个时辰，夜晚又何来的二十个时辰？"比鲁尼道："我有个法子，可使夜晚变长，或可一试？"众人惊问其故，待其说完，俱各讶异，实难辨其真假。于是此夜众人依计而行，待看此法能否延滞天时。

此番不提，再表那天雷和光明二怪，这日早早睡去，欲待养好精神，明天再与那神猴一战。这一觉，不知睡了多久，忽然那天雷真君惊醒，看天色犹暗，便问师弟道："现在是几更时分了？"那光明法王缓缓道："怕是有五更了吧？我已醒了好久，不复有睡意矣。"天雷真君奇道："怪哉！平日我总要日上三竿方能睡醒，今日怎么醒得如此早？"法王道："怕是连日大战，精神紧张所致。"半晌又道："师兄请宽心，且再睡一个时辰罢。"

如此又过了许久，那二怪终于忍耐不住，爬起床来，出府查看。但见那夜色幽冥，星空清朗，冷风扑面，正是一幅深夜的景象。天雷真君道："不知那唐朝和尚走到哪里了？"光明法王腾空而起，使了个远望之术，却迟迟没有见到和尚的踪影。惊异之下，此怪运起神通，遍搜大漠，忽然惨然道："坏事了！这几人已经出了大漠，就要离我修炼之法境也！"回头却不见师兄答话，正疑心间，只见那天雷真君瞪大铜铃双眼，抬头凝视远方，竟至呆滞之状。法王也循径望去，登时，一个通天巨物映入其眼，仿佛那擎天之柱，重现人间！

你道这是何物？却不正是那如意金箍棒！

原来这比鲁尼献计，让行者把那铁棒插入大地，再大其形，增其长，添其重，其循环往复，历时数个时辰之久。其间，但见这庞然大物如巨塔耸立，直冲云霄，以至目力不可见矣。此番异动，自然惊动了天庭，玉帝命千里眼、顺风耳至南天门观看，须臾，二将便回报道："是那保唐僧取经的孙悟空，把如意金箍棒变大所致。"玉帝道："如此天地震动，那金箍棒变大到了何种程度？"千里眼回禀道："此神物拔地而起，迎空便长，片刻就冲出了云层，然后越过了荧惑、岁星、镇星①，现在已经长至天外，臣亦不可尽视矣！"玉帝遂吩咐其禀报西天佛祖，看其有何应对。

却说行者在放大铁棒之后，便和唐僧一行人趁夜前行。此法果然奏效。五人一马，扬鞭赶路，一直行到大漠之外，夜色仍是未消。唐僧乃问比鲁尼道："老人家，此法为何奏效？"比鲁尼沉吟片刻，回问道："长老可知，日夜循环，所为何故？"唐僧道："一阴一阳，天道轮回也！"比鲁尼道："长老玄论高妙！不过小老儿有一猜测，但请长老教诲——这大地其实乃一巨大无比之土球，其日日旋转不息。彼太阳悬于一侧，地球旋转之时，但有朝阳一面，便为白日，当其背日之时，便为黑夜。如此一日一夜，因转动而交替。"唐僧道："此论奇也！然铁棒延滞天时，又是何故？"比鲁尼答道："物体转动之能，皆为定数。但增其径，其转则愈慢。譬如盘鼓舞女，

---

① 荧惑、岁星、镇星：火星、木星、土星在古代的称谓。

舒敛四肢以应缓疾也。此番妙用铁棒，便是取其绵延之长、巍巍之重，增大地球之转径，以冀缓其转速也！"唐僧额首赞曰："果然因缘至妙！"

正说话间，忽然一阵阴风卷过，却是那二怪等不及天亮，追了上来。行者见了笑道："来得好！此番没有阳光，看你还能耍甚么手段。"正要动手，突见天边有一道五彩祥云升起，霎时间瑞光满地，众人看去，却是西方极乐世界观世音菩萨显出法身。唐僧一众急忙倒身下拜。菩萨对行者道："且收了金箍棒吧。天时紊乱，世间已然大乱，此番你虽无意，却造下孽缘矣！"行者听了连声答应，忙收了铁棒。

那二怪见菩萨现身，转身欲走，被菩萨一道法旨打成原形。菩萨却对比鲁尼道："三千世界，各有因缘。你前世本来自另一世界，名为法拉第，误入此间，也是机缘。那两个妖怪，本是伴你身边的发电机和放大镜，不料随你来到此界，却修炼成精，让你应了此劫。此番因缘已了，待我送你回去吧！"比鲁尼朝空礼拜，口中称"是"。果然见菩萨取出净瓶，口诵真言，顷刻间已把比鲁尼和二怪收到瓶中。菩萨又吩咐行者以后万不可再作此妄行，行者忙点头应了，再与三藏勉励几句，便驾起祥云，起身去了。

过得片刻，唐僧方才起身上马，四众继续西行。不一时，天果大亮也！

断　层

物理学已死。化学已死。生物学已死。数学已死。材料科学已死。工程学已死。经济学已死……

人类所有的科学技术研究机构都大幅缩减，唯有考古研究所四处开花。

其时其世，考古学乃是唯一的显学。

可惜，这些辉煌事迹都是三十年前的老黄历了。当我进入中国考古研究33181所时，怎么也不会想到，当时如日中天的考古学竟会逐渐衰落到今天的地步。在我从事考古研究的这几十年里，全世界一百多万所考古研究所、全中国数十万个考古研究机构就像经济危机下的中小企业一般，纷纷零落。到现在，33181所已经是全国仅剩的十八家考古所之一，而且，正处于风雨飘摇之中。

因为缺少经费，我们已经半年没有发过工资了。办公室的饮水机已经很久没有更换新的桶装水，厕所最里侧靠墙的便槽几个月来一直在往地板上滴水，楼层的走廊上有一大块墙壁的墙纸开始在潮湿的空气里剥落。室内的照明系统也不时出问题，有时候灯光会突然变成橙黄色，在灭与不灭间徘徊。办公室里的人越来越少，连所长也成天不见人影。大部分人离职了，当然也有人舍不得放弃这个编制，还在坚持。跟我一个组的老潘，每天都偷偷溜出去做兼职，据说是在一家民间收藏机构做修复员。还有小玲，在办公室的电脑上开游戏直播也不是一天两天了。本来以为这种放任自流的状态还会持续一段时间，可是昨天晚上，突然收到了开会的通知，而且特别强调要所里全员出席。今天的办公室里，每个人都惶惶四顾，眼里露出惊慌之色。

大限将至，抑或是转机到来？

所长坐在狭长的会议桌一端，看着下方仅剩的几名研究员，神色漠然。白色的桌面上有一团淡淡的褐色污渍，大概是哪次打翻茶杯留下的，之后一直就没有完全擦除干净。他的目光扫过那团污渍，然后立刻转开，像是什么都没有看见。他那本就稀疏的头发似乎又凋零了不少，看上去越发可怜了。"又走了两个，"他转头问小玲道，嗓音有点哑，"最近古卷没丢过吧？"之前曾经有过离职人员顺走古卷的先例。据说，近来各类古卷在收藏市场上的价格一路攀升，大概是有推手在背后刻意炒热市场。

"没有。"小玲立刻应道。自从最后一名在编的仓库管理员离职以后，管理古卷仓库的责任就落到了小玲身上。她并不是考古专业的学生，但工作态度很认真，平时遇到有什么关于古卷保管的问题也常常向我请教。她很珍惜这个工作机会，虽然我们都不知道这个考古所还能维持多久。她今年刚从护理专业毕业，很"幸运"地成了她们学校这个专业的最后一届学生。因为商用的智能护理机器人大批量上市，众多医院大幅度削减了护理人员，很多职业院校也都纷纷砍掉了这个专业。

所谓古卷，从外观看上去，其实就是一些用铝合金真空封闭的"罐头"。它们全都来自所谓的"太古遗迹"。半个世纪以前，因为一次高铁隧道的修建，深藏在秦岭山脉之下的太古遗迹第一次展现在世人面前。遗迹并不是常见的墓葬，或是宫殿，或是古代村落和城邦，而是一个造型奇特的封闭式建筑群。它们每一个都有穹顶式的顶部，其间，由许多曲折的管状通道相连，从整体上看像一个结满了众多根茎果实的藤本类植物。在这些"块根"中，密密麻麻地塞满了洋溢着金属质感的罐头状物品，俨然是一个食品加工厂的仓库。每个罐头里面都封存了一块巴掌大的卷筒状柔性材料，在显微镜下可以发现它们都具有精致的碳化硅—钠铁砷超晶格结构，其中充满了看上去毫无规则的晶格缺陷。一段时间以后，人们发现，这些缺失的原子，其位置的分布其实有一些固定的模式，它们大量在层状的晶格平面中出现，似乎隐藏着某种信息。有人指出，这些模式的组合，事实上构成了一种奇特的语言。经过语言学家的研究和解读，人们很快就掌握了这种语言——因为有大量的文本可供研究，其解读的难度比甲骨文小多了。于是人们终于恍然大悟：原来挖掘出的那个遗迹，乃是一座"图书馆"。

每一个罐头里，都装着一本书。碳14年份测定的结果表明，这些图书出现的时候，人类的祖先还在树上摘果子吃。它们来自一个与人类截然不同的上古文明。他们与人类在同样的空间上发展起来，却在时间上错开了近千万年。关于这种前人类时代的智慧生物，直接的骨骼样本极少，生活群落的遗迹也几近于无，唯有这种"图书馆"因为被精心设计和保存着，所以被大量发现和挖掘出来，成为我们了解他们的重要途径。

"有件事想要问一下大家的意见。"所长一边说着，一边试图用手势激活头顶的投影装置，但是一直没有成功。老潘站上会议桌，手动重启了一下投影仪，终于让这个老古董重新发射出光亮来。说起来，老潘最早其实是学机械制造的，毕业后正好碰上第一批古卷出土带来的全民热潮，于是毅然向考古所递上了简历。他现在对当初的决定感到后悔了吗？我看着他略显疲惫的神色，不禁又回想起自己进入考古所前后的那段日子来——那真是一段狂热而神话般的时光啊。

投影仪上终于显示出了所长的报告图片。那是一片显微镜下的古卷晶格图，看上去和其他的古卷没什么两样。或许古卷翻译学家能一眼认出其中的内容，但对于我们来说，这只不过是一些堆叠的原子而已。

"现在所里的情况如何，我也不用多说了，大家都看在眼里。"所长不疾不缓地说道，"该解读的资料早已经解读完毕，剩下的也不过是些艺术和人文类的消遣之物，对吧，小玲？"所长特意问了她一句。

小玲无奈地摘下了AR眼睛，天知道她又在悄悄玩什么游戏。"是啊，理工类的古卷十年前就解读完了，不信你问文仔。"她立刻把球抛给我。我白了她一眼，没有接她的话茬。

不过她说得没错，我早些年的确解读了为数不少的理工类古卷。我还记得自己刚从物理研究所毕业的那年，网络上到处都是关于古卷发掘的耸动标题：

《震惊！阿坝茂县出土惊人古卷，推翻爱因斯坦相对论！》

《改写历史的发掘！腾冲古卷揭示包含42粒子的标准模型》

《第五种基本作用力被实验证实，古卷中的基础理论再次被确认》

《清华教授：甘孜州二期古卷将助力常温超导材料研究》

诸如此类的新闻，每天都层出不穷。理工科的教科书几乎每个学期都要重写，因为从古卷中发掘和验证的理论正迅速扩展着人类认知的边界。从来没有哪个时期，考古工作者获得过如此多的关注和荣誉。人们对考古的热情空前高涨，这种热情不仅来自官方，更多的其实是来自民间——资本市场的热钱快速涌入，一大批考古研究所如野草般疯长。一大批新材料和新技术迅速被验证，然后投入市场。人们的生活被日新月异的高科技玩意儿塞满，有刚出狱的囚犯直言世界变得太陌生，感觉像被关了几百年。

在这种环境下，正常的科研根本无法继续进行。不管你想申请什么项目，如果你的课题没和古卷搭上边，根本就别想立项。这是可以理解的：明明有更快捷和高效的途径获取新知，干吗还要吃力不讨好地去重新发现一遍呢？就像我，本来硕士阶段是做量子计算的，博士阶段一开始我还想接着之前的工作继续做，结果突然有古卷发掘出来，里面直接给出了一个便携式通用型量子计算机的原理说明和一大堆详细的图纸，那我还研究个屁啊！于是博士阶段只好临时跟着考古所打打杂，把这堆关于量子计算的古卷解读了一遍，勉强混了个博士毕业。也因为这个关系，毕业后就顺理成章地进了考古所，开始了古卷解读的苦逼生涯。

"大家都说，这些古卷里的东西已经了解得差不多了，不会有太多新玩意儿了。的确，最近十年，全球的考古所几乎就没有发现什么在科学上有价值的东西。"所长顿了顿，突然提升了语调，"但是，这片古卷，可能是一个例外！"他再次提醒我们看向投影中的图片，"毫不夸张地说，我认为，这片古卷的价值，要远远超过迄今为止所发掘的所有古卷！"

所有人都不动声色地看向前方的投影，等着所长接下来的话。我看到老潘脸上露出不以为然的神色。这是自然，因为类似的话所长大概已经说过十多遍了。

古卷发掘和研究的热潮在十年前开始消退。经过几十年的发掘和解读，人类已经快速吸收和掌握了那些古卷中的科技，很多都已经投入了应用。可以说，从科技水平上，人类已经基本赶上了上古文明。能够给科学界带来新突破的古卷越来越少，到后期基本只剩

　　　　　　　　　　　　　　　　　　　　　流光之翼

下一些人文或娱乐类的古卷还没有被解读了。从那以后，资本开始逐渐从考古市场退出，各国都出现了一波民营考古机构的倒闭潮。好在我所在的33181所的前身是国家文物局的一个下属机构，有国营机构的背景，韧性比较强，这才一直撑到了现在。即便如此，最近几年的日子也不好过。每隔一段时间，我们便要到处去拉投资，每次在投资人面前都大力吹嘘新发现的古卷是多么重要，比刚才那句更夸张的话也不是没有说过。

"这次是真的！我们内部开会，你们还不信我！"所长看着我们的反应有些上火了，脸色泛红，挥舞着手臂用力地戳向空中那虚幻的投影，"它是解释'大断层'现象的一把钥匙。"

听到"大断层"这几个字，所有人都一愣，看向投影的眼神终于认真了起来。所谓大断层，指的是上古文明的一个极不合理的飞跃式发展阶段。根据古卷中记载的知识层次进行分析，在一个不到十年的极短区间内，上古文明的科技水平发生了突飞猛进的进步。这种进步是全方位的，在各个学科领域都突然出现了很多重大的突破。用人类的文明史来类比，大致就相当于是把从第一次到第三次科技革命的时间压缩到了五年内。对于这一现象，有无数人从各种角度试图给出解释，什么非线性发展模型啦，什么奇点理论啦，还有声称外星人降临地球的啦，但是每种说法都很牵强，找不到什么直接的支持证据，所以一直都没有一个被广泛认同的解释。

"这一卷是什么时候发掘出来的？"老潘问道，"最近所里似乎并没有收到新出土的古卷。"

"是五年前送过来的。"所长想了想，"同一批出土的还有其他一千册左右，我们都已经解读完了。就只剩这一卷，我在初审之后，就一直藏着没有让你们复核。"

我想起来了，五年前确实有一批从安阳出土的古卷送过来解读，内容大部分是关于上古文明的社会结构和法律文书之类的，所以并没有引起太大的反响。古卷的清点和入库一直由所长自己负责，没想到他竟然还私藏了一卷。

"这卷的具体内容是什么?"我忍不住问道。

"一种机器的制造指南。"

"什么机器?"

"……时间机器。"所长犹豫了一下,终于还是说了出来。

所有人都长吸了一口气。我必须承认,尽管古卷中的知识已经给了我们无数次的震撼,但这次的震撼感仍然远超之前任何一次。这可是时间机器啊!这些上古人类,这次还真是给了我们一个大惊喜!

"有救了!研究所有救了。"老潘大喊了起来,然后笑着说,"这次看那些投资人还投不投。不用我们出面,只要放出点风声,我保证那些家伙一个接一个地捧着钱来求我们。"

"何止啊,这东西有可能带来一波新的古卷热啊!天知道那些古卷里还藏着些什么奇妙的玩意儿。"

"可是所长,"我有些疑惑地问道,"为什么当时要把这古卷藏起来呢?"

"是啊,早点拿出来,我们这几年也不用搞得这么辛苦啊。"

所长的脸色一如往常地凝重,他静静地等待我们从兴奋中平静下来,然后才沉声说道:"在这本书的最后,记载了时间机器普及后所发生的事情。总的来说,我觉得可以用灾难来形容。"

"莫非发生了'外祖父悖论'之类的事件?"看过很多科幻电影的小玲插话道,看我们都一脸茫然,又赶紧补充说,"就是那种回到过去杀掉自己外祖父然后导致时间线紊乱的故事。"

"那倒没有。根据古卷的记载,时间机器的使用有很多限制,其中有两个最重要的:一是只能在时间机器发明之后的时间范围内进行跳跃,也就是说永远无法回到时间机器发明之前的时代去;二是跳跃后的人只是作为一个观察者而存在,即无法和新时空的物质产生任何相互作用,当然也就不可能做出影响或改变历史的行为来了。"

"这样啊……"老潘略微有些失望,"那这东西的商业价值就小很多了。"

"可是既然如此,它还能造成什么灾难性后果呢?"

"所谓的灾难,并不是像地震或者战争这种直观性的征象,而是对文明发展造成的一种间接性的隐形伤害。这种伤害一开始并不明显,甚至可以说恰恰相反,它极大地推动了文明的进步。在时间机器投入使用的前几年,大批科学界人士跳跃到未来,学习和吸收了来自未来的先进科技,从而为当前的时空带来了一场空前的科技爆炸。这就像在不同蓄水高度的水池间修建了一座连通器,知识的水流从高处飞快地涌入低洼地带,浪潮汹涌,势不可挡。"

"这就是'大断层'?"

"不错,这就是所谓的'大断层'现象出现的原因。"

"那之后呢?又发生了什么?"

"之后发生的事情极具讽刺性。从某种意义上讲,和我们当前的处境具有某种相似性。"所长意味深长地看着我们,苦笑了一声,继续说道,"大家回想一下几十年前我们的科研机构大批倒闭的情形,大概就可以推测出他们在时间机器普及后所遭遇的窘境了。自从发现古卷这几十年以来,那些真正的原创性的科研工作几乎消失了,一切科研工作都沦为了对古卷的破译、验证和应用研究。我们的科学人才在流失,那些世界上最聪明的大脑,现在不再独立地思考宇宙的奥妙,不再从推理和实验中探究自然界的规律,他们都埋首于古籍之中,摆出古代儒生那皓首穷经的姿态来。看上去我们的科技水平大幅度上升了,但长此以往,我们将逐渐失去独立的创新能力,变成一群跟在古卷后面亦步亦趋的效仿者和只会在故纸堆中寻找答案的懦夫。"

"是这样吗……"

"哼,早就有这种趋势了!不过好在古卷的数量终究有限,近二十年来已经没有发现新的大规模古卷群了，所以一切又都开始回到正轨。但是，时间机器可完全不一样。"所长刻意停顿了一下，似乎是给我们一些思考的时间，"想想看，从未来涌入的科技，那可真算得上浩瀚无尽了。在这些无穷无尽而又唾手可得的知识面前，还有人愿意从事独立的科研工作吗？"

"会有这么严重吗？"

"事情比你们想象的要严重多了。在经历了所谓的科技爆炸之后，因为科研人才的断档，本地时空的科研工作陷入了近乎停滞的状态。然而，从表明上看来，他们的科技水平仍然在一路提升，从未来涌入的新鲜科技给整个社会带来了一派繁荣的虚伪表象。他们并没有注意到，一些隐患已经悄然出现。比如，对于一些来自未来的科技产品，人们对其工作原理已经变得似懂非懂。很多时候，他们已经懒得再去追根究底，而是只求学会其使用方法就行了。这会带来很多麻烦，比如当一个机器出现损坏的时候，寻找本地的维修人员便成了一件非常困难的事情。这种在科技上的懒惰性逐渐蔓延到社会的各个角落，并最终酿成了一场巨大的灾难，葬送了他们的文明。"

"那后面到底发生了什么事？"

"最后的灾难到底是什么，古卷上并没有确切的记载。我估计那时候整个社会已经陷入混乱，没办法进行仔细的考察了。总之，因为某个特殊的原因，所有的时间机器突然都无法正常运行了。有人推测是因为一种大规模爆发的网络病毒，也有人认为是因为太阳耀斑引发了某些硬件上的故障，众说纷纭，没有人知道真正的原因。其实说起来，这不过是一些机器故障而已，虽然规模很大，但接下来要做的事，不外乎就是找出故障原因，修好机器就行了。但讽刺的是，不管怎么寻找，始终找不到能够修好时间机器的人。事实上，在灾难爆发的那个时代，人们已经退化到连时间机器的原理图都看不太懂的地步了——虽然那是他们的前辈们所发明的。从那次灾难之后，他们便永远失去了时间机器，只剩这样的图纸留存下来。因为科技创新和独立研发能力的低下，他们的文明开始逐步衰落，到最后，终究是无声地湮没在了时间长河之中。"

所长的解说停止了，但其话中所言带给我们的震撼仍在我们的脑海中回荡。我似乎看到了，在那个科技空前发达的上古时代，所有人因为机器突发故障而陷入迷茫的神态。在科技愈发昌明的今天，我们会不会又遇到这样的情形呢？我突然抬起手上的腕表——那是一个智能投影腕表，它可以在表盘上方一尺见方的范围内进行3D投影，通过使用者的手势和语音进行互动，但是，其投影的原理是什么呢？我不知道，我想大多数人都不知道。人们只会要求越来越便利的智能装备，至于它们是如何实现的，又与我们何干呢？

办公室里突然陷入了一阵令人难以忍受的沉默之中。

片刻之后，终于还是由所长打破了这片静寂。

"我想，可以进入我们今天会议的正题了。"他关闭了投影仪，会场顿时变得一片阴暗。窗外的天空不知何时布满了厚重的乌云，似乎有一场风暴正在酝酿。

"现在有两种选择摆在我们面前。一个是公布这个古卷的内容，这可以拯救我们考古所，并且大赚一笔。这东西如果能成功申请专利，我们这辈子应该是什么都不用愁了。另一个选择是继续隐藏这个古卷，或者干脆彻底摧毁它。大家认真想一想，然后，我们投票决定吧！"

所长的声音有些嘶哑，说完之后，他便直直地瘫在了老旧的皮椅上，似乎说出这番话已经耗尽了他所有的力气。

两个选项看上去优劣明显，但其中隐藏的后果却让人感到惊悚。第一个选项对我们自身毫无疑问是最有利的，但时间机器如果真的制造出来，却有可能让人类步上古文明的后尘，走上文明衰落之路。或许我们可以避免这种结局，我在心里极力想说服自己，我们可以向社会陈述过度依赖未来科技的危害，让人类维持一定的原创性的科研能力。但这种逆势而为的事情，真的能够实现吗？想到近几十年来人类社会在古卷发现后的所作所为，我又不禁陷入了深深的怀疑之中。

第二个选项当然可以从根本上杜绝这样的文明危机，让人类走回到科技发展的正途。但也许在其他的地方还有这样的古卷发掘出来呢？那我们现在的所作所为岂不是毫无意义？再者说，考古所倒闭以后，所里上上下下该怎么办？老潘一家老小要如何生活？他这么大年纪了，就靠出去做零工吗？而我，虽然是物理学博士出身，但做古卷解读已经几十年了，现在突然改行，我又能做些什么呢？回去做物理研究是不可能的了，我清楚地知道自己已经失去了那种能力。思来想去，我竟像又回到了懵懂的少年时代，陷入了深深的自我怀疑和迷茫之中。

时间一分一秒地过去，所有人都陷入了思索之中。谁也没有想到，在这样一个破旧的办公室里，整个人类文明的命运与自我的前途，竟然以如此奇妙的方式纠缠在了一起。阴暗的乌云之下，开始有狂风呼啸。沉重的空气里，充满了荒诞与不真实之感。

不知过了多久，所长终于推开皮椅，站了起来。他咳嗽了一声，然后一字一顿地认真说道：

"好了，开始投票吧！"

没有敌人的战争

　　这场战争已经持续了十年，说实话，大部分人已经习惯甚至开始无视它的存在了。每天早晨，从位于赤道的海上发射平台升空的数十艘宇宙战舰在经过几分钟的加速后，便进入近地轨道，然后慢慢靠近外星飞船。它们通常在距离外星飞船一百公里的斜下方轨道上游荡着，伺机对外星飞船发动攻击。

　　外星飞船的机动性似乎不太好，这么多年来，它并没有对这些地球战舰进行过任何一次追击。然而，地球人也拿它没有办法，因为它变态的防御能力实在是超出了人类的理解范围。在外星飞船的外面，包裹着一层未知的力场，所有攻击而来的武器，不管是质量武器还是能量武器，都无法对其船体造成真正的损伤。

　　这场僵持的战争起源于十年前一个晴朗的日子。就在那天，世界上所有天文台同时发现，一艘不明飞行物正飞速地靠近地球。之后，越来越多的图片和视频资料在网络上公开，人们看到了它那优雅而富于美感的流线型身躯，还有在外壳上镌刻着的那无数精致而复杂的纹路——所有这一切都绝非自然的造物。人类社会第一次毫无争议地认识到，我们并不是宇宙中唯一的智慧生物。在短暂的激动过后，涌上来的是无端的恐慌。

　　它要干什么？

外星飞船绕着地球飞行了三天，其高度最低的时候已经降到了一千米左右。在其经过的路径上，一个遮天蔽日的黑影笼罩了大地，所有人都抬起头来，怀着种种复杂的心情看着它。

刚开始，一切相安无事，直到一颗炮弹射向飞船的船体，然后被飞船的防御力场无声地包裹进去。

炮弹来自一个极端宗教组织。在亚洲大陆的中部地区，他们所领导的武装集团让这里战乱频发。他们仇视一切异教徒，不管这些异教徒是本国人还是外国人，是黄种人还是白种人，是地球人还是外星人。外星飞船经过他们领空的时候，他们正在进行某种严肃的宗教仪式。飞船在他们上空停留了一会儿。不知道为什么，他们认为这艘大飞船阻挠了他们的仪式，亵渎了他们的神，所以毫无疑问是邪恶而必须消灭的。

于是，他们架起高射炮，就这样开始了攻击。

外星飞船很快就有了反应。它向地面投掷了更多的炮弹，将下方那座沙漠小城夷为了平地。

这个消息以光速传遍了整个世界，所有人都猛然意识到，这艘飞船很可能来者不善。之前在社会上一度流传的这艘飞船是和平使者的说法，一下子消失了。在飞船前进的路上，各国政府都开始出动各式武器，力图阻止或者击落它。可是，不论地面以怎样密集的火力对其进行攻击，它总是能以更猛烈的攻击来回应人类。在这个过程中，世界各国都相继遭到了飞船的攻击，数十座繁华的城市化为灰烬，几十亿人流离失所。

人类愤怒了。他们的攻击开始升级。最新式的导弹和激光武器不断集结，然后向着飞船倾泻出人类的怒火。外星飞船也毫不示弱，同样对人类还以导弹和激光的攻击。

就在这样不断的攻击和还击中，人们渐渐发现了一个可怕的事实。那就是，不管人类对飞船做出何种攻击，飞船的还击总是"以彼之道，还施彼身"。人类如果对其射出一颗火药炮弹，那么飞船也

　　　　　　　　　　　　　流光之翼

会还以一颗炮弹；如果用激光攻击它，它则会以激光还击。而让人觉得可怕的地方是，外星飞船还击的炮弹或者激光，总是比人类的武器威力更大，像是把人类的武器进行了某种技术升级似的。

军事专家们对外星飞船投下的炮弹进行了研究，他们通过对残骸的分析，对相关影像的观摩，逐渐掌握了外星人的技术窍门。其实外星人对相关技术的改进并不大，有时候只是改动了一个很小的地方——比如改进了一点点推进剂的配比——就让整个武器的威力加大了几倍。武器专家们欣喜若狂，他们以此改良了技术，造出了更大威力的武器，再次向外星飞船发起攻击。然而，他们得到的，却是比之前更凶猛的还击。

人类没有放弃，他们继续从外星飞船的还击中学习着新的武器技术，然后再不断提升自己的战力。就这样，战争一天天、一年年地持续着。在普通人的眼中，政府所领导的军队正为了保卫人类而不懈奋战，然而，只有极少数的政府高层知道，事实根本就不是这样。

这艘外星飞船其实毫无威胁，这场战争从一开始就是个错误。战争开始一年后，飞船上的纹路就已经被人类的语音学家破解——那是一种简洁而优雅的外星文字。镌刻在飞船上的文字内容是：

我们是技术传播者。给我你们的产品，我们会改良出更好的产品还给你们。我们的目标是帮助所有低等文明，更快地成长起来。让我们一起，向着宇宙的终极真理而进发吧！

在得知文字的含义后，所有知情者都大为震惊。联合国曾经组织一个国际组织，协调各国停止了对外星飞船的攻击。果然，外星飞船也同时停止了对人类的还击。和平的曙光似乎在那一刻降临到了所有人的头上。然而，没过多久，人类的攻击就再度开始了。

从那时起，战争就不再具有通常的意义了。它实际上沦为了一种军备竞赛。在别的国家都不停攻击飞船，从而在飞船的"还击"中获得更高级的军事技术的时候，自己又怎么能够落下呢？所有战争的参与国，其军事技术都一日千里地进步着，尝到了甜头的他们，就更加不肯轻易罢手了。

　　就这样，战争持续了十年。

　　在第十年，终于有一个小国，冒天下之大不韪，偷偷向外星飞船发射了一颗大当量的核弹。它希望可以以此得到能够制衡那些大国的真正的超级武器的制造技术。

　　很快，飞船做出了回应：一颗人类历史上从未有过的超级核弹向着地球飞来。十几秒钟后，整个地球的地壳层同时发出了剧烈的震动。在着弹点几十公里范围内，海水瞬间蒸发，几百公里内的海水接着沸腾了起来，汹涌的巨浪一往无前地扫过了所有的陆地。

　　从那以后，飞船再也没有受到来自人类的任何攻击。

　　飞船的智能控制系统颇为不解地在近地轨道上徘徊了近一年，直到确定这里的文明再也不需要技术上的帮助了，它才发动超空间曲率引擎，向着茫茫宇宙中的下一个低等文明飞去……

对　流

药　童

炉上的火正旺，药童手持着蒲扇，愣愣地看着炉上的陶罐发呆。

一开始只是偶尔冒几个泡，但很快水就开始翻滚，然后沸腾了起来。药童呆呆地看着用来煎药的陶罐，仿佛透过它灰扑扑的外壳看到了其中循环流动的药液。那是一种对流的现象，药童不自觉地想，可是下一刻他又烦恼起来。

他知道药有毒，也很清楚这个药是准备献给汉平帝刘衎的。因为他是王莽身边最亲近的侍童。

我竟然来到了汉朝！他暗自骂道，这次多半是回不去了。

我要不要救一下那个小皇帝？他只是稍微考虑了一下，便很快打消了这个念头。从脑中的记忆看来，毒杀汉平帝是王莽准备已久的行动，自己最好不要在这上面做手脚。

可是，自己既然来到了这个陌生的时代，难道不做点什么吗？

孙元一在脑海中搜寻着来自药童的记忆，发现王莽对其非常信任。或许，自己可以利用王莽做些事情……

监狱长

是的，我叫王莽，和历史上篡汉的那位权臣同名，但我可不像他那样野心勃勃。一直以来，我在工作上都是勤勤恳恳，不敢有一丝怠慢。作为拉维殖民地监狱的监狱长，你可能听过一些关于我的传言，但我必须要澄清一点：我并不想折磨那些可怜的犯人，即便有时候因为工作需要，而不得不采用一些非常手段，我也没有从中获得任何乐趣。相反，我所做的一切只是为了帮助他们早日解脱。

事实上，我早就发现，从这些年入监的囚犯来看，他们的体质明显呈现出日益肥胖的趋势。当然，这和整个社会的大环境不无关系。和平、安定、富足的生活是每个人的标配，健全的社会福利消磨了人们的斗志。没有生于忧患，却都在安乐中死去。连囚犯也是如此——他们并非穷凶极恶之人，犯事的原因大多只是想在庸庸碌碌的生活中找点乐子罢了。

鉴于肥胖已经成了全民健康的第一大障碍，我决定在我的监狱里，减少这些囚犯的食量，再对其进行适当的健康锻炼。我把这项计划叫作"监狱健康在行动"。为此，我向上级管理部门提交了一份足有三百页的申请报告——我知道没人会认真看，但报告的分量和成功率往往和重量成正比。几个月后，批复下来了，上级非常肯定我的这项举措，让我放手实施——当然，或许这也和我随后附上的一张银行卡有关——总之，我得到了我想要的授权。

计划的第一步是把所有囚犯的饭量供应都减半。虽然计划书上写的是减少到原来的九成，但实施的时候难免会有所偏差的嘛！刚开始实施的时候，有很多犯人表达了不满，并且通过一些比较粗鲁的方式提出了抗议，也有几个狱警受了伤，但这早在我的预料之中。他们完全被安乐的生活所蒙蔽了，以致看不到这一举措对他们自身健康的好处。我非常理解这些抗议者的立场，事实上，我在给上级

　　　　　　　　　　　　流光之翼

的报告中已经清楚表明，他们没有因为这些粗鲁的行为受到任何处罚。当然，为了扭转他们这种错误的想法，接下来的几天，他们每人都必须要吃下五人份的食物。几天过后，除了急性胃扩张和肠胃炎这种小毛病外，所有人的精神面貌都焕然一新，并且深刻地认识到减少饮食对身体是多么有益。

接下来我又采用了一些物理措施来减少他们体内赘生的脂肪。其中，排汗法是一种很有效的手段：这些囚犯被捆绑在木架上，在烈日的暴晒之中，度过一个又一个炎热的中午。如果遇上阴天，或者要加大排汗力度的话，这项活动就转移到室内的暖房进行。所有的暖炉都调到最高的温度，再在犯人们赤裸的身上撒上一层盐——这可以促使体内的水分快速渗出。哦，对了，这中间，一定不能给他们喝水。也许有人会昏厥过去，没关系，只要用带有微小倒刺的鞭子抽打几下，他们就可以立刻清醒过来。当然，这些具体的小贴士我并没有在报告书上提到过，毕竟领导的时间宝贵，并不需要了解这么多细节。

整套计划的结果是相当成功的。从数据上来看，这些囚犯的体重都出现了明显的减少。另外一个伴生的效应是，在别的监狱里常出现的刺头，在我的地盘上一个都没有。从他们对我的眼神看出，计划的实施，也明显地提高了我的威望。我一直都坚信，只要你诚心诚意地对别人好，就一定可以得到别人的尊重。这一点毫无疑问地得到了证实。

至于我与CTT公司的合作，那就更是一心一意为犯人谋福利的典型例子了。每次我走到那些奄奄一息的犯人身前，向他们提出进行时间买卖的建议时，他们眼中的兴奋和欣慰之情都是难以言喻的。

"你确认要卖出你接下来的十年时间吗？"公司聘请的律师再三同囚犯强调，"你确认这是你的志愿行为，而没有受到任何胁迫吗？"

"是，是！快他妈让我签合同！"

听到这样的话后，律师就会把事先拟好的合同文本递给犯人，让后者在甲方的签名处写下姓名。

这是多好的事啊！只要把自己未来在监狱里的这段时间卖出去，犯人们就可以瞬间跨越这场苦役，直接让自己来到出狱的时间点了。遗憾的是，因为某些技术原因，传送到未来的身体，也会瞬间衰老相应的时间。从某个角度来看，就像是自己的意识瞬间进入到了未来的身体里一样。但不管怎样，至少少受了这么多年的罪不是？

买卖是在一架被称为"时空仓"的铁笼子里进行的。那东西像个哑铃，左右各有一个座位。一边坐着犯人，一边则坐着时间的买家。简单地说，那就是个时间机器。早在几十年前，科学家们就逐步完善了时间旅行的整套理论，最后的结论是：时间旅行不是不可以，但是不能打破时间流的守恒律。

我是个文科生，对那些理论细节并不了解，但就我的理解来说，这意思就是：要让一个人回到十年前，就必须让另一人同时去到十年后。CTT的营销员曾经这样跟我解释："这就像一架电梯。乘客随着电梯轿厢上升的同时，其配重必然就要同步下降——你知道什么叫作配重吧？"

事实上，我还真不知道啥叫配重。不过那时候我还是面露严肃的神情，点了点头。不过我清楚地知道，那些囚犯，就是这个公司所急需的"配重"。

第二天，我就想到了那套健康改善计划。

说到底，我还是为了这些犯人着想。谁不想早点出去呢？虽然那个公司也定期给我一些好处，但这并非我的本意。事实上，那些钱我分文未动，全都存了起来。我生活简朴，蜗居陋室，从不进出奢华场所，平日里代步的那辆大众车也已经老旧斑驳得不像样了。很多人不理解我的生活态度，一些老同学来看我，也往往因我的作风而敬佩。

　　　　　　　　　　　　　　　　　流光之翼

不是我自夸，在我这样的位阶上，能做到我这样简朴的，我还从来没见过。

有一次，我问CTT的营销员："那个东西——贵不贵啊？"

"我们按时间计费。"

"如果是……回到三十年前呢？"

"哦，我看看啊——报价表上写的是二十亿元。"

"嗯，"我点了点头，"还真是……哈哈哈，不便宜啊……"

之后，我眯缝着眼睛仔细地看了一遍他们的报价单，沉思了好久。

最后提一句，正常情况下，我的年薪只有该死的十万元。

重　犯

阿文用手按了按下巴上的假胡须，确认它们都牢牢地贴合在皮肤上面。当他再次走进监狱大门的时候，已经没有人认识他了。狱警、监狱长、CTT的业务员，都满脸笑容地招呼他。他满头银发，却西装笔挺，精神矍铄。那一副方框金边眼镜，让他看上去宛如一个斯文的企业家。

"老板，先坐下喝杯茶，这是最新的龙井。"业务员手脚麻利地递上了茶杯。

这是在监狱长的办公室，那位看上去一脸善良的监狱长现在正微笑着坐在阿龙一旁。

阿文还清楚地记得，自己在监狱的这二十年里，狱友们都把这位监狱长叫作"阎王"。他那层出不穷的虐囚手段，深深地刻印在阿文的脑海里。表面上，他像是一只兢兢业业、克己奉公的狗，其实却长着一颗野狼的心。

"老板要买几年？"业务员静静地等阿龙端起茶杯，抿了一口，这才不紧不慢地询问道。

"二十年。"他毫不犹豫地回答。

"二十年可不是个小数目啊!"业务员面露喜色,毫不掩饰自己对这笔大买卖的渴望。即使只有百分之一的提成,也足以让他大赚一笔了。"老王,你那有没有合适的货色啊?"

老王,也就是监狱长,眉头微不可见地皱了一下,然后语气平静地说:"现在手头上的货大部分是十年以下的,稍等,我查一下。啊,十五年的倒是有一个,上个月刚入监,叫崔远,是个悲催的司机,要不然……老板考虑一下十五年的?"

阿文闭上眼睛,一语不发。

业务员有些急躁地问:"没有二十年的了?"

"你也知道,现在除了特别重大的罪行,很少有判二十年以上的了。"

阿文站起身来,做出要走的样子。业务员一面向监狱长使眼色,一面上前稳住顾客,好说歹说,总算把买家又拉回座位。

"我记得上次看你的清单,不是有两个重犯吗?"业务员凑上去,小声地对监狱长说。

"对,是有两个重犯。不过其中一个在一周前已经出狱了,另外一个,倒是正好还剩二十年的刑期。不过……"监狱长皱起了眉头,似乎有什么难言之隐。业务员再三催促之下,他只好妥协道:"好吧,我要先打个电话。"

那是两个特殊的犯人,当时是因为入室抢劫和蓄意伤人进来的。抢劫的金额非常巨大,以致还牵出了一个贪腐集团。最后,主犯判了四十年,从犯也判了二十年。这两人都又瘦又高,看上去不像是穷凶极恶的那种人。入监后,两人都被关押到单人囚室。

"我有点话想跟你说。"监狱长还记得第一次巡视那个从犯的牢房时,那人开口说出的每一句话。"王莽,现在三十六岁,家住九黎

　　　　　　　　　　　　　　　　流光之翼

区和平社区9栋402。现在在拉维中央银行的存款是八千四百万元，账号是……"还没等他反应过来时，对方已经快速地报出了一连串数字——让他心惊肉跳的一串数字。不仅如此，那人似乎对他极为熟悉，他所做过的每一件不可见光的丑事，都在对方冷静的口吻中一一道来。

从那以后，那人就成了这所监狱的"太上皇"。监狱长对他言听计从，不仅得好吃好喝地供着他，而且还要尽量满足他的所有无理要求。"喂，跟我一起进来的那个，可不许卖了啊！"他对此强调了好几遍，监狱长只得满口答应。

在这二十年里，监狱长一直过着这种委曲求全的日子。谢天谢地，上个星期，那个天杀的终于出狱了！

"没有我的同意，那家伙你可不能卖了。"临走时，从犯还认真地嘱咐道。监狱长自然知道对方说的是谁，表面上只好故作大方地答应了，心里却暗骂不已。都已经出去了还要管监狱里的事，真以为自己是太上皇啦！自己现在先敷衍着他，等过了一年半载的，再把那主犯作为时间配重卖了，又有谁知道呢？

不过现在那从犯才刚出狱不到一个星期，监狱长对于这桩生意还是心存疑虑。万一那天杀的突然问起这事，自己不好交代。

监狱长拿起手机，唤出通信面板，看着那个他痛恨不已的名字。要不要打个电话给那个家伙呢？他暗自想道，或许自己可以说服他同意这笔生意，大不了分给他一些好处。两成？三成？最多五成！他会答应吗？思来想去，总觉得希望还是不大。他有些沮丧地想道：在入狱不久，那人就交代下这件事情，这其中肯定有某种自己不知道的隐情存在。

就在监狱长面对手机纠结的时候，一个文字短消息冒着泡从手机屏幕上露出头来。发送人一栏的名字让监狱长心头一紧。可是当他戳破气泡，看过其中的信息之后，却不由得笑了起来。

"那人你可以卖了。"短信里只有这么简单的几个字。

之后，事情进展得异常顺利。那位还有二十年刑期的重犯同意了这笔交易，坐上了那像哑铃一般的时间穿梭机的一头——阿文在另一头。

二十年，确定。

当阿文重新恢复意识的时候，只觉得一种久违了的感觉从身体的每一个细胞里疯狂地涌上心头。这是年轻的感觉，这是充满了力量的感觉。

二十年前的自己，正值壮年。

他又回忆起了刚才在监狱里发生的情形。虽然这一幕刚刚发生（或者说还没有发生），但感觉上却已经恍若隔世。

那监狱长自始至终也没有认出自己来，这让他松了一口气。不过那监狱长会不会因为收到这条短信的时间，而对自己这位顾客产生怀疑呢？难免是会有所怀疑的，阿文想，不过问题不大。自己在监狱里用的是另外一个身份，登记的是另外一个名字，和"阿文"这个顾客没有任何关系。况且，那监狱长，显然也不是一个爱管闲事的人。

这里是城郊。天空灰扑扑的，这个时代的雾霾还很严重。阿文沿着一条小路向一处棚户区走去。

那里有他要找的人———一个贪婪而懦弱，愚蠢却又自负的家伙。

他将要怂恿这个家伙，让他和自己一起，在几天后的夜晚，撬开一户位于高级小区的高官的大门。这户人家的主人并不在这里常住，屋里只有一个年迈的用人。阿文知道，在卧室的一个保险柜里，藏着几吨重的金条和现金。当然，他的目标只是嵌在一个隐蔽墙缝里的几张卡。

每一次，他和同伴都能够顺利得手，因为这实在是没有什么难度。只是在这个过程中，同伴会不小心刺伤惊醒的用人。逃离之后，他会立刻把到手的卡通过一个叫"傅里叶变换"的洗钱组织，把其中的资金通过若干复杂的手续，转移到另外的安全账户里——这笔钱，将在二十年后他出狱后启用，支付给CTT公司。

一天后，他和同伙就会被警察抓获。那个愚蠢的家伙永远也不会知道，阿文找他合作的唯一目的就是给自己找一个"配重"。事实上，惊醒屋里用人的、给警方通报劫犯线索的，都是阿文自己。

在外面躲躲藏藏的日子并不好过，与其这样，阿文倒是比较满意在监狱里的悠闲时光。

至少，在那里，自己是个谁也惹不起的"重犯"。

总裁与司机

以下内容摘录自拉维新区第九法庭3月23日庭审记录。

赔偿申请人

甲方：田丰铭，原大红斑开发集团董事长。

乙方：崔远，曾任田丰铭的专职司机。

审判长：现在请甲方律师对国家赔偿的求偿要求做最后陈述。

甲方律师：尊敬的审判长，各位陪审团的先生们，我代表我方受害者做最后的发言。现在既然真相已经查明，我方受害者在十五年前的那次判决是一场纯粹的错误，那么这十多年的牢狱之灾对他意味着什么呢？请大家时刻要牢记这一点：我方受害者在十五年前，已经是一家成功的私营企业的老总，年收入在十亿元以上——这一点，可以通过当时的财务报表来查证。当时公司正在发展的上升期，年收益的增长率都在两位数以上。而事实上，我方的公司在那场冤狱后，很快就宣布破产。所以，在国家赔偿的数额上，对于我方而言，即使不考虑公司收益增长的情况，仅仅按照当时每年十亿元的收益来看，这十五年的损失也将高达一百五十亿元。而且，对于我的当事人而言，事业是最重要的，这场无妄之灾，完全毁灭了他前半生所辛苦经营的事业。所以，综合收入损失和精神赔偿两个方面，我方提出的最终求偿数值为一百九十二点七亿元，在我们提交的附件上有具体的计算细节，希望法官和陪审团仔细审议。谢谢。

审判长：下面请乙方律师做最后陈述。

乙方律师：刚才听了甲方律师的说法，我并不同意其求偿依据。大家知道，我方的当事人当时是甲方当事人的私人司机，当时也卷进了这场官司，同样被错误关押了十五年。如果按照收入来求偿的话，我方的赔偿数额可能还不及甲方的万分之一。那么诸位想想，同样是人，同样地被关押十五年，赔偿数额却相差如此之大，这难道合理吗？人的生命难道有贵贱之分吗？

所以，我方的要求是，国家应该就其对我方当事人造成的损害恢复原状。

也就是说，通过CTT公司的时间机器，让我方当事人回到十五年前，从而重获这损失的十五年光阴，并进行适当的精神损失费的补偿。根据当前的市场价格，返回十五年前所需的资金为十五亿元。另外，根据精神抚慰金不超过生命赔偿金的百分之三十五这一原则，我方申请的精神

　　　　　　　　　　　　流光之翼

抚慰金为五亿元。所以，我方最后的求偿数额为二十亿元。

审判长：现在暂时休庭，赔偿委员会进行合议，稍后将公布最后的赔偿结果。

（三十分钟后）

审判长：现在宣布法庭决议和赔偿数额。根据甲方和乙方提出的国家赔偿申请，现经过调查，双方提交的有关法律文件和证明材料真实有效。涉及事项，确属国家赔偿的求偿范围，求偿具有合理性。

针对求偿数额，我们认为：虽然殖民地有关法律并无明文规定，但根据生命平等的原则，不能仅仅以某个人的收入作为赔偿标准，而应该以当前社会的人均收入作为赔偿的计算标准。根据去年的国民人均收入，民众的人均年收入为八点三万元，据此我们审定的最终赔偿数额为一百三十一点五万元，其中包括七万元的精神抚慰金。

甲方律师：我方认为，每个人的个体价值的差异，应该得到尊重。对于此项判决，我方无法认同，我们将随即提起上诉。

乙方律师：我们也将提起上诉。

（一个月后）

审判长：现在宣布终审裁定：

根据甲方提出的，要尊重个人生命特殊性的要求，我们进行了慎重的考虑，并参照了过去几年法院对于生命赔偿的有关判例，对赔偿数额进行了适当的修改。

在过去几年，对于错误执行了死刑的几个案例，国家赔偿的数额均在三百万元左右。根据这个标准，我们认为，既然完全失去了整个生命的赔偿价值为三百万元，那么失去了部分生命的赔偿标准，就应当视其占整个生命的比重而定。对一般人而言，十五年大致占整个生命长度的六分之一，所以我们判定的最终赔偿额是五十五万元——其中已包括精神抚慰金。

现在说明甲方的特殊情况。考虑到其拥有的财力和社会地位，很可能在老年的时候通过时间机器，重新恢复青春。也就是说，其实际生命的长度远大于普通民众。如果他在一生中，使用三次时间机器，每次穿越的时间都是三十年，那么其生命长度将延长为普通人的两倍，那么十五年在其总的生命长度中所占比例就减小为十二分之一。根据我们的调查，甲方在过去的确曾经多次使用时间机器进行穿越，在可预期的未来，这一行为很显然仍将持续。目前，在上流社会中，穿越行为已经成为公开的秘密。事实上，世界上最早使用时间机器的那一批人，现在也还活跃在社会上，而几十年后，他们变老了之后，也肯定会再次使用机器恢复青春。从常理和社会的现状来看，他们的生命几乎是无限长的。

综上所述，最终赔偿的数额如下：

乙方获得的赔偿数额为五十五万元，甲方获得的赔偿数额为零元。这是最终判定，不得上诉。现在休庭。

侦　探

强子一手拿着手电，另一只手快速翻动着书桌上的文件。通过一些技术手段，他复制了一名员工的身份卡，这才趁夜溜进了这里。

　　　　　　　　　　　流光之翼

这里的安防比他预计的要松一些，或许是层级不高的缘故。他在大堆的文件里只找到了数不清的财务报表和部分普通客户的登记册，自己想要的关键资料则毫无踪影。

这里是CTT总部大楼的二楼，一个开放式办公区域。

这次的任务有些特别。事实上，他第一次见到委托人的时候就被惊到了。资料上标明对方叫田丰铭，是大红斑开发集团的董事长，可面前那人看上去就像一个还没毕业的大学生。对方一开口就是老气横秋的口气："小伙子，听说你的口碑不错？"强子愣住了，几秒钟后才猛地反应过来，这家伙肯定是时间穿越者。

"你猜得没错，我确实是刚从二十年后穿越回来。"强子刚试着询问，对方就立刻承认了，这让他有些意外。一般来说，穿越者是不会轻易承认自己身份的，相反，他们会装成普通人的样子，以避免身边那数不清的异样眼光。

"在这之前，我其实已经进行过三次穿越了。我本身患有一种罕见的基因疾病，每次到了四十岁以后就会发病，所以只有一次又一次通过穿越的方法来寻求解脱。从心理年龄上来看，我已经一百多岁了。"虽然理智上可以接受，但如此近距离地面对一个穿越者仍然让强子觉得有些不舒服。他迅速切入正题："那您想委托我调查什么？"

"给我调查一下这个公司。"对方把面前的资料递给强子，"查一下他们历来的事故记录，看是否有操作失误之类的事情发生。"

"CTT？"强子翻了翻手中的资料，"据我所知，从来没有关于时间穿越的事故出现过，至少媒体上从来都没有报道过。"

"这是当然的，没有哪个媒体愿意得罪这样一个广告大户。我想要你潜入他们总部，给我一些真实的信息。"

强子沉默了片刻，然后点了点头，把资料装进了自己的公文包里。他不打算询问对方这样做的理由，有很多种可能，但有些事情知道得太多反而不是什么好事。就在他准备起身离开时，对方却主动开口说明了缘由。

"这次穿越，是和我爱人一起进行的。她是我在上次穿越后认识的，一个可爱又迷人的姑娘。在生命的前一百年里，我从没有对哪个女人如此心动过。在那之前，我没有结过婚，因为情感的牵绊在每次穿越之后只会给你带来痛苦。但这次我完全陷了进去。我们很快就结婚了，在平静中度过了二十几年的幸福时光。然后，我果然又再一次地病发了。但这次，我打算带着她一起回来。我们到CTT的客服中心询问了近期有哪些可用的长时配重，结果刚好有两个二十年的。于是我们下定了决心，在公司作了登记，很快就等到了合适的时间窗口，就这样穿越了过来。"

"刚开始一切正常，我重新回到了二十岁时的身体里，然后按照计划，准备和她取得联系。这个时代的她还在另一座城市，而我还在上大学。我选择了一个周末去见她，可结果出乎我的预料——她根本就不认识我了。"委托人的神色开始激动起来，身体向前微倾，手指不自觉地敲击着桌面，"这完全没道理！按照CTT的说法，穿越者的意识会覆盖掉原时空的宿主。我前几次的穿越也验证了这一事实。"

"所以，你怀疑是穿越过程出现了事故？"强子冷静地说道。

"不错。我怀疑她根本就没有被传送过来。我要你去调查他们公司，就是想看看是否有类似的事故发生过。"

在办公区域的调查一无所获，强子摸索着出了门，准备寻找档案室之类的地方。就在这时，头顶的灯光突然亮起，明晃晃的地板上清晰地倒映出他的身影。在他的旁边，一个戴着棒球帽的中年男子静静地倚靠着墙壁，凝神注视着他。

他的身体僵住了，仿佛进入了一个无法脱离的梦境。出道这么久，他曾无数次进入各种私人住宅或公司内部，但凭借自己的高超身手，还从未被人察觉过——更别说像今天这样被抓个现行了。还没来得及反思自己到底是哪里出了差错，对方已经先开口说话了。

124   流光之翼

124   流光之翼

"强子是吧？等你很久了。"这口音有点像南方人，"跟我来吧。"男子推开旁边的一扇门，转过身来看着他。

强子抬头看着对方，仍然站在原地不动。

"不用担心，"对方突然笑了，"你不是想要调查事故的真相吗？来我办公室，我们仔细聊聊。"

"先介绍一下我自己。我是CTT的首席科学家顾超。"男人向强子伸出手，后者犹豫着和对方握了握手。"你现在还不认识我，不过没关系，我对你可是久仰大名了。"

"这……到底是怎么回事？"

"别着急，让我们先把事情一件一件理清楚。你受人委托，前来调查有关时空穿越过程中的事故，对吧？"

"不错，你怎么……"

"坦率地说，我们确实发生过一些事故。但它们都无关技术，纯粹源于人为的疏失。"

虽然已有心理准备，但对方如此坦率地承认事故的存在，反而让自己紧张了起来。这背后一定有着某种自己尚未知晓的因素推动着这一切。他打起精神来，示意对方继续说下去。

"你输过血吗？"对方突然反问了一句。

"输过。"强子立刻回答道。这没什么可隐瞒的，他想。

"人类的血可以分成很多种类。比如，按照红细胞膜上是否存在A、B抗原，可以分出四种血型；按照红细胞上是否具有Rh抗原，又可以分出阴性、阳性两种血型。每个人输血之前，都需要先确定自己的血型，以避免输入异型血造成溶血反应。如果某次输血操作因为护士的疏失，看错了病人的血型，从而酿成了事故，并不能说明输血是不安全的，或者说输血的技术有缺陷。"

"你到底想说什么？"

男子把墙角的转椅推到强子面前，示意对方坐下，然后才继续说道："正如血型一样，人类对相同的时空操作，也会产生不同的响应。在同样的时空仓和同样的参数设定下，某些人会被送往过去，而另外一些人则会向着未来跃迁。我们把这一性质叫作人的时空手征。人类具有左、右两种时空手征性，就像人类可以分为男、女两个性别一样，它是人体本身的一种内禀属性。如果在某个时空操作中，左手征的人穿越到了二十四小时之前，那么在相同的操作之下，右手征的人就会被送往二十四小时之后。"

"为什么？"

男子笑了笑："没有原因，这就是宇宙和时间的法则。或许这背后有某种更深层的物理机制，但我们当前对其一无所知。"

"这和事故有什么关系？"

"每次时间操作进行之前，我们首先要确定穿越者的手征性。我们会进行一次一秒钟的试穿越，以确定其是左手征还是右手征。然后再根据穿越者的时空手征，设定时空仓的参数。然而，在极其偶然的情况下，我们的技术员会犯一些愚蠢的错误，比如把对象的手征性记反了。这样，本来应该送往二十年之前的穿越者，实际上却被送到了二十年之后。贯穿整个过去和未来，在公司漫长的经营过程中，这样的失误曾出现过两次——它们本是完全可以避免的。"

"你是说，我的委托人……"

"不错，很遗憾，那就是其中一起。"

"我明白了。不过……"强子深吸了一口气，"你为什么要告诉我这些？"

"为了避免更糟糕的事情发生。"对方苦笑了一声，"在另外的时空里，你成功地潜入了我们的档案室，从中拿到了一些关于事故的只言片语的资料。在交给你的委托人后，他利用这些资料为证据，将我们公司告上了法庭。法院最后判我们败诉，这无可厚非，我们也向他做出了巨大的赔偿，但整个案件在审理过程中产生了极坏的

　　　　　　　　　　　　　　　流光之翼

影响，很多人都就此认为时空穿越是不安全的。从那以后，我们的业务一落千丈。很快，资金链断裂，所有的银行都开始催债，公司近乎破产。老实说，我就是刚从那个时候穿越回来，特地来找你的。"

"你想要怎样？"

"和你的委托人和解，在事情闹大之前。我想，我们开出的条件，他一定不会拒绝的。"

强子沉默了片刻，突然问道："我有一个疑问不太明白。既然你可以穿越到现在来阻止我的调查，为什么不穿越到事故发生前的那一刻，去纠正操作员的那次错误呢？"

"我们当然试过。可是事情并不像我们想象的那样简单。不同时空的事物，似乎是通过某种未知的机制联系在一起的。每当我们纠正了一次这样的操作失误后，在另外的时空中，就会有新的事故出现，你永远也不可能完全消弭它们。因此，我们现在在放弃纠正这些事故了，转而向事故的受害方进行赔偿——这至少不会引起附加的牵连效应。"

说完，那个自称顾超的科学家打开了抽屉，从中抽出一份几十页的合同，递给了强子。

"把这个给你的委托人看看吧。里面有对事故的详细解释，以及我们开出的赔偿条件。当然，如果他还有什么要求，我们也可以再商量。"

强子接过合同，快速地翻了翻。合同没什么问题，这样解决也未尝不好。他站起身来，向对方点了点头，便向外走去。

没有必要揭穿对方的小伎俩，他想，那种易容的手段，在他看来并不高明，但也并无恶意。据说，CTT的大老板身份极为神秘，从不在媒体上露面，也极少有人见过他的真容。不管做什么，谨慎一些总是对的，这也是人之常情。

科学家

顾超仔细地清理掉覆盖在脸上的那些细腻的生物质薄膜，看着在镜子里逐渐露出的真实面容，竟然产生了一种古怪的陌生感。

他并没有骗强了，自己的确是CTT的首席科学家，但同时也是其创始人。你看，自己只是隐藏了一部分事实没有说出来而已，就像对时空穿越的解释一样。

他已经不记得自己是在哪个时间点创立CTT的了，因为具体的物理时间对他来说早已经没有意义。他只记得，在很久以前，自己曾是一名脑科学家。在那时，他一直致力于通过对大脑神经元的扫描，来建立一个真实的大脑模型。在刚开始的几十年里，这个项目进展缓慢，一方面是因为大脑神经元的数量太过庞大，另一方面也受到了当时电脑计算能力的限制。但随着非破坏性大脑扫描技术和通用型量子计算机的迅速发展，事情逐渐产生了转机。技术上的障碍一旦破除，项目便可以顺理成章地向前推进了。然而，活跃的大脑神经元的状态是随时间不断变化的，这给扫描带来了新的难题，因为简单的一次瞬态扫描是完全无法遍及所有神经元的。因此，他研制了一种新的缓冲剂，可以大幅度减慢大脑神经信号的传递速度，弱化神经元的活跃程度，这样便可以留出更充分的扫描时间。接下来，他逐渐升级这种缓冲剂，让其可以在更长的时间内对神经元产生更好的"冻结"效果。经过大量的动物实验之后，他招募了一位志愿者，准备进行人体实验。

可是，完全出乎意料的事情发生了。就在他准备进行实验的前一天，那位志愿者满脸惊恐地走进他的办公室，声称自己是从一天之后回到现在的。刚开始的时候，他以为这只是一个玩笑或者一个恶作剧，但当那位志愿者详细地描述了在第二天进行的整个实验过程后，他开始动摇了。因为整个实验的具体流程只有他最清楚，如果不是亲历了整个过程，这个志愿者绝不可能知道得如此详细。

第二天，尽力安抚了志愿者之后，他仍然按原计划进行了实验。没想到，就在缓冲液生效的下一刻，原本躺在扫描仪中的志愿者突然消失了。他目瞪口呆地看着面前的诡异场景，终于完全相信了志愿者所说的话。

就在这之后，他又重复了多次这样的实验。每次实验中，志愿者都会凭空消失，之后他则会通过事先约定好的联络方法，努力和志愿者取得联系。最终他发现，实验的结果可以分为两类，一类志愿者会穿越到大约一天之前，一类则会出现在一天之后。他完全无法理解这件事：为什么冻结大脑神经元会导致时空穿越呢？这样两件风马牛不相及的事情，却显然通过某种内在的机制联系在了一起。他感觉自己似乎无意中发现了一件不得了的大秘密。

他找到了自己的同学，前中科院理论物理研究所的研究员，孙元一。之所以说"前"，是因为这位老兄有一阵子不务正业，跑去研究心灵感应、内丹修炼之类的玩意儿，被媒体曝光后引起了轩然大波，结果聘期结束后中科院就没有续签跟他的合同。顾超找到他的时候，孙元一正在家里打坐。房间里乱糟糟的，沙发上凌乱地放着一堆袋装的膨化食品，客厅一侧歪歪扭扭摆放着的茶几上，有一道极为显眼的褐色污渍，也不知道是什么时候染上去的。一堆表格散落在茶几上，上面记录着各种奇怪的符号和数字。顾超觉得那些多半是这位老兄自己发明的符号，因为一个八卦图里竟然还出现了一个积分符号，看上去就不是什么正经的玩意儿。虽然感觉很不靠谱，但这已经是顾超所能求助的唯一人选了。或许这种事就该找一些非主流的科学家，顾超想，正常人估计也很难相信自己的奇怪遭遇吧。

"我信啊！"听完顾超的叙述，孙元一果然不出所料地回答道，"这事太有意思了，你怎么不早点来找我啊？"

他激动地站起身来，急切地就要拉着顾超去实验室验证一番。

"你不打坐了？"顾超问。"都能穿越时空了，还修什么仙啊！"孙元一急吼吼地说，"赶紧带我去看一下。"

就这样，两个人开始了更加频繁的验证实验。可面对这诡异的穿越事件，孙元一也是一筹莫展。他们只是发现，这种神经元冻结所带来的穿越行为，不仅会在人类身上发生，在一些如大猩猩、猴子之类的高等灵长类动物中也会出现。某一天，孙元一突然提出不再招募志愿者，要以自己为目标进行一次实验。

"必须这样做了，"孙元一坚定地说，"没有亲身体验过，我们永远也不知道这背后隐藏的秘密是什么！"

"好吧，"顾超想了想，根据之前志愿者的情况来看，实验也没有太大的危险，"记得穿越后立刻来找我，不管是一天前还是一天后。"

"一天前是不可能了。如果我穿越到了一天前，那我现在应该就是穿越后的状态了。我想，我大概会去到一天后。"

顾超想了想，然后点头道："好吧，不管怎样，我在实验室等你。"

半小时后，孙元一消失在试验台上。第二天，顾超早早地便来到了实验室，等待着孙元一的出现。一直到下午两点，后者才终于气喘吁吁地推开了实验室的大门。

"不好意思，堵车了。"虽然有些疲惫，但孙元一的精神却明显处于很兴奋的状态，"太神奇了！我真的穿越到了一天后——那时候我正躺在家里的沙发上。感觉就是自己的意识突然从实验室的那个身体，转移到了未来躺在家里的那个身体上。对了，昨天我穿越过后，实验室里那个身体消失了吗？"

"和往常一样，马上就不见了。"

"这就奇怪了。"孙元一沉吟着说道，"在来的路上，我曾经考虑过穿越现象出现的原因。有一种理论认为，时间并不是真实存在的维度，人的时间感只是大脑中的某个器官产生的幻觉。如果这种理论成立的话，那么冻结大脑就可能在某种程度上对这个'时间产生器'造成干扰，从而让人产生穿越的感觉。"

"还有这种理论？"顾超一脸惊奇地看着孙元一，露出怀疑的表情。

"姑且相信吧，至少给我们的研究提供了一个支点。但是随之而来的问题也很多：如果时间感只是人类的主观体验，那么破坏人的正常时间感，应该只会在其个体意识的层面产生穿越感——更直白地说，只能让实验者的意识在不同时间点进行穿越，而不可能让其实际的肉体进行物质层面的穿越。这和我们的实验现象是相违背的。"

"是啊，每次实验后，测试者的身体可是都立刻消失了。这可不是什么意识层面的说辞能解释的。"

当天的讨论并没有得出一个令人满意的结果。孙元一决定继续亲身实验。在之后的一个月里，同样的测试又重复进行了三次。在这三次实验中，他向前穿越了两次，向后穿越了一次。

"我真是越来越糊涂了。"孙元一叹息道，"看来穿越的方向不仅和人有关。难道还有其他的变量？"

"或许和时间有关？在不同的时间进行实验，穿越的方向也不一样？"

孙元一点了点头："有这个可能。不过，在这段时间里，我倒是有了一个新的想法，或许可以解释之前的肉身穿越的现象！"

"哦？说来听听。"

"先不着急，我们再实验一次吧。"孙元一说着再次躺上了实验台。

顾超熟练地操作着仪器，再次向孙元一的脑部注入了定量的缓冲液。然而，奇怪的事情出现了：孙元一这次哪儿都没去，安静地躺在实验台上，就像什么都没发生似的。

就在顾超一脸讶然的神情中，孙元一微笑着坐了起来。

"是不是很奇怪我为什么没有穿越？"

顾超急切地点了点头。

"事实上我像之前一样穿越了——这次是穿越到了一天之前。只不过，在我穿越到昨天之后，我并没有像之前那样立刻和你讨论这次实验现象，而是掩饰了自己穿越的事实，一板一眼地像穿越前那样重复了一遍从昨天到今天的所有动作。所以，在刚才你对我注射缓冲液的那一刻，时间线形成了一个闭环——在你看来，就好像什么都没有发生过一样。"

顾超若有所思地凝视着对方，半晌后才说道："我大概明白了。可是这仍然没有揭示时间穿越的根本机理是什么。"

"我已经知道了。"孙元一从实验台上翻身下来，拍了拍衣服上的皱褶，"其实我们之前的设想已经很接近真相了。只不过我们搞错了对象。"

"什么意思？"

"并不是人的意识错乱导致的时间混乱，而是时间本身就是错乱的。"孙元一停顿了片刻，让顾超有时间跟上他的想法，"我的看法是，我们这个宇宙的时间轴，本身就是杂乱无章的。以前我们总是认为，时间是一个单一的箭头，均匀而平滑地向前推进。可我觉得，时间更像是随机分布在一维轴线上的一团概率云，每一个普朗克时间就是出现在概率云中的一个量子点。在某一个普朗克时间过去之后，下一个出现的时刻并不是与它相邻的那个时间点，而是随机出现的另一个时刻。"

"可这和我们的日常体验不一致啊！"

"那是因为时间的跳跃也同时伴随着宇宙中所有客观物质的跳跃。比如某一刻之后，时间跳跃到了一天之前，那么宇宙中的所有物体的存在状态，也同时跳跃到了一天之前的状态——包括人的所有神经元的状态。因此，人类的大脑并不会意识到这种跳跃性的存在。就像在一辆完全封闭、毫无颠簸的高速列车上，乘客并不会意识到自己正在高速运动一样，因为没有一个可以作为参考点的事物存在。"

顾超摸着下巴想了想："有点'只缘身在此山中'的感觉。"

"不错。因为意识本身也是随着时间点一起跳跃的，所以我们的主观感觉上，时间仍然是连续的。但是我们的实验打破了这种平衡。虽然还不知道具体的机理是什么，但很显然脑部神经元的冻结，破坏了意识与时间点的同步跳跃性，两者之间出现了错位。比如说，虽然整个宇宙的所有事物都随着时间跳跃到了一天之前，但我们脑中的意识仍然处于原本的状态。这就是穿越的本质！"

在理解了穿越的机理后，研究很快就取得了更多突破性的进展。第一个突破性的发现就是，整个宇宙的时空其实是由两个向着相反方向演化的流动系统耦合而成的。孙元一把它叫作"对流时空"。

"这就像一个具有热对流的体系，同样的介质微粒向着相反的方向流动，比如一个加热中的茶壶，其中的水会上下循环流动。同样地，整个宇宙中所有的物质其实也裹挟在一个宏大的时空对流的循环之中。我们不妨根据物质在时空对流中的运动方向，将其分为左、右两种手征性。因此，某些人在大脑冻结之后，会穿越到过去，而另一些人在相同的参数下，却会穿越到未来，这正是他们具有不同的时空手征性的体现。"

"但是同一个人在不同实验中所穿越的方向也不一样啊。"顾超质疑道。

"那是因为同热对流一样，时空对流也是一个动态过程。在茶壶中的某个水分子，某一时刻的运动方向是向上的，但下一时刻可能就变成向下运动了。唯一不变的是两个对流体系的总的时空动量——具有不同手征性的物质，不管在任何时刻，它们的时间跳跃方向总是相反的。"

这之后，孙元一根据自己的理论，建立了一个数学模型，接着就开始深入地研究起这个模型的物理特征来了。顾超对理论研究并不感兴趣，他更关心的其实是这一技术的应用问题：怎么把这一技术推广开来，发展到可以商用的程度。

他发现，不管怎么增加缓冲液的效果，穿越的时间最多也只能增加到一天半到两天，这一效果并不符合他的预期。他需要一个新的方式，来实现可控的长程穿越。有一天，他突然想到，将两个具有不同手征性的人的大脑连接起来，后果是什么？他找到了一批脑科学家和量子生物学家，设计了一种奇妙的装置。这种装置可以让两个人的大脑神经元产生短暂的量子纠缠。将具有不同手征性的人放置其中后，果然出现了让顾超欣喜的效果：两个人都瞬间消失了，一个穿越到过去，一个穿越到未来，而且穿越的时间距离远超缓冲液的效果。

"让列车停下来的方法不止刹车一种，还可以让两辆相向而行的列车碰撞到一起。"顾超对孙元一说，"缓冲液就像刹车，不仅效果微弱，而且耗时漫长，而让两人的意识纠缠起来，就像将两辆列车放到同一条轨道上，在碰撞的一瞬间，两辆列车就都停下来了。"

"当然，这很容易理解。"孙元一满不在乎地说道，"把两人的意识纠缠在一起，在时刻发生跳跃的瞬间，两个相反的时间量子就彼此抵消了——这比任何缓冲液都好用。"

"现在只剩下一个问题，那就是找出时间跃迁的分布规律。"顾超兴奋地说，"如果我们能提前知道在某个时刻，时间量子将要跃迁的目标位置，那么我们就可以做出一个完全可控的时间机器了！想想看，我们只要在正确的时间点，将两个手征性相反的人送入意识纠缠装置就行了。"

"没错，可是这有什么意义？"孙元一摇了摇头，"我对商业活动一点兴趣也没有。对了，我昨天突然有一个新的想法：既然时空本身具有类似对流的结构特征，那么在这里面是不是还有类似湍流甚至是溅射的细微结构呢？"说着，他立刻从旁边抽过了一张打印纸，

　　　　　　　　　　　　　　　　流光之翼

拿起笔在上面计算了起来。

顾超只好无奈地转身离开了。他意识到，对方和自己的兴趣根本就不在一条线上。

半年后，当他张罗的 CTT（Convection Transport Technology）公司即将开业的前夕，孙元一突然找到了自己。

"我发现了时空溅射！"孙元一激动地说，"这是一种奇异而罕见的时空结构，它能让我们实现超远程的穿越，甚至到达我们出生之前！"

"那怎么可能？"顾超皱着眉回应道，"如果穿越到出生前，那我们的意识将何处安放呢？"

"这也正是我想要知道的。"孙元一激动地说，"我只是从数学模型上得到了它的解析值，但对于其物理本质还不太清楚。我打算今晚就实验一次，你过来帮我一下。"

那天晚上的实验像往常一样顺利地完成了。只是，当孙元一从实验台上消失后，就再也没有出现过。顾超曾经尝试在不同的时间段寻找他，但是一直没有结果。

他就这样随着时空溅射消失了。

药　童

炉上的火正旺。在宇宙之外的那些永恒的超空间里，一位药童手持着蒲扇，愣愣地看着炉上的宇宙泡发呆。

一开始，宇宙泡里的时空只是安静而缓慢地膨胀着，接着，对流就出现了。不同的流体团簇沿着相反的方向彼此冲撞起来，量子化的时空点在泡中此起彼伏地闪现着。偶尔，会有混乱的湍流出现，在液面上溅射出一些散乱的时空微粒。

药童小心翼翼地控制着宇宙泡的温度。当湍流增多时，他就加入一些暗物质来稳定时空的拓扑结构。宇宙泡中的熵越来越多，他满意地看着眼前的景象，用第四条附肢擦了擦额头上的汗。

"药熬得怎么样了？"门外传来师父的声音。

"马上就好！"药童说着，把四维的约束膜紧紧地包裹在宇宙泡的周围，然后用力戳破了这个宇宙。

死神来了

　　十字路口挤满了熙熙攘攘的人，红绿灯不停变换，车辆川流不息。一切看上去是那么普通而平常。

　　然而，十秒钟后，一辆满载沙石的大货车将会失控，撞进路口一旁的连锁超市。超市所在的二层小楼瞬间坍塌，然后火苗蹿起，里面的所有货物也将付之一炬。

　　牧川知道这一切，但是他没有做任何阻止它发生的事情。他只是顺着人群向前慢吞吞地挪动着自己的脚步，对那个方向看也不看一眼。

　　果然，没走几步，一股巨大的撞击声伴随着人群的惊呼，从那里传来。

　　他在心里默默地叹息一声，然后费力地拨开那些停住脚步回头观望的人，低着头继续向前走去。

　　在小学六年级的时候，他第一次看见未来的情景。那时，他正和同班同学排着队准备跳马。这是一节体育课，他讨厌体育课，因为身体不协调，自己做出的动作总是被老师挑出来纠正，而自己一紧张，就更不知道手脚该怎么动了。他一边在脑子里默念着老师说的要点，一边注视着队伍前方别的同学跳马的动作。

现在轮到的正是班上的体育委员，他身材高大，皮肤黝黑，对于各种体育项目都手到擒来。他拍了拍手，准备跑步冲向前方的木马。就在这时，牧川突然看到木马上出现了一个模糊的影子。那影子似乎是个人的样子，它潇洒地从木马上翻过，可是却在落地时崴了脚，痛苦地倒在了地上。

几秒钟后，这一幕真实地出现在了他的眼前。

他看着痛苦倒地的体育委员，震惊得一句话都说不出来。

那之后，这样的事情便一次又一次出现。他不时能看到自己身边即将发生的事情，大部分是一些琐碎的小事：身后会突然窜出一只野猫，路边的桦树被风吹落一片叶子，天上突然下起了淅淅沥沥的小雨，一位中年妇女抱着的婴孩突然哇哇哭了起来。

未来时好时坏，他也曾多次预见过像刚才那样的车祸。

然而，他从来也不曾试图去改变它们。一个原因是时间太短，很难改变什么。另一个则来源于他的信念：天命不可违。他相信一切都是冥冥中安排好的，对未来妄加干涉，只会让事情更糟。

然而，就在他经过小街的转角，进入那条每天回家都会经过的胡同时，他愣住了。他的脚步犹豫着，不知道该不该继续往前走。

就在他前方十米处，他看到一个模糊的人影被旁边高楼上突然跌落的花盆砸中了头部，血流满地，一动不动地躺在地上。更糟糕的是，他惊恐地发现，那个人就是他自己。

汗水从额头上渗出，冷冰冰的。

他犹豫着又向前走了几步，可是，就在花盆跌落地的半米前，求生的本能终于还是让他停下了脚步。下一瞬间，花盆如约而至地在他的前方化为碎片。

这是他有生以来第一次改变了未来。

怎么办？会发生什么？他战战兢兢地站在原地，等待着那莫名的惩罚。

几分钟过去了，什么也没有发生。

他长吁了一口气，突然觉得自己真是个十足的傻瓜。根本就不会有什么惩罚嘛！这个世界上难道还有什么神仙不成？要是真有维护世间秩序的神仙，世界上也不会有那么多战乱和不公平的事情了。

他放下心来，脚步轻松地继续前行。

就在这时，手机响了，接通后，原来是公司里财务部的同事让他去确认几个表格。"请立刻到办公室来一下，这个表格是明天 Boss 开会要用的。"对方的口气似乎很急的样子。"我已经下班了……唉，好吧好吧，那你等一下，我马上回去。"听到他答应了，对方这才挂了电话。

他无奈地沿原路返回了附近的地铁站，顺着人流向着地下走去。就在这时，他看到了自己在今天的第二次死亡景象。不知道怎么回事，下楼梯的人流突然出现了混乱，几个人跌跌撞撞地摔在了楼梯上，而自己也在别人的推搡中从楼梯上一路滚了下去，之后更是被从楼梯上涌下来的人流踩踏而过，简直是惨不忍睹。

牧川心里一跳，连忙停下了脚步，挤到一旁牢牢抓住了楼梯的扶手。果然，人群混乱了片刻，可是却比刚才预见的景象平和很多，很快就恢复了平静，没有造成任何事故。

怎么今天这么背，牧川暗骂了一句。

可是今天的噩梦还远没有结束。接下来，他又逃过了几次高空坠物和一辆擦身而过的面包车。每一次当他改变预定的死亡情境后，过不多久，便会又遇到一次。

他开始变得战战兢兢，杯弓蛇影，对身边的一切都感到恐惧起来。他远离一切高楼、铁塔、高压电、十字路口，甚至下水盖。身边的行人来去匆匆，对身边的危险源头熟视无睹。可是他不能这样，因为死神一直在身后紧追着他。

死神来了

是的，他甚至能清晰地嗅到死神的呼吸。

为什么，为什么要这样对我？他开始对命运感到愤怒。自己还这么年轻，什么都没有体验过。生活的这本书才刚写了一章序幕，就要匆匆结尾了吗？

不，我不能就这么死了！他在心里大声喊道。就算是命中注定我要死在今天，我也要反抗到底。他瞪大了眼睛，背部微微拱起，像一只准备拼死一搏的野兽。

就在他转入一条僻静的小巷时，他看到了财务室的主任老张。

老张提着一个老旧的公文包，从前面路口缓缓向他走来。牧川这才想起来，刚才给自己打电话的似乎就是这位。

"怎么这么久还没来，我在办公室等你半天了。"老张有点不耐烦地说道，"我把表格带来了，你现在看看吧。"

"啊，真是不好意思！"他连声道歉，"路上遇到点麻烦。"

可不是遇到点麻烦那么简单！他在心里嘀咕道，如果不是我机警，也不知道死了几次了。

他走上前去，准备接过老张手里的包。就在这一瞬间，那种熟悉的危机感再次出现。他连忙停下脚步，警惕地向四周看去。

来吧！看这次你又有什么手段！他对着死神喊道，这里没有拥挤的车流，四周都是低矮的平房，你要怎么杀死我呢？

然后，一阵突如其来的战栗传遍了他的全身。大地如同风浪中的甲板一般剧烈摇晃起来，他的脚一时竟站立不稳，身体不自觉地向地面倒下。就在倒地的同时，他仍然奋力地向旁边滚了几圈，直到他扶住了路旁的一棵榆树。

震动很快平息了。他惊魂未定地站起身来，看向前方。

老张倒在地上，一根粗大的电线杆正压在他的头上。暗红色的血一点点从地上向外蔓延开去。电线杆压倒的区域正好"命中"他刚才站立的位置。

　　　　　　　　　　　　　　　　　　　　流光之翼

他用了很长时间才理解了当前发生的事情：地震、电线杆、老张和自己。

毫无疑问，死神这次玩了把大的。

自己虽然再次侥幸脱离了险境，可是老张却成了替死鬼。

然后，一切都结束了。从那以后，死神似乎已经完成了自己的使命，再也没有纠缠过他。生活再次恢复了平静。

在老张的葬礼上，牧川献上了一个大大的花圈。

牧川不知道的是，老张在临死的那一刻，手还紧握着公文包里的那把水果刀。

本来一切都很顺利。他定期把公司的账目和财务资料偷偷地复印一份，交给那些需要的人，而自己从中间人手中得到一笔劳务费。利用这些额外的收入，自己前几年所欠下的那笔高利贷也渐渐就要还清了。想到马上就可以摆脱那些令人厌恶的黑道马仔，老张就不由得激动不已。

可是在最后的关头，他碰到了牧川。

那天，他从资料室出来，手里拿着复印好的文件，迎面便被牧川撞倒，纸张也散落了一地。

"啊，对不起，对不起。"对方连忙弯下腰去，把那些文件捡起来。

他全身僵硬地愣在那里，直到对方把一叠文件整齐地送回自己的手中。

"主任不愧是公司的劳模啊，这么晚了还在上班。"那个男子一脸微笑地说，"这么多资料，弄起来很麻烦吧？"

他满脸涨红，结结巴巴地支吾了几句，接过文件便向一边逃走了。那样子活像一个被抓住的小偷。

那小子看出什么来了吗？他事后一遍又一遍回想起当天的情景。对方说的那几句话也变成了他的梦魇，每天都回荡在他的脑子里，折磨着他，拷问着他。他也试着用言语试探过对方，可是对方每次都装作毫不知情的样子，顾左右而言他。

他越来越确定对方掌握了自己的秘密。

在一切还没有暴露时，他决定要消除这个隐患。

在跟踪了一周后，他终于完全掌握了对方的行踪。在最后的那个下午，他提前在一栋七层公寓的楼顶藏好，手里抱着一盆从小区花园里搬来的盆栽。

一切准备就绪。下方的路面非常冷清，很长一段时间都见不到人。他死死地盯着路口处，等着那个熟悉的身影。

打不中也没关系，他告诉自己，有的是机会。总之，今天你死定了。

在那个瞬间，有一种化身死神的快感从心底涌了上来。

黐　手

1

秦东在星字头的咖啡店等待于欣的时间里，颇有些坐立不安。

这并不是他第一次同女孩子在这样的地方单独会面。他面貌清秀，一米七五的身高，看起来虽然有些瘦弱但并不显得单薄。稍微有些近视，但一般情况下倒也用不着戴眼镜。高中阶段成绩很好，但上大学以后这几年，也许是那根绷了太久的弦有些松懈，成绩一直平平，没有拿过一次奖学金——当然，也没有挂过科。跟女同学的交往并不多，但也并不是那种一见到女生就会脸红的类型。从大一开始相继也和几位女生约会过，有的是自己提出的要求，也有由对方发出邀请的时候。最长的一段交往持续了一个学期，后来因为对方作为交换生出国，关系逐渐变得冷淡了。没有任何一个人提出分手，但就是突然发现已经很久没有联络了，于是彼此心知肚明地意会到：这件事大约到此为止了。

总的来说，秦东在心里对自己的评价是：并不令女生讨厌，长相甚至还颇受女孩子的欢迎，但谈吐方面过于平庸，无法在合适的时机，恰到好处地说出那些可以令别人惊叹或者捧腹大笑的金句来。因此，大部分女孩子在和自己约会一两次之后便会因为自己的无聊而终止来往，或者降格为一般的朋友。这些女生大部分是在围棋社的活动中认识的，也有在选修校级公开课的时候因为小组活动而熟悉起来的同学。但于欣不是，他第一次见到对方是在自己打工的川菜馆里。那时候，对方和一群同学来店里聚餐，其中一个同学认出了自己，说这不是我们物理系的秦东吗？他也大方地承认了，说了些欢迎以后常来的套话。那时候，他对于人群中的于欣并没有太深的印象。几天后，于欣在食堂碰到他，和他打招呼的时候，他花了好久的时间才回忆起这张脸来。

在那之后，事情却发生了奇妙的变化。于欣是学校咏春拳社的会员，那段时间拳社正在招新，于是她便问秦东有没有兴趣。本来是应该一口回绝的，因为秦东从来没有接触过任何武术类的东西，对他而言，那完全是另一个世界的存在。但那天不知道为什么，他竟然鬼使神差地答应了对方的邀请，说有时间可以去看看。虽然事后有些后悔，但已经骑虎难下，只好时不时地参与一些拳社的活动。基本套路，比如小念头啊，寻桥之类的，都多少学了一些，但并不熟练。平日里，练习最多的就是黐手了，但是因为他是初学者，社里的老人并不乐意和他一起黐手，因此练习时，搭档最多的就是于欣了。

于欣的动作很熟练，在桥手相接的时候总是能够极快地做出合理的反应，或摊，或消，或者迅速地进行内外桥转换，进而寻机反攻。刚开始的时候，秦东几乎毫无招架之力。

"不要过度依赖眼睛，"于欣用教练一般的口吻说，"用手去感觉。"

之后她索性闭上了眼睛，把手贴在了秦东两只手臂的内侧，做出一副防守的态势来。秦东试着向对方发起攻击，但总是很轻易地就被消解掉了。紧贴着的四只手臂纠缠着起起伏伏，像是从身体上脱离出来了似的，成为了某种具有独立意志的生物。手臂上传来微热而细腻的触感，柔和中又带着某种强硬的气息。秦东稍微有些晃

　　　　　　　　　　　　　　　　　　　流光之翼

神，下一刻立刻感到胸口一震，于欣的反击迅猛而直接。

她的眼睛依然闭着，脸上露出微微的笑意。这种时候，秦东总是会产生一种幻觉，好像对方能从手上感觉到自己的一举一动，甚至连心跳或者呼吸这种细微的脉动都一览无余。这种能力大概不是每个人都能拥有的吧，他想，至少自己就完全做不到。闭上眼睛的时候，整个世界就从塌缩的凝聚实体发散开去，变为了混沌的一团。平时无比熟悉的物体，触碰之下都仿佛具有了完全不同的形状和质感。对他而言，视野封闭的世界是一个完全陌生的地方，在那里没有方向，也失去了距离感。在那团混沌之中，到底是不是还具有和平时一样的可称为"客观存在"的东西呢？

"你不能这么想，"于欣大概在某种程度上理解秦东的感觉，抑或是新手都是这样，"触感在某些时候可以让我们突破事物的表象，接近其更为核心的部分。"

"我不懂你的意思。从信息的丰富度上来看，视觉无论如何都是远超触觉的吧。而且前者还具有更好的整体性，俗话说'盲人摸象'，不就是这个道理吗？"

"丰富的信息往往容易把本质掩盖住。有时候，我们需要过滤掉那些环境噪声所带来的杂乱光谱，才可以更准确地分析其辐射来源的性质。你们物理学不是最强调'理想模型'吗？所谓的'质点'啊，'刚体'啊，说到底都是人们的假想之物，世界上并不存在那样的东西。但是它们具有某种比真实物体更为深刻的东西，这是眼睛所看不到的。"

秦东维持着防守的姿势，静静地想了想，然后闭上了眼睛："你觉得那些东西——质点和刚体什么的——反而是触感更能体会到？"

"以前好像在哪里看到过，说人在视觉剥离的情况下，对振动的触觉感知频域会扩大。虽然不知道我记得对不对，不过我表达的大概就是类似的意思。"

秦东感觉着从那皮肤上传来的温热。眼前一片黑暗，只有前方一尺处留有仍在发光的实在之物，仿佛那便是整个世界的支点。在某个瞬间，他脑海中突然冒出了一个奇特的念头：他仿佛看到前方那团温热的光点在隐隐地颤动着，辐射出妖异的光芒来。

他猛地睁开眼睛，洪水般的色彩立时投射到瞳孔之中，把一切异象统统掩盖。站在眼前的仍然是那个相貌平平、脸上还残留着几处雀斑的哲学系女生。然而之前的念头仍然挥之不去。在刚才那个奇妙的瞬间，他像是势阱中的电子一般，以某种微小的概率隧穿了势垒。

毫无疑问，那个女生有某种深藏于外表之下的东西，而自己于无意中感知到了其衍射出的微光。

2

于欣到咖啡店的时候，上午最后一节课的休息铃声正好响起。这间咖啡店位于学校的东门，主要的顾客来源便是大学生。因此，一般情况下并不拥挤的店面里，每到中午或者傍晚时分，便会迅速挤满刚下课的学生们。

"抱歉，有点事耽搁了一下。"于欣一见到秦东便大方地道歉道。今天的约会地点是她主动提议的，本来预计可以早点过来，那时候店里很清静，可以很舒服地和身旁的同伴交谈。这种舒服的意思是，你既不必在周围的喧嚣中提高自己的音量——为了在交谈中向对方传达准确无误的信息，也不必因为周遭密集的人群而担心谈论的内容被旁边的人听到。当然，一般的事情被别人听到也没什么，但今天要谈论的事情，虽然也不是什么了不起的机密，但她直觉上认为还是应该在某个更安静的地方进行——不仅是从功能性上做出如此的判断，更因为某种类似仪式感的东西。

秦东面前的桌上放着一个有黄白色条纹的陶瓷杯，里面的咖啡已经见底。于欣没有去柜台点餐，即使桌面上的虚拟弹窗一直跳出色彩绚烂的菜单，她也只是挥了挥手让其隐藏到后台运行。

"人马上就多起来了，我们换个地方吧。"于欣提议道。

"好啊，去哪里？"

现在这个时段，学校周边很难找到安静的地方。于欣想了想，提出了一个让秦东略微有些意外的建议："学校美术馆吧。"

美术馆和学校的图书馆在同一栋楼，前者在地下，后者在地上。除非有特别的活动，一般情况下，美术馆里面总是空空荡荡的。即使有众多由屏幕虚拟出的窗户，通风系统也运行良好，地下空间总还是会给人带来一种心理上的压抑感。馆里陈列的，都是学校艺术学院的师生们的作品，大多是那种前卫的抽象派画作，对于像秦东这样的外行人来说，除了看到一团扭曲的线条和色彩外，实在是很难理解其中的意蕴。因此，自从大一参观过一次美术馆后，他就再也没去过那个地方。在他的记忆中，那里是一个枯燥而乏味的所在，像一个构造精致的空洞，缺乏现实感。然而，他还是立刻就答应了于欣的提议。

他直到现在还是没有搞清楚这次约会的目的是什么。约会本身是对方提出的。在昨天的黐手练习时，对方毫无征兆地说出了这一提议。"我们明天找个地方坐一下吧。"大概是这样的话。秦东仔细体味着这句话的味道，像在炖汤时用汤匙舀起一勺，放入嘴里，让其香味缓慢地溢满口腔。可这句话里面并没有汤的香味，它更像是一杯白水，让人无从琢磨。在之前的相处中，秦东并没有察觉到可以称为暧昧的那种东西。除了在拳社的活动里见面，两人私下也并没有联系。突然接到对方的邀请，说实话，他着实有些诧异。

美术馆里冷气强劲，露在T恤外面的手臂有些发凉。

除了秦东和于欣，还有一对情侣似的男女在馆中悠闲地逛着。那两人手挽着手，像阅读书籍一般顺次在每幅作品前面驻留，轻声细语地点评几句，然后迈步走开。看见秦东二人进来时，转头瞟了一眼，便毫不在意地继续沉浸在自己的世界之中。在他们看来，这新来的两人应该也是一对情侣吧——虽然并没有牵手，大概还在暧昧期，或者处于男生苦追而不得的阶段。秦东有些尴尬地在一幅画着大片油菜花的油画前站定，双手有些不自然地抱在胸前，然后突然又放下插进了裤兜里。屋里很安静，于欣的白色方跟平底鞋在木质地板上发出清晰而有节奏的钝响。

于欣并没有立刻言明约秦东过来的目的，而是看着展示窗中的美术作品，从入口处慢慢辗转欣赏了起来。秦东只好也跟着对方的脚步，在一个个窗口处依次停留，看起来二人就像真的是为欣赏油画而来。空气实在太安静了，像一块没有缺陷的单质晶体，让人不忍心打破它。过了十分钟，那对情侣终于逛完了每个展台，然后悄无声息地滑出了展馆。于是整个房间里只剩下秦东和于欣两个人。

"这幅画，是我一个朋友画的。"于欣突然开口说道。她面对的是一幅视角有些奇特的油画：画的内容大概是一个小镇的景象，但采用了接近垂直的俯视视角，于是画面中大部分地方便只是由一些绵延不断的黑瓦所构成的屋顶，乍看上去像是某种动物的鳞片。

"美术学院的？"

"嗯，之前一直在美院，跟我一级的。"

之前？秦东敏锐地捕捉到了话中微妙的不谐之处。但是他没有继续询问，只是点了点头，静静地看着油画。作为打破沉默的一个话头，这个朋友的油画确实出现得很及时，但他觉得并没有追根究底的必要，毕竟今天的主题不是这个。就像一艘偏离航向的游轮，有人察觉后，就应该立即纠正方向，朝着正确的目的地驶去。可是于欣似乎没有意识到秦东的苦心，仍然继续着朋友的话题。

"我们是在一次兼职的面试中认识的。那个工作需要有非常好的手部感知力和某种程度的直觉反应。因为待遇很高，初试的人很多，可是几轮淘汰下来，最后就只剩下我和她两个人了。她的手细长嫩白，皮肤特别好，感觉可以直接透过皮肤看到下方汩汩流动着的血液。食指和拇指的内侧有一块不大的茧，大概是长期握画笔造成的，但并不明显。眼睛小小的，喜欢戴绿色的美瞳，看上去像猫的眼睛。

"我们两个都通过了面试。工作的时候，她的座位刚好在我旁边。我们很快熟悉起来，这时候才知道原来是同一个学校的。因为眼睛的缘故，我一直叫她'猫'。后来，她不甘示弱地开始叫我'鱼'，这样她便在食物链上占了上风。

"'猫'喜欢在高楼的屋顶作画，尤其是在夕阳西下之时。她住在一栋七层高的公寓楼里，为了向楼管要到打开楼顶平台的钥匙费了不少功夫。一有空闲，她便搬着画架上到屋顶，坐在简易的折叠凳上，看着下方萧瑟的景象发呆，间或画上两笔。'为什么这么喜欢俯视的视角呢？'有一次我问她。固然这种视角下的构图给人带来某种疏离感，但久了也就显得有些无趣，像那些在高空的无人机拍摄的照片，全局感很强烈，但往往少了一些生活气息。她抿着嘴沉默了好久，然后突然对我说了一句：'给你看一幅画吧。'当时她让我看的画，就是眼前这一幅。据她说，这是根据她儿时的记忆所画，画面中的小镇就是她老家的所在地。在她上高中之前，都一直居住在这里。"

"我第一次从半空中俯视整个小镇，那种熟悉中又夹杂着陌生感的特别体验打动了我，或者说，击溃了我。更直白地说吧，当时的大脑几乎变成了一台内存溢出的机器，除了对着眼前那宏大而精细的画面发呆之外，什么也干不了。有一种类似神启的感悟出现在意识里，告诉我说，你应该把这一切画出来。这是你的机遇，也是你的使命。那时候我还不会画画，甚至根本就没有摸过画笔。从那时候开始，我报了课外补习班，拼命地学习绘画，比班上任何人都更努力。那个画面深深地刻印我的脑海中，一直激励着我，终于在我高一那年，完成了这幅画，当时我几乎有种生命已经就此结束的感觉。"

"所以这是你高一的时候画的，那之后呢？"我问她。

"上大学以后，也陆续画了一些，大多是类似这样的俯视视角。那些画固然技巧更纯熟了，但不知为什么，都没有这幅画这么有冲击力。"

这是我跟"猫"初识阶段的一次交谈。那时候，我们刚进入那家公司做兼职，还处于培训阶段，并没有真正上手做事。对于这个工作本身的意义，我们都不太清楚，只知道一些技术上的细节，而对整体缺乏全面的了解。我和"猫"就像流水线上的装配工人，只看着手上的零件，完全无法想象产品本身是什么样的。直到一年以后，我们进入了总控部门，这才得以窥见我们这个工作的真正意义。那时候我们都无比震撼，特别是"猫"——就像是宿命一般，这件工作竟然是开启她儿时那梦幻般经历的一把钥匙。但这一切，我们那时候都还懵懂不知。于是我问她："那时候你是怎么看到这幅画面的，在直升机上吗？"

"不，"她立刻回答道，"我是自己飞起来看到的。"

"自己飞起来？"我感到很迷惑，"像鸟儿一样自己飞起来？"

"不太一样。"她想了想，"大概是像宇航员在飞船里那样，自己就飘起来了。"

"我知道，你现在大概和我当时一样觉得莫名其妙。或者你认为这一切不过是她的幻想，但你仔细看看这幅画——这是仅凭想象就能画出来的吗？"于欣转身看着秦东，认真地问道。

秦东有些摸不着头脑。刚开始的时候，他以为这幅画以及背后的"猫"只是于欣随便找的一个话头，但随着话题的展开，特别是其中出现了某些带有奇异色彩的故事之后，他终于明白这件事本身必定和今天约会的目的有关，或者说就是约会的目的本身。想通这一点后，虽然难免有些失落，但似乎也松了一口气。故事本身具有强烈的非现实感，就像卡夫卡《变形记》里面的主人公一样，一早醒来发现自己变成了甲虫。从理性上他并不相信，某个在普通小镇上的小女孩会突然像在太空飞船里面一样飞起来。但他从对方叙述的语气中感到了一种不容置疑的真实感，特别还提到了她们的工作本身和这件离奇经历的关联，似乎已经完全掌握了这其中的玄机。他长久地凝视着面前的画作，竭力想从中发现些许蛛丝马迹。

"我不知道。"他缓缓地摇了摇头，"或许确实发生过这样的事，但我实在想不出其中的原因。就目前的立场而言，我对其是持怀疑态度的。"

"我明白。"于欣笑了笑，"就像你更相信自己的眼睛，而无法信任手的触感一样。"

"或许吧，大概是因为我的手太糙了。"

"走吧！带你去我家看看。"于欣突如其来的邀请让秦东更加疑惑了。在某个瞬间，他差点全盘推翻之前对这次约会目的的判断。

"去……你家？"

"是啊，"于欣头也不回地朝着出口处走去，"东门的车站，两点钟有一趟去我家的班车，应该还能赶得上。"

秦东快步跟上于欣的步伐，抬起手臂打算看一眼时间。刚好从大楼的门厅走出来，正午的阳光直射在腕表的表盘上，反射光线照得他连忙眯上了眼睛。指针指向了几点几分，他一时也看不清楚了。

3

大概在初中一年级，"猫"进入了自己的叛逆期。她像一根弹簧一样，在整个小学阶段所累积的弹性势能，正迫不及待地要释放出来。她和班上其他三个女生组成了一个紧密的小团体，平时做什么事都在一起，一有机会便找各种借口旷课，然后一起找个小山坡打牌，或者捂在被窝里睡懒觉。当面临家长或者老师的压力时，她们便像是毛曼陀罗的果实一样，把全身包裹起来，让尖锐的针刺朝向外部。有一段时间，她们更是整天整天地不在学校，倒不是不爱念书，只是一进入学校，那里的空气就让她们觉得压抑，有一种被无形的丝线绑起来的感觉。因此，只要不在学校，随便待在哪里都好。然而说实在的，逃课多了之后就会发现，其实在学校外面也挺无聊的。除了打牌，撞球，去网吧，就是到处漫无目地瞎逛。有一次，不知是谁提出的主意，说不如去镇上的那些屋顶上玩。几个人于是找到一户有着低矮围墙的人家，翻到人家的屋顶上，然后沿着瓦片凸起的楞，蹑手蹑脚地蹿到另外一户人的屋顶上。偶尔脚踩偏了或者重了，瓦片"霍霍"作响，于是便可以听到身下的屋子里传来骂声，几个人连忙加紧脚步，翻过一道马头墙，躲藏到别的屋顶上去。待下面安静下来之后，再悄悄溜走。有时候兴起，则会捡起几块小石头，从人家的烟囱里扔进去，然后慌慌张张地逃走。

　　终于有一次，她们在屋顶上玩的时候被主人发现了。那人长得又干又瘦，皮肤黢黑，看见几个人以后，便神色可怖地向她们冲了过来。她们都吓坏了，立刻匆忙逃窜。在惊慌之下，"猫"和其他几个人走散了，她一个人在小镇连绵的青瓦之中慌乱地穿行着，顾不得回头看上一眼。等到她终于缓过一口气，停下脚步时，却发现自己已经来到了一个看上去很陌生的地方。她爬上屋顶的最高处，向四周远远地望去，隐约看见了小镇东部的城隍庙上那座古塔。于是她知道了自己现在的大概位置，稍微安心了下来。可是很快她就发现自己身处另一个困境：身下的屋子很高，不管在哪个方向，屋顶都远离地面，也没有可以攀附的树枝之类的，自己一时找不到地方可以下地去。无奈之下，她只有沿着青瓦继续向前面走去，试着寻找可以下地的合适之处。在一条街的尽头处，她发现了一间朴实而低矮的瓦房，只不过那间房子和脚下的街区稍微隔了一点距离，中间有三米左右的一条小巷子。好在巷子里有一棵古老的黄桷树，她抓着斜出虬曲的树枝越过了小巷，眼看就可以来到那间低矮小屋的屋顶上了，可是这时候抓着树枝的手一滑，她立刻就向着下方掉了下去。在掉落的过程中，一根树枝绊了她一下，把她向着那间小屋的方向弹了过去。

这时候，奇怪的事情发生了。她感到自己的身体越来越轻，像是一片羽毛一样，竟然轻松地飘了起来。下落的势头很快止住了，她到那个屋顶的时候，本来想用手撑住瓦片让身体立起来，没想到手臂一用力，身体便不受控制地翻滚起来，然后像一颗断了线的氢气球一样垂直地向天空飞去。

"'猫'给我讲这段经历的时候远没有这么清楚。"于欣在空荡的公交车上对着身前的秦东说道，"她的语言表达能力简直是幼儿园的水平，说起事情来毫无逻辑，经常讲着讲着就不知道跳到哪里去了。不过，整理了之后，大致便是我刚才说的这个样子。"

公交车在半空中的低压封闭轨道上飞速前行。两边的街景透过高分子玻璃组成的车体外壳，在两人眼前一闪而过。车上人很少，有人正闭着眼睛打瞌睡。秦东没有回头，但他可以想象到后方的于欣正向前倾着身子，贴着自己的座位后侧小声说话的样子。说话的时候，从她口中发出的热气喷吐在他的后脑勺上。偶尔，她的头发也会晃过他的脖颈，有些痒，但他并不介意。

这是一趟通往奇异世界的旅程，就像银河铁道之夜的小火车一样。秦东并不知道去到于欣家里会看到什么，也并没有问，因为他感觉时机成熟后，答案会自然浮现出来，就像秋天落下的树叶，或者退潮时搁浅的贝壳。但毫无疑问，那里一定会发生些什么，有某种超出常理的东西在那里等着他。

"就是在那时候看到的？"秦东只是顺着于欣的话问道。

"就是在那时候看到的。"

身体在数十米的高空停留了片刻，精确的时间是多少，"猫"也记不清了。感觉上虽然很漫长，但或许是心理效应也说不定。就在她为眼前的景象所震撼的同时，来自地面的拖拽之力也仿佛回过神来了似的，开始逐渐恢复了。在感到安心的同时，她也感到了无比失落。身体的每一个细胞都在重力的牵引下发生了或多或少的形变，自己就像一个被拉长了的气球，一点一点地向下降落。

当她踩到屋顶的瓦片时，重力仍然没有完全恢复正常。因为脚底和瓦片的接触完全不像平时那么受力，整个人像是泡在浴缸里，在晃动中仍有要浮起来的感觉。然后浴缸底部的塞子被移开，水流打着旋儿涌入深不见底的黑洞之中。水面迅速下降，身体在湿漉漉的浴缸中恢复正常。

脚下的瓦片发出一身轻微的脆响，仿佛是列车进站的笛声，宣告了一趟旅程的结束。她试着活动了一下脚腕，发现全身僵硬得要命。然而，从另一个世界的浴缸中带来的湿漉漉的感觉一直持续着。她略微地移动了一步，发现脚下的瓦片上全是暗红色的血迹。下半身开始有隐隐的疼痛感传来，她吓得几乎哭了出来。那是一种从未有过的体验。事情是什么时候发生的，她完全没有察觉到，脑袋一片空白，这之后的记忆也像是缺失了似的。她失魂落魄地回到了宿舍，至于这期间她是怎么找到回去的路径，又是怎么进入学校大门的，已经全然不记得了。

她并不知道那意味着什么。只是在懵懂之中感觉到，那是一件极隐秘而又极重大的事情。在那之后，一切都将变得不一样了。

4

秦东感觉到自己确实在下降，但下降的速度极慢，像一片羽毛在满是尘埃的空气中打着旋，搅起一团微观世界的风暴。身体的姿态完全不受控制，有时候一个极小的动作往往会带来意想不到的后果。头和脚时不时地磕到旁边的灯架或者展示柜，哐啷作响。所有的家具都固定在墙壁上，展示柜的玻璃橱窗里，画着好看花纹的瓷瓶啊、足有二十厘米直径的大海螺啊、不知道何种材质的一套七个人偶啊，还有一些奇怪的岩石标本，全部用透明胶带粘贴在柜台的展板上。于欣把身体稳稳地卡在墙角处，饶有兴致地看着秦东在半空中笨拙的样子，笑嘻嘻的，一点也没有要上来帮忙的样子。

"好啦，拉他下来吧。"与于欣并排站立的一个中年男子催促道。于欣这才一蹬脚，从地板上飘起来，抓住秦东的衣袖，把他带到墙边，让他扶着一根一尺长的木质把手。虽然身体仍然摇摆不定，像海里的水草，但总算是生根了，不至于像浮萍一般到处游荡了。

"我父亲。"于欣简要地介绍道。

秦东有些尴尬地朝中年男子点了点头。

"你们出去吧。在这里待久了对身体不好。"男子一边说着，一边推开墙边的房门。于欣拉着秦东飘进了房门后的走廊里，然后把门使劲向后甩去。借着这股力道，两人的身体猛地向走廊的前方蹿了出去，过了五六米，飘浮的身体突然下坠，很快跌落在毛茸茸的地毯上。于欣一翻身站了起来，秦东也跟跄着起身，这期间腿一软，差点摔倒。

"那是我父亲居住的房间。"于欣稍微整理了一下衣服，把扎马尾的皮筋取下来，重新梳理了一下乱成一团的头发，"因为身体的原因，他只能住在那样的地方。"

身体的原因？秦东想了想，大致明白了一些。他并没有问关于疾病的具体细节，之前确实在某些网站上看到有类似的报道，说有很多骨质或者血液循环系统的疾病，在微重力下可以得到很好的缓解，并且极大地减轻病人的痛苦。这些不过是细枝末节，他并不关心。他在意的是另外的东西。

"这是怎么做到的？"一站起身来，他便急切地问道。

于欣默不作声地向前走去。越往走廊的另一侧走，重力就越大，等到离开走廊尽头的那个房间数十米远时，环境已经完全恢复正常。在这里，走廊拐了一个弯，面前是一道蜿蜒向上的木质扶梯。沿着楼梯向上，从一面水晶串珠掩映的幕帘穿出，便来到了客厅。这里看上去与别的家庭毫无两样，灰色亚麻面料的三人座沙发、极化光晶格投影电视、磁性自组装的玻璃茶几和书柜、AR智能调节式的落地窗，一切看上去都极为普通，谁能想到就在离此几十米远的地方，重力场竟会发生如此巨大的变化呢？

"现在你相信'猫'说的话了吧？"在沙发上坐下后，于欣看着秦东的眼睛，突然问道。

"虽然还无法完全理解，但多少体会到她当时的感受了。看样子，她当时也无意间到达了类似这样的一个无重力区域？"

于欣点了点头："从理论上来说，这种出现在地表的无重力区域，在整个地球上一共有五百三十二个，其中大部分在海里，出现在陆地的共有一百八十九个。"

"可是……为什么会有这样的地方？"秦东一脸疑惑地问道，"而且，为什么我从没听说过？"

"你知道轻物质吗？"

轻物质？秦东想了想，反物质、暗物质什么的，自己倒是听说过，但"轻物质"又是什么？

"所谓轻物质，其实和正常的物质在化学组成甚至原子构造上并无不同，但奇怪的是，它和正常物质间却不具有万有引力相互作用，确切地说，轻物质与普通物质间具有与距离二次方成反比的斥力。二十年前，一位地质学家在勘探一个未知的铁矿时首次发现了以化合态的形式存在的轻物质铁元素。之后，人们在地球内部相继发现了大量轻物质矿。大部分是重核元素，铁、锰两种元素最多。地球上的这些重力异常点，与轻物质的存在密切相关。但是要说清楚到底是什么关系，口头来讲几乎是不可能的，需要借助大量的公式——不少是经验公式。换句话说，一个可精确求解的理论模型到现在为止都还没有建立起来。"

"那为何我从没听说过？"秦东再次问道，"物理课本上也没有提及？"

于欣想了想，然后才说："大概是那些人觉得还不到对外公布的时候吧。"

"那些人？"

于欣没有回应，只是直直地盯着面前的某处，似乎那里有一个看不见的空洞。

"像是保密局，或者美国的51区那样的？"

"大概是吧。"于欣眨了眨眼睛，"其实我也不太清楚详细的内情。但是毫无疑问，那样的单位是存在的——虽然听起来不太具有现实感，但它确确实实地在这个世界的某个角落存在着，甚至还挂着某个看上去极其普通的白底黑字的牌匾。那是像肯德基、沃尔玛一样真实的存在，虽然其入口隐藏在黑暗之中，而且多半也没有方便顾客光顾的车库。"

"哈……"秦东发出毫无意义的感叹声。

"严格来说，我和'猫'应聘兼职的单位，就是它们的一个下属机构。"

秦东露出恍然的神色："那么，你们具体是做什么的呢？"

"按照培训手册上的说法，是维持地球重力场的稳定和平衡。在单位内部，我们都被称为'重力编程师'。具体的工作细节，我想，你大概很快就会知道了。"

"为什么？"

"我想邀请你加入我们。工资很丰厚的哦——至少比在川菜馆打工强。"

秦东诧异得一时说不出话来。他猜测了很多次对方把自己约出来的目的，可是从来没想过竟然是给自己介绍工作。为什么找自己呢？秦东想，自己固然是生活拮据——不然也不会去川菜馆打工了——可是自己并没有胜任这项工作的自信。他想起她曾经提到的，这项工作需要灵敏的手部感知力。从练习𫠜手时的情况来看，这恰好是自己所缺乏的。

"入职的具体流程方面，你不用担心。你并非作为重力操作人员，而是作为我的助理而引入的。在这方面，我有很大的自主选择权。"

"可是……为什么要找我？"

"我需要一个信得过的人。"于欣的语气突然变得严肃起来，秦东甚至从中感觉到了一股凉意，"我有一些特别的事情，需要你帮忙。"

秦东不知不觉间，已经在沙发上挺直了身体。他看着于欣的眼睛，等着她接下来的话。自己即将被卷入某个奇妙的旋涡之中，一种这样的直觉突然出现了。像是灾难到来之前，井中平静的水面泛起了气泡，并冒出了某种异常的气味。现在，自己已经闻到了这样的气味。接下来该做什么呢？虽然理智在催促他应该果断地逃离此地，但身体却毫无反应，于是自己只有认命般地等待如海啸般的潮水淹没自己。

"'猫'不见了。"于欣叹息着说道。

5

出乎秦东的预料，于欣的办公室位于闹市区的一座著名的写字楼里。房间的一侧是大幅落地窗，办公桌椅干净整洁，距离地面一尺左右的空气循环系统的出风口吹出带有淡淡香气的微风。办公区域人固然不多，比起一般的企业安静很多，但远不是秦东头脑中想象的那种神秘机构的模样。每个人都埋头于自己的工作，或敲击着空气中的虚拟键盘，或对着投影出的复杂表格皱起眉头。秦东很难将这里发生的一切与类似地球重力场这么宏大的概念联系起来。即使竭力说服自己，将两者用一条细线绑在一起，其间也毫无融合的迹象。

"新来的实习生？"就在自己站在休息室里发呆的时候，一位双颊消瘦、眼神深邃的中年男子走了过来，手里拿着一次性纸杯，里面盛着类似咖啡的棕色液体。

秦东连忙欠身道了声歉，顺便报上自己的名字。

"办公室助理啊……"对方露出若有所思的神色，"向斐，三年前进来的，今年刚入编，这辈子估计算是交待在这里了。"

"听说这里待遇很好，又有公务员编制，很不错啊！"

"可是很无聊啊！"向斐撇了撇嘴，"等你干了一阵子就知道了。"他浅浅地啜了一口杯中的咖啡，脸上露出一丝松弛的神色。

"还在读大学？"

"大三了。"秦东回答道。

"嗯……"对方发出一声意义不明的感叹，嘴唇吧嗒了几下，没有再说什么。沉默了片刻，像在空气中的哪里突然按下了静音键一样，耳中回想起似有若无的高频蜂鸣声。秦东很想问一些关于重力编程的技术问题，但一想到于欣昨天特意强调的话，便立刻转换了话题。

"怎么才能拿到正式的编制呢？"他一脸认真地问道。

"这个倒不难。只要你老老实实地工作两三年，不出大的岔子，不顶撞上司，穿制式灰色西装上班，按照既定流程处理手头的文档和数据，不冒头也别拖后腿，一般情况下都能拿到编制。"向斐嘴角微微翘起，露出嘲讽般的笑容，"总之，越平庸越好。"

秦东附和着点了点头。

"其实所有的底层公务员都一样。政府这个东西，说实话和机械表没什么两样。里面的齿轮啊、发条啊，都要紧密地咬合在一起，稍微逾矩一点，便很难正常运转。这其中并没有让人自由发挥的空间，这一点大概和企业是不太一样的。"

"企业也好不到哪里去吧。那些劳动密集型企业，制衣厂、玩具车间什么的，流水线上的工人们，不就像一个庞大机器的零件一样？"

"早期固然有这样的情况，但现在已经不多了。这些机械重复的工作现在大部分被智能机器人所代替了，反而是在政府部门，劳动密集型的管理方式仍然根深蒂固，和上个世纪没什么两样。"

"劳动密集型的管理方式……"秦东觉得这是个挺有趣的提法，"你觉得政府部门也应该引入人工智能作为辅助，就像企业的流水线一样？"

"为何不可呢？其实大部分公务员的工作和流水线上的工人没什么不同：做报表，盖章，归纳文档，大概还没有装配手机外壳的技术含量高。现在早已经有自动装配手机外壳的机械臂了，把前端改造一下，手机壳换成公章，履带上放上公文，不就变成了盖章专用的机械臂了吗？"

秦东愣了一下，接着就听见对方哈哈大笑起来。他也会心地笑了笑，表示自己已经领会到了其话中的讽刺之意。

"好了，不扯了。"向斐突然将杯中的咖啡一饮而尽，朝秦东摆了摆手便向外走去。秦东目送他回到了那像蜂巢一般的办公格里，脑海里又想起了昨天于欣那请求的话来。

"'猫'在一个月前突然失踪了。那天上午她还正常上班，像平常一样和我打趣聊天，下午却一直没有露面，也没有请假。桌上的文件夹还像上午一样打开着，吃了一半的饼干用透明的塑料袋包着放在桌角。手机打不通，即时通信软件也没有人回复。很快有同事联系了她的家人，可是那边看起来对此一无所知。两天后报了警，可警察也没有找到任何线索，最后只好作为失踪人口登记了事。她就像从来没有出现在这个世界上一样消失了，就像某人坐时间飞船回到过去杀死了'猫'的祖父一样。"

"当然，虽然没有明确的线索，但事情发生之前，多多少少还是出现了一些异常的事态。有一天，我邀她一起吃晚餐，她托词有事没有答应。从那以后，她每天下班后都像躲着我似的。之前我们经常相约一起逛街，近来几乎一次也没有了。我问她是不是有男朋友了，她断然否认，我也就没有再问。毕竟这是她私人的事情，我也不是热衷八卦的人。除此以外，她倒也并没有什么异常的举动，平时的工作也都正常进行。"

"然而，一次偶然的情况下，我在一个小商品批发市场碰到了她。那地方在城东的城乡接合部，据说治安不太好，平时我是从来不去的，那次也是因为有一些特别的装修配件要买，才特地去了那里。我在距离七八个展柜的地方发现了她。她急匆匆地向着一个方向走去，并没有看到我。我有些好奇地跟在她的后面，隔着拥挤的人流观察着她的一举一动。大概过了几分钟，从另外的方向过来了一个男人。她和那男的聊了几句，便跟着对方匆匆离开了。"

"那大概是她的男朋友吧？"秦东插话道。

"不是。"

"何以见得？"

"那男人我认识。他叫向斐，是我们的同事，和我们在同一个办公室工作。那家伙的人缘很好，在办公室里和谁都能打趣着说上两句话。他已经结婚了，和妻子的感情很好，也曾经多次大方地把妻子带到办公室来。他妻子很漂亮，像某个电影明星。他的办公桌上总是摆着妻子的照片，休息时间经常见他和妻子煲电话粥。"

"那会是怎么回事呢？"

"不知道。"于欣有些迷茫地摇了摇头，"我总觉得猫的失踪和他有着直接的关系。我也曾经旁敲侧击地跟他打听过一些情况，但那家伙嗅觉灵的敏得很，每次在关键的问题上都可以巧妙地回避开。

和他打交道，就像在拳馆里和高手练习黐手一般，再刚猛的拳头也会轻易地被他消掉。而且，他和办公室里其他几个同事的关系很好，感觉就像一个隐秘的小团体一样，我完全无法刺探到其内部的信息。"

秦东隐隐察觉到了于欣的目的，但他没有开口，而是等着于欣继续说下去。

"我需要你做一个探针。"

"探针？像电子隧道显微镜里面那种？"

"对，就是类似那样的东西。我想要知道，在那个团体的内部，到底隐藏着什么样的秘密。"

说到这里，她沉默了半响，似乎在等待秦东将其理解消化。

"入职以后，不要提到和我的关系，也不要打听重力场的事——按照正常的流程来讲，新入职的员工是不可能知道这些工作的意义和背景的。"

秦东无法拒绝。就像一辆已经卷入了旋涡的小木船，再怎么挣扎也无法逃脱了。在当前的状况下，唯一能做的事情便是顺着水流的旋转，向着中心处靠近。况且，他也很想知道，在那一切的源头，旋涡的中心处，到底有什么样的东西存在。

"特别要注意向斐！"她最后补充道。

6

"听说你之前在川菜馆打工？"向斐不知不觉凑到了秦东的旁边，看着他面前不断闪烁的数据表格，语气中带着某种刻意的意外感，但并不让人讨厌。

秦东长出一口气，关闭了那令人头疼的显示屏，伸了个懒腰，把椅子转了半圈，变成了斜对着向斐的角度。他已经在这里兼职了两个星期，工作时间虽然只有每天晚上的一个小时，但任务并不轻松。不知道哪里冒出来的数据像海啸般蜂拥而来，自己需要仔细地对其进行梳理，并整理成一个逻辑清晰的表格。刚开始那几天完全不知道从何处着手，除了请教于欣之外，向斐竟然也热心地给予了他大量的帮助。现在他已经基本熟悉了这项工作。从本质上来看，这个工作并不复杂，只是很繁琐罢了。他再次想起了向斐曾经说过的"劳动密集型"政府的说法。这些过手的数据毫无章法，和一般企业的财务报表之类的完全不同。它很像是某个随机数产生器生成的东西，不同数字间的量级差别很大，而且基本上看不出什么周期性或是规律性。他很难将这些东西和地球重力联系起来，因为我们的重力场是如此稳定，何以每天都会衍生出如此复杂而无序的数据来呢？

"是啊！说实话，端盘子都比弄这些数据有意思。"秦东不由得发起了牢骚。

"那是当然，至少你知道自己在干什么。"

对方的话里似乎另有深意，因此，秦东也就顺着对方的话锋说了一句："是啊，说起来我都还不知道这些数据是干什么的，培训的时候也一句都没有提过。"

没想到对方并没有将这个话题进行下去，而是话锋一转，聊起了别的事。

"你只是做服务员吗？还是说偶尔也帮忙炒个菜，比如说大厨忙不过来的时候。"

"我哪有那个本事啊！"秦东笑了。

"每天在灶头前来来去去，厨师的手艺难道不会学到一些吗？还是说你们饭店的厨房是不许你们进入的，像政府的机密部门，上面写着'来者止步'之类的。"

"那倒不至于。我们的确每天都在厨房进进出出，厨师们也不会对自己的手艺遮遮掩掩的，事实上他们倒是很乐于在闲暇时教我们一两招，怎么炒出又香又辣的红油啊，勾芡的时机以及量的多少如何把握啊，回锅肉要切成何种厚度才会爆出好看的弧度啊，等等。但是这些并不会让我们也变成一个合格的厨师。我有时候回家也会试着做几个菜，虽然基本上是照着那些厨师的步骤做的，但味道和口感却有天壤之别。我想，做菜这种事，光靠听和看是学不会的，非得自己多练习不可。"

"有道理，"向斐赞同道，"有时候，手感是很重要的。"

秦东略显诧异地看了对方一眼。听到"手感"的一刹那，他第一时间想到了于欣。在练习藕手的时候，于欣也总是说着类似的话。他下意识地看向了向斐的手。那双手很自然地搭在腿部，皮肤白皙，手指细长，连指甲也经过了精心的修剪，看上去很舒服。

"虽然我不是四川人，但我也很喜欢吃川菜。我上初中的时候，学校外面有一排小餐馆，都是平房，外面搭起一些简陋的塑料棚，下面则是密密麻麻排列着的表面油腻的木质餐桌。那里有好几家的菜都是主打川湘味的，生意也很好。当然，因为主要是做学生的生意，所以价格基本都不贵。最早的时候，一小份的回锅肉不过八块钱，后来因为物价的原因多少涨了一些，但也不过十块钱出头。学校食堂的饭菜，你也知道，吃多了就和猪饲料一样难以下咽，所以每次中午或者下午下课之后，这些小餐馆就挤满了从学校里跑出来的学生。很多人还没下课就偷偷溜出来，只为了抢占一个座位。"

秦东饶有兴致地听着，偶尔点一下头。

"那时候我每个月生活费也不过五百块钱。小餐馆固然不贵，但如果每天都在外面吃，仍然是我无法负担的。没办法，也只有隔上几天才出来解解馋。说来可笑，那时候我的理想就是，以后一定要挣很多很多的钱，每天都可以随心所欲地吃自己想吃的东西。"向斐笑了笑，"可惜啊，这个理想到现在也没实现。"

"确实，这个理想听上去挺简单，但细想起来，却也没那么容易实现。"

"是啊。不过，就在我初二的那段时间里，我倒是几乎实现了这个理想。"

"哦?"秦东露出惊讶的神色，"那是怎么回事?"

"初二上学期，有一天半夜，我翻出学校的围墙，打算偷偷溜到网吧去上网。那天晚上夜色很明亮，走在路上，街边小店的路牌都能看得一清二楚。就在我经过那一排餐馆所在的街区时，突然远远地看到了两个人影，他们好像正在路边的地沟里打捞什么东西。一个白色的大桶放在旁边，一个女人拿着一个铁钩子，另一个男的，大概是她老公吧，手持一根长柄铁勺，正在下水道里晃荡着。晃了几下，那男的便把铁勺捞起来，把里面的东西倒进大桶里。我立刻躲到街边的阴影里，偷偷靠近了一些，这才发现他们就是其中一家餐馆的老板和老板娘。在我意识到他们在干什么的那一刻，我就像喝了酒一样，胸口跳个不停，脸也烧得厉害。我一动不动地蹲在原地，不知该如何是好。"

"大概过了半个小时，他们似乎干完了手里的活，准备收工了。这时候，身体里不知道从哪里冒出来的勇气，我突然一点都不害怕了。害怕的应该是他们啊，我想，他们就像只敢在半夜里行动的老鼠一样，我为什么要怕他们呢? 接着，我鬼使神差似的拿出了手机，偷偷把这一幕录了下来。"

"然后呢?"秦东好奇地问道，"你去揭发他们了吗? 还是把视频发在网上了?"

"都没有。"向斐嘴角上扬，露出一丝得意的笑容，"第二天，我找到他们，威胁说要把视频发上网。他们立刻吓得慌了神，语无伦次地请求我原谅他们一次，说了一堆什么'以后再也不会这样做了'之类的话。那男的看上去身强力壮，其实是个胆小鬼，差点就要给我跪下来了。"

"最后呢?"

"嗨，其实我也没想拿他们怎么样。最后就让他们给了我一笔钱，当作封口费。那笔钱让我初二那年阔气了好一阵子。可惜不久以后，那家馆子就换了主人，那家人也不知道跑到哪里去了。"

说完这句话，向斐便转身回到了自己的座位上。似乎某个未知之地响起了一阵急促的电铃声，向两人宣告，闲聊的时间已经结束了。于是秦东也把椅子重新转回到正确的方向，把文档重新调回到桌面上。

然而，虽然眼睛看着文档，心思却好长时间都静不下来。那个恶作剧般的小故事一直盘桓在秦东的脑子里，带着一种奇妙的趣味，同时也散发出一股如黑雾般的妖邪气息。

7

"向斐这人怎么样？"于欣把手臂收回来，牢牢地守住内桥，让秦东的攻势再次偏出。秦东把手臂向下压，想要切进于欣胸前的空当，后者稍微撤了一小步，向右侧身，把秦东的手臂向外弹了出去。

"不好说。"秦东一边把双手收回来守住中线，一边说道，"虽然从表面上看是挺热心的一个人，但总觉得其性格中有相当阴暗的一面。像是从果核处坏掉的苹果，虽然看不到发黑的痕迹，但多少能闻到一点味道。"

"休息一下。"拳社的教练老师大声喊道。秦东和于欣同时撤退一步，彼此拱手致意。

"喝点什么？"秦东走向角落处的自动贩卖机。

"纯净水就好。"

秦东应了一声，把腕表贴在贩卖机的感应器上，轻声说道"两瓶水"。贩卖机的显示屏上立刻显示出需要支付的金额，然后从腕表上发出了"滴"的一声支付提示音。几秒种后，两瓶水从取货处缓缓升了起来。

"他跟你聊什么了吗？"于欣接过水，把一块擦汗的干毛巾递给秦东。

"一些他小时候的事情。"

"关于他们的小团体，或者'猫'的事情呢？"

"完全没有，或许是还不到提这些事情的熟悉度吧。"

于欣仰头喝了一口水，然后低头沉默了半晌。

"对了，有一件事情我想问很久了。不知道现在是不是可以告诉我一些内情了。"秦东突然开口问道。

"你是想问重力编程的事情吧？"

秦东点了点头："每天处理的那些数据到底有什么意义，我觉得自己至少应该知道一点。"

于欣想了想，感叹道："如果能带你进总控室就好了，在那里你可以看到我是如何工作的。可惜你没有权限进入那个地方。不过说起来，看过了我们的工作流程之后，你估计也不会有什么收获。老实说，虽然那里有一整套仪器完全由我来操控，但其实连我自己，对于其中的技术细节都所知寥寥。说到底，我虽然比你多知道一些，但本质上都一样，只是高级一点的技术工人罢了。"

"那里有一些什么样的仪器呢？"

"怎么说呢，那是一个类似养金鱼的水族箱一般的铁盒子，长一米左右，里面是极其细微的碳纳米颗粒。工作的时候，先往其中通入若干束不同方位的激光，组成一个精细的光晶格系统，让其中的纳米颗粒在光晶格的耦合下悬浮在空中。接着把铁质的外壳撤掉，你会看到一团黑灰色的浓密之物飘在前方。事实上，每一个纳米颗粒都与地球内部内置的一个重力传感器相关联，它们可以在光晶格的驱动下，沿着各个方向运动。这样，当我把手伸入这团黑雾之中时，我便可以从这些颗粒的运动压力之中间接地感知到地球内部某处的重力场的大小——当然，是等比例缩小之后的。"

"照你所说，这个仪器也只是能探测重力场，并不能改变它啊。"秦东质疑道。

"别急，这个仪器的具体用法我待会儿再说。"于欣停顿了片刻，似乎在整理脑中的说辞。

"自从二十年前发现轻物质之后，人类就不断地致力于通过控制这些轻物质来调整地球表面的重力场。当然，从总量上来看，这些轻物质在整个地球的质量面前是微不足道的，因此不可能对地球整体的重力场造成根本性的改变。然而，人们很快就想到了别的法子。他们把这些轻物质以规则的方式分布在整个地幔层中，构成了一个以众多轻物质据点为基础的球状点阵。之后，我们再让附着在这些据点上的引擎推动它们按照一定的模式进行振荡。这时候，奇妙的事情便发生了。在地表上的一些特殊的点，其重力场会突然减小为零……"

"就像你家那样？"

"就像'猫'曾经到过的小屋那样。"

"为什么呢？"

"一两句话很难说清楚。简单来说，那是一种'集体激发'的体现。你可以认为，众多的轻物质据点在某种特殊振荡方式的情况下，其叠加而成的反向重力场某些特定方位角上的数值达到了极大值，以至于足以抵消地球本身在当地的重力。这样说你能理解吗？"

"大致明白了一些。我想到了一个类似的情况，不知道是否可以与之类比。在超导体中，两个电子会通过一种吸引相互作用结合成所谓的'库伯对'，从而让整个材料的电阻降低为零。然而我们都知道，电子因为都带着负电荷，其彼此间应该存在排斥作用才对。那么到底是什么力量让它们克服库伦斥力而结合在一起的呢？后来人们发现，是电子与周围晶格的一种耦合作用，产生了一种等效的吸引势。我可不可以认为，是地球本身的正常物质与这些轻物质组成的点阵产生了某种耦合，因此在某些地方形成了特殊的重力奇异点呢?"

"这个问题我无法回答。在理论的细节上,我并不比你多了解多少。归根结底,我只是这个庞大系统的一个操作者而已。就像有的汽车司机,有时候并不知道为什么发动机可以带动车子跑起来一样。我就是那样的司机。更何况,我还是个哲学系的女司机。"

秦东笑了笑,想了一下,突然又皱起眉头说道:"说了半天,你也没有提及那个重力感应箱啊?按你刚才所说,似乎这整套体系并不需要这些箱子。"

"不,恰好相反,这些感应箱恰好是整个体系正常运转的关键所在。"

"哦?"秦东一脸不解。

"刚才已经说了,轻物质点阵需要以某种特定的振荡模式持续运转,才能够维持地表那些重力奇异点的稳定存在。然而,说来你或许不相信,到现在为止,我们仍然没有找到一个在各种情况下普适的振荡模式,或者说找到一个能够根据各种地质参数自动适应的波动方程的解析解。"

"这个问题很难吗?"

"极其困难,从本质上来讲,这是一个多体问题,因此基本上是不可能有严格解的。即使是根据一些简化后的数学模型来进行数值计算,也往往会因为其庞大的计算量而变得不可行——这有点像天气预报,或者是地震的预报。"

"我大概可以理解。事实上,越接近客观实际的数值模拟,越容易出现这种情况,毕竟各种各样的参数太多了。"

"是啊,天气预报就算不准,还是得报啊。看完《新闻联播》还不换台的那些人,其实也并不对天气预报抱持完全信任的态度,但多少可以以此作为一种参考,毕竟现在天气预报的准确度比以前已经有了很大的提高。在20世纪中叶,以数值运算作为基础的天气预报刚开展的时候,因为模型的粗糙以及运算能力的欠缺,其可信度甚至还不如根据人类的经验得出的结论。"

"朝霞不出门，晚霞行千里。"

"什么？"

"一句谚语，"秦东解释道，"小时候从奶奶那儿学来的。说是早上如果看到朝霞的话，那天很可能要下雨，最好就不要出门了。与此相反，看到晚霞，则很可能天会转晴。"

"有点意思。"于欣若有所思，"在面对一个复杂系统的时候，人的经验往往会先于数值模拟得出更有价值的结论。当然，随着研究的深入，后者自然会逐渐占据上风，但不幸的是，现在我们对于轻物质的集体激发以及其对重力场的影响的了解，仍然处于极其初级的阶段。"

"就像20世纪中叶的天气预报？"

"大致相当吧。现在使用的通用型量子计算机，从数值运算的能力上来看，固然比当时的计算机先进多了，然而因为对轻物质的物性缺乏了解，在当前的情况下，根本就无法提出一个有效的数学模型，从某个角度来看，可能还不如那时的天气预报呢。"

"既然如此，那你们是如何运行这个系统的呢？"

"当然就只能靠人们的经验啦！我们在地幔中置入了大量的重力传感器，将其与光晶格中的纳米颗粒关联起来。然后，通过在轻物质点阵中引入不同的振荡模式，来观察其对重力场的影响，以期待可以从中发现某些规律。最开始我们采用的是半经验模式，也就是人工调节振荡模式，让计算机根据传感器的数据来寻找规律，但是效率很低。后来干脆就完全凭借经验来干了。研究者们将手臂深入纳米颗粒形成的黑雾之中，通过触觉来寻找隐藏在重力场中的那些细微的线索。"

"这就是你的工作？"秦东讶然道。

"不错，这就是我每天做的事情。仔细想来，是很好笑的事情。这个维护地球重力场的庞大体系，其赖以运转的，竟然是如此主观的基于触觉的感性认识——如果把真相发布在大众传媒上，大概会在社会上引发恐慌吧。但它的确很有效，这一点毫无疑问。比起'朝霞不出门'，肯定要可靠多了。当然，一些理论研究者仍然没有放弃从理性上认识它的努力。你现在每天处理的那些数据，其实就是在不同振动模式下，重力场在实空间上偏离平衡值的瞬时数据。是不是觉得乱七八糟？"

秦东恍然。他点了点头，沉默了片刻，突然问道："你喜欢看科幻小说吗？"

"偶尔看看。"

"我刚刚想到了一本书，叫作《少数派报告》。"

"看过这个电影，书倒是没看过。"

"里面那个预言犯罪的机器，不就是靠三个盲人来运作的吗？说起来，倒是和你们的工作有些类似。"

"嗯，你倒是提醒了我。"于欣想了想，"确实很像。有一个细节你大概不知道：我们工作的时候都要带上全封闭式的眼罩，隔绝一切视觉刺激，以便增强我们在触觉上的敏锐度。这不就是盲人了吗？"

"那到底是一种什么样的体验啊！"秦东感叹道，"真的很难想象。"

"很难向外人描述。工作的时候，我们通常是一只手伸入重力箱，一只手握住调谐器，以便改变轻物质点阵的振动模式。在缓慢旋转调谐器上的各种旋钮的同时，另一只手的皮肤上会出现极其细微的触觉上的变化，有时像一只蚂蚁爬过，有时像一阵清风拂过，有时如雨露沁润，有时如纤毛轻摇。但更多的时候，那种细微的感觉根本无法用语言来描述。那是一种微妙的、独特的、极其私人化的体验，个中味道，存乎于心。因此，每一个重力编程者都需要通过长时间的实习期来总结出属于自己的一套经验规则，而无法通过简单而统一的培训来造就。"

"有点像中医。"

"也像拳术的心法。套路动作之类的固然可以从师傅那里习得，但实战运用的时候，仍然得依靠自己的经验。比如'神行合一'，说起来简单，但如果不通过长期练习，是根本不可能真正理解它的。"

"做菜也是一样。"秦东刚说完，胃部突然收缩，肚子适时地发出了一声饥饿的鸣响。两人对视一眼，都笑了起来。

8

周五晚上，向斐联络办公室的同事聚餐。地点在离工作地不远的一家自助餐厅。餐厅的装潢偏古风，浅灰色的壁纸，开放式的公共空间里遍布棕色原木餐桌和木椅，靠墙的古典式茶几上放置着青釉瓷瓶。人很少，大概是因为其店面不太显眼——事实上，门口甚至连一块招牌也没有。

大厅里没有看到服务员，只有一个个像ATM取款机似的银色金属箱站在取食台后面。秦东学着别人的样子，走到金属箱前面，在屏幕上选择了几款看起来还不错的菜品，用腕表支付之后，按下了打印键。一阵微微的震动声之后，打印完毕的食物盛放在精致的木质托盘上，从取物口里升了上来。

"你也点了夫妻肺片啊！"向斐看了一眼秦东的餐盘，"看来我们的口味很接近哪。"

"资料图片挺好看的。"秦东端着餐盘找到一个位置坐下，"不过实物看起来比图片更暗沉。"

"大概是肉糜在塑形的时候拖慢了一点。"

"不过味道还不坏。"

"都是制式的调味方式，千篇一律，虽然没有惊喜，但总归差不到哪里去。"

这时候，大家逐渐会聚在了长长的餐桌附近。趁着就餐前的间歇时间，向斐代表老同事说了几句欢迎的话。秦东也笑着点了点头，端起酒杯和大家喝了几杯。之后，餐厅的气氛重新安静下来。没有大声说话的，大家都是三三两两凑在一起，一边吃着盘中的食物，一边轻声交谈着。秦东并没有熟悉的同事，倒也乐得清闲。他一个人坐在餐桌的一角，拿起筷子和食物战斗了起来。不时抬起头来看一眼向斐，后者在各个小圈子之间往来穿梭着，看起来确实人缘很不错。

"有个事情想和你商量一下。"转眼间向斐又回到了秦东身边，他端起酒杯，浅浅地呷了一口，"或许有些唐突，但你不妨考虑一下。"

秦东抬起头看着向斐，微微颔首。

"其实我和另外几个人合伙开了一家工作室，叫作'LASER'，基本上是利用我们现在的办公设施做一些私活。其实也就是顺手而为的事，和程序员做外包差不多。当然，都是很容易做的事情，占用不了太多时间。工资很丰厚，至少是单位基本工资的三倍。怎么样，有没有兴趣进来？当然，如果不想加入也没事，绝不勉强。"

秦东愣了一下："利用办公室的设施……这个真的没问题吗？"

"这一点大可放心。事实上我们工作室和政府还签订了合作协议，各项手续都齐全，从法律的角度来讲，绝无任何问题。"

眉毛微不可见地跳了一下，秦东不置可否地点了点头。总觉得这里面有点问题，虽然不知道疑虑的具体来源，但至少这工作室绝不是向斐说的这么简单。有一种腥臭味传来，像是某个食物用了过期的肉糜。目光扫过餐厅，突然觉得所有人在这个瞬间似乎都停止了交谈，齐刷刷地瞥向了自己。但再仔细一看，其他人都在如常地低声交谈，刚才的异常情形恍若一场幻觉。向斐靠着秦东坐下，把喝了一半的酒杯放在身前，拇指和食指夹着杯柄，微微晃动，目光牢牢地锁定液面。

"具体需要做些什么呢？"考虑良久后，秦东终于开口说道。

"没什么特别要做的事。对于你而言，其实就是在平时正常的工作中加入了一些新的数据处理——正如我刚才所说——只是顺手为之的事情。"

"就是这样而已？"

"就是这样。"

秦东夹起一片白嫩如纸的牛肚，放在嘴里细细地咀嚼着。并没有腥臭味，食材毫无问题，但吃起来仍然和自然烹饪的菜品不太一样，大概是缺乏了一点嚼劲——这大概是3D打印的食物常有的问题。但除此之外，仍然有些别的地方，一些极细微的质感，让秦东觉得不太舒服。

不太自然！他终于反应了过来。

虽然看上去毫无问题，却在直觉上让人感觉别扭。

聚餐后秦东直接去了于欣家。从地面看来只是一栋普通的平房，大概谁都想不到在看不见的地下，这里竟然别有洞天。

已经八点过了，于欣和家人还在吃晚餐。秦东没想到他们吃得这么晚。在餐厅里只有于欣和她母亲二人，父亲则在那个零重力室的门外就餐。他小心翼翼地坐在门外的沙发上，认真地从面前的餐盘中把饭菜刨入口中。那里只有很微弱的重力，所以稍不注意就会把饭菜撒出去，但他显然已经对这一切极为熟练。吃饭的动作不仅缓慢而且繁复，有许多看上去很奇妙的动作，比如经常需要用勺子把从盘中溅起来的油花压下去，或者将零散的饭粒推挤在碗中聚成一团。

和于欣打过招呼以后，秦东在客厅等了几分钟。之后，于欣从走廊里来到客厅，秦东注意到她换了一件宽松的明黄色休闲装。她走到客厅角落处的一个木人桩旁边，开始活动起手脚来。

"有件事想跟你汇报一下。"秦东说，"向斐邀请我加入一个叫作

'LASER'的工作室，说是可以做一些私活。你觉得怎么样？"

"LASER？好像在哪里听说过。"于欣把手搭在木人桩上边的两个桩手上，凝神想了想，"啊，我想起来了，'猫'好像曾经也提到过这个工作室。"

"你觉得这和'猫'的失踪有关系吗？"

"不好说。你答应他了吗？"

"我说想要考虑一下。"

于欣面对木人桩，做出中门十字手的起手势。接着，左手以摊手格向桩臂，然后立刻向右运身，同时左手化阴掌压住桩臂。这是习练木人桩法的第一式。槐木制成的木桩上发出一阵沉闷的撞击声。

秦东看着她在木人桩旁边左右腾挪，动作轻盈，看上去并没有发力。每一招都打得不快，但动作的连接却迅捷而自然。

"五岁那年，我爸开始教我咏春。大概是因为小时候身体不太好，希望练拳可以强身健体吧。那时候他还是市武术协会的副会长，在全国的武术比赛上也拿过奖。据他说，周围市县没有几个能打得过他的。可是你看他现在，连自己身体的重力都承受不了……"

"怎么会这样呢？"

"脊椎受了严重的伤。"

秦东点了点头，也没有再问为什么会受伤之类的话。在如夜幕般袭来的沉默中，只有木人桩上不停传来连续不断的"哐啷"之声。

"其实黐手练习和我的工作有一种奇妙的相似感。"打完116式以后，于欣长出一口气，停下来用毛巾擦了擦脸上的汗。"从表面看去，两者风马牛不相及，一个来自古老的武术传承，一个是最新的前沿科技，就像原始部落的陶器和现代的半导体晶片一样。然而有意思的是，黐手和重力编程，这两件事都需要凭借良好的手感来完成。通过触觉和外界环境形成应答和反馈的机制，并最终融入其中。在这一点上，两者具有惊人的相似性。从这个角度来讲，在沙盒中的重力编程，其实也不妨看成是一种另类的黐手练习。只不过，黐

黐 手

手的对象是整个地球。"

"和地球纁手？"秦东忍不住露出了笑意，"想一想就觉得挺厉害啊！"

于欣也笑了起来。她从玻璃壁柜里拿出两个浅绿色的窄口瓷杯，泡上两袋速溶咖啡，放在了秦东面前的茶几上。秦东道了声谢，端起来浅浅地喝了一口。

"其实，我多少知道一点向斐他们做的事情。"于欣悠然说道，"他曾经也找过我，但是我没有加入。"

"哦？"秦东眯起了眼睛。

"虽然他当时并没有向我言明具体的工作细节，而且在之后也一直很注意防范我得到相关的消息，但很多东西是隐瞒不了的。这倒也不怪他，说起来，这种事情确实处于某种灰色地带，不太能上得了台面。"

"我也有这种感觉。"

"熟练的重力编程者都知道，在操纵轻物质点阵振动的时候，除了在地面上形成了数百个稳定的重力奇异点之外，还会间或地出现很多不稳定的零重力区域。这些区域的范围都很小，而且都是断断续续地出现，每次持续时间大多不超过一星期。它们就像是在集体激发的触动下产生的泡沫，凌乱而短暂。在所有的稳定奇异点上，国家都建立起了各种特殊的机构，要么是宇航员培训中心，要么是利用零重力环境制造新型材料的工厂，又或者是各种各样的生物或物理实验室。对于那些'泡沫'，国家其实并不重视，或者说有意给社会资本留下了一个缺口。一些民营企业和重力编程者合作，找到了一些相对稳定的泡沫，并利用它们建立起了各种商业机构，比如高级的疗养院，或者是娱乐会所，等等。我猜，向斐他们那个工作室，大概就是在做这样的事情。"

秦东恍然大悟，他想起了向斐说的"顺手为之"四个字。那确实是很贴切的说法。

"问题是，这个行业本身的地位很尴尬。国家并没有公开轻物质的存在，那么这个行业自然便也不可能大方地在公众面前亮相了。事实上，如果一定要找一个类似的比拟，它很像是那种只面向少数会员的高档会所。公众对其一无所知，其存在本身也只依靠在小圈子里的口口相传而得以确认。况且，零重力本身的奇妙性也给它带来了一种其他场所难以替代的神秘感。因此，在这样的场所来往的，不是腰缠万贯的顶级富豪，便是位高权重的高官显贵。当然，能够争取到一块这样的亚稳态泡沫来开店的财团，其背后的实力和背景往往也是不可小觑的——这绝不是一般商人可以触碰的领域。"

于欣看着面前的咖啡杯，继续说道："正因如此，对于这个行业的从业人员，便需要遵循极其严格的保密条约。每天都有哪些人来此消费，他们在这里具体都做了些什么，这类的信息，是严禁外传的。这里面有太多的隐秘与暗涌了。"

"我大概理解了，"秦东看着面前的咖啡，"也难怪向斐在我面前支支吾吾的。"

"是啊，即使只是招录一个外部人员，他们也如此谨慎。"于欣叹了口气，"所以我才对'猫'的失踪深感担忧。"

"'猫'也加入了LASER？"

"虽然她没有承认，但我可以肯定她加入了。有段时间我曾跟踪过她，发现她和向斐在私下里频繁地碰面。毫无疑问，她加入了这个组织。之后不久，她就失踪了。在那样暗潮汹涌的环境中，稍不注意就会被卷入莫名的旋涡之中。我真是为她的处境而担忧啊。"

秦东看着于欣的眼睛。那眼睛直愣愣地看着前方，目光中有一种很柔软的东西。

"你和'猫'是很要好的朋友吧？"

于欣点了点头，沉默了半晌，又补充道："虽然和我年龄相当，但我一直把她当作妹妹来看待。她是非常单纯的人，有时近乎幼稚。但她的内心又极其敏感，其中某些东西和这个世界多少有些不合拍，所以，一旦失去了缓冲和包覆，便很容易因为碰撞而受伤。我常常在脑海中浮现出她蹲在某个无人的角落，沉默着舔舐内心伤口的景象。"

停顿了片刻，她长长地叹了口气。

"但愿她没事吧！"

9

"这人是谁？"秦东拿着从抽屉里找到的一张照片问向斐。那是一张集体照，里面大部分人是这间办公室的员工。在第一排的边缘，站着一个面容清秀的女人。秦东知道这就是"猫"，但是他仍然装出一脸好奇的表情。

他答应向斐加入了那个工作室。确实如向斐所说，只是做一些顺手的事情，很轻松的工作，可是报酬却很高。几个星期过去了，并没有别的事情发生。一切工作照旧，在私下里，向斐也并没有找过秦东。那个小团体除了定期的聚会，似乎也没有其他的活动，而且在所有的场所里，秦东都没有听到有人提过关于猫的任何事情。

于欣有点等不及了，她建议秦东采取一些直接一点的行动。

"你这照片……"

"在桌子的缝里找到的，大概是之前的员工留下来的吧。"当然不是，秦东心想，这是于欣拿给他的。

"哦，她啊！"向斐眯着眼睛看着照片，脸上露出一丝惊讶的表情。他抬头看了看秦东，似乎想从对方的眼神里看出某种端倪。秦东一脸平静地望着他。

"以前的同事，之前也在我们这儿工作过。"向斐的眼神从照片上移开，直直地看着窗外，"最近离职了。"

"离职了……为什么？"

向斐默不作声地看着窗外，半晌才转过身来，他皱起眉头看着秦东，沉声问道："你是不是听说了什么？"

"不错，我确实听到了一些风声。"秦东决定豁出去了。既然已经走到了这一步，没有理由再缩回来。他从向斐的神色中察觉到了某种异样的东西，就像氢原子光谱中陡然冒出的奇怪的尖峰——那绝非用正常的物理图像能够解释的现象，一定有某种杂质混入了其中。"有人说之前曾经有同事莫名其妙地失踪了，警察也到办公室里来调查过。就是她吗？"

"不错，确实是她。"向斐想了想，"大概是一个月之前的事情了。"

"到现在还没有找到？"

向斐没有回答，而是看了看周围，然后附身到秦东的耳边，小声说道："这事儿有点复杂，一时半会儿说不清楚。"办公室里人很少，现在已经是接近下班的时间了。有人拿着一次性的纸杯从休息间里走出来，从秦东二人的身前走过。向斐笑着和他打了声招呼。

"晚上一起吃个饭吧。"向斐突然说道。

"好啊。"秦东立刻答应，"还是那个自助餐厅吗？"

"不，去一家和风餐厅。"向斐低声道，"那里有小包厢，说话方便一点。"

秦东若有所思地点了点头。

快七点的时候向斐才推开包厢的门。秦东已经在这里等了半个小时了。包厢很小，有点像那种全息游戏的体验箱，大概只能容纳四个人就餐。两张麻质软凳的中间，是一个桌角呈圆弧状的木质方桌。周围的墙面上全是类似浮世绘的风俗画，一个像南瓜一样的和式吊灯在头顶发出暖暖的黄色光芒。桌角的插花虽然只有几枝，但每一朵都开得正艳。

秦东点了挪威三文鱼、蛋黄酱焗大虾和一些寿司，稍微填了下肚子。看见向斐进来，他起身打了声招呼，然后把门重新关上。

"吃点什么？"秦东问。

"我吃过了。"向斐把身体深深地陷入软凳之中，像一大块硫磺沉入浓稠的水银。他闭着眼睛沉默了一会儿。已经过了正常的饭点，餐厅里的人寥寥无几。包厢笼罩在一片静谧之中，像在风平浪静的大海上漂流的小船。

"下班后特意去见了一个朋友，在她那儿吃了晚饭。糖醋排骨、拍黄瓜和虾皮鸡蛋羹。味道很不错，一下子吃了三碗饭。之前没吃过她做的饭，没想到她厨艺这么好。"

"朋友？"

"是啊，一个画家。"

秦东的眉毛不禁暗自跳动了一下。向斐突然睁开了眼，目不转睛地盯着他。

"你知道我说的是谁，这一点就没有必要再掩饰了。"向斐抬起手，止住了想要解释的秦东，"从你来这儿的头一天起，我就发现你有些不对劲，说话不尽不实的，很多地方表现得太过淡然了。比如，工作这么久了，你竟然从来没有主动问过其他同事关于那些数据的问题：它们是干什么的啊，为什么要这么费劲地处理它们，意义何在？你要么是对此毫不关心，要么就是早已了然于心。我隐约觉得你来此是别有用意，但一直也没有探察出具体的方向。直到今天，在你拿出照片的那一刻，我突然醒悟过来，你这家伙，原来是为这个来的啊！"

秦东苦笑着，把身子躺回了凳子的靠背上。没有必要再辩解了，他感觉自己就像被突然击倒在台上的拳击手一样，眼前发黑，双脚发软，连读秒都不用了，直接投降。于欣曾说，和向斐打交道就像和一个高手练习黐手一样，无处发力。确实如此，自己好不容易切进内桥，一个直拳，欺身上前，本指望着对方手忙脚乱之下露出点破绽，没承想如此轻易地就被对方消掉了拳势，更是把自己的中路破绽完全暴露在对方的手下了。

拳用老了，秦东想，自己果然不是练武的这块料。

"所以……你刚才去见'猫'了？"

向斐点了点头："只有一个人会这样称呼她。如我所料，现在我完全确定你身后的人是谁了。"

"这么说，她就住在这附近？"

向斐沉默着，并没有回答。

"为什么要突然离职，还煞有介事地装作失踪的样子？遇到什么麻烦了吗？"

"没什么大麻烦，"向斐长长地吐出一口气，"离开是她自己的决定，并不是在外力所迫之下的被动行为。也并不是不想好好说清楚，只是，很多事情并不是一两句话就能让人明了的。况且，有些微妙的心绪，一旦诉诸语言，其本身往往便会扭曲变形，再也不是它本来的面貌了。就像暴露在空气中的果肉，很快就会因氧化而变黄，只有在果皮的包裹下，才能维持其鲜嫩而真实的状态。"

"所以她就选择了不告而别？"

"是的。"

"那她难道不知道，有人会为此牵挂、伤神乃至忧心忡忡吗？"

"当然知道，但那个时刻既然做出了这样的决定，必然有她的原因。况且，其中的内情或许也不是我们这些外人能够了解的。她本来就是内向的人，有什么话也习惯闷在心里。在一起共事的几年里，我算是整个办公室里和她说话最多的人了，也几次在家里招待她，让妻子陪她一起购物，等等。即便如此，每次谈话的内容不外乎都是与工作相关的，或者就是一些社会新闻之类的不咸不淡的话题。在她的声道里大概有一层隐形的滤网，把所有带刺的或者锋利的东西都挡了回去，以免对别人造成伤害。即使这些东西反过来伤到她自己，即使这种伤害很多时候只是她自己想当然的结果。"

秦东茫然地看着半空，手指胡乱地敲打着桌面："这么说，她现在仍然不想透露离职的原因咯?"

"可以这么说。"

"那你去她家都聊了些什么?"

"她跟我说了三个故事。"向斐想了想,"当然,这三个故事都是虚构的。虽然其中某些人物和情节借用了她自己的经历和境遇,但主要内容和关键的环节却绝非真实事件。据她说,故事的关键并非那些细节,而是其作为一个整体所散发出的气味。每一个故事都隐藏着某些真实的线索,它们或多或少地揭示了她离开的原因。如果你有兴趣,我可以逐一转述给你。对那些关心'猫'的人来说,这至少算是一个交代了。"

"稍等。"秦东抬起戴着腕表的左手,用右手食指激活了表盘的屏幕,点开了录音控件,"好了,开始吧。"

10

故事一

在偶然被卷入零重力的高空之后,绘画的天赋就像被激活的致癌基因一样,在"猫"的身上迅速蔓延开来。其中固然有通过个人努力得来的技巧,然而那些东西并不重要,因为从本质上来说,驱使她进行创作的最重要的动力,是一种微妙的具有疏离感的情绪体验——其触发机制毫无疑问是在那次偶然事件中萌芽的。这种情绪的生成有多少是因为生理刺激呢?这大概很难说清楚。准确地说,那天她经历的除了失重带来的生理刺激,还有作为一名少女的人生初次的羞涩体验。当然,或许还有某些类似神性的具有宗教感的精神体验。

这些显然是过于复杂的成分混合在一起,催生出一幅幅或抽象或鲜明的油画来。有人从其中体会到了某种奇妙的趣味,或者说闻到了其中散发出的异样的味道。"猫"自己对此心知肚明——或许刚开始的时候确实懵懂不知，但总有一个时刻，她恍如顿悟般领会到了这一点。那时候，她的画已经开始丧失了这样的味道，就像一瓶开了口的可乐，二氧化碳化为微小的气泡在无声中慢慢流逝。

她想要找回这种体验。问题的关键并非失重，而是其背后的机制。她暗自揣测，只有明了这一切的原因，才可以真正掌控这种情绪。就像开车，虽然驾驶本身并不复杂，但唯有理解了发动机以及传动系统的工作原理之后，才可以真正地熟悉和掌控这辆车。怀着这样的心思，她成为了一名重力编程师。

可是，事情并没有如设想般发展。枯燥的数据、简陋的理论模型、玩笑般的沙盒，这一切都让她无比失望。华丽的缎面背后，却打满了老旧的补丁。事实的真相击溃了她。她并没有寻回自己想要的初心，反而离目标越来越远。终于有一天，她突然意识到，自己或许并没有绘画的才能。技巧固然还在，但灵性已然失去。自己这一生，大概再也画不出当初那样的画作来了。更重要的是，连自己到底是否热爱绘画这件事，都逐渐产生了怀疑。想要拿起画笔尽情挥洒的那种激情，在不知不觉中消失了，即便强迫自己站在画布面前，从心底涌起的也不再是创作和表达的欲望，而是一种深切的疲劳和倦怠。

她带着失望离开了那里。茫然失措地离开，像一个迷失在都市中的孩子，看着周围的霓虹灯发呆。谁都没有惊动，她像从来没有存在过一样，消失在了人们的视野中。

故事二

在那个失去了重力的小屋里，"猫"曾经见到过一个神秘的陌生男子。那是初次经历了失重事件后的第三天，她忍不住好奇与疑惑，重新回到了那个位于小镇边缘的老旧独屋旁边。一开始一切正常，可随着距离的靠近，在某个地方，似乎穿越了封印的妖怪的结界一样，重力迅速下降，然后完全消失了。

虽然对此有所准备，但"猫"仍然感到无比诧异。之前的经历像一场奇幻的梦境一般，醒来后，有种强烈的不真实感。然而现在，她终于确定了梦境的实在性——毫无疑问，那是像花岗石一样坚实的存在。她攀附着屋子外面的灌木，小心地靠近了屋子的门口。一扇木门，上面没有挂锁。轻轻一推，发出刺耳的"吱呀"声，门上裂开了一条细缝。

她在门口停留了片刻，然后才推开门，飘了进去。入口处是一个狭小的走廊，她像鱼一样，撑着走廊的墙壁向前游去。可是，在某一次的移动中不小心用力过大，身体突然不受控制地向前面翻滚而去，直到碰到尽头处的墙壁才稳定下来。走廊的尽头出现了一个比正常的客厅大得多的房间，在房间的中心处，她看到了那个男人。

男人孤零零地漂浮在半空中，周围什么东西也没有。他头发凌乱，胡须大概也很久没有修剪过了，身上脏兮兮的，散发出一股难闻的臭味。男人睁开眼睛，似乎刚被"猫"从睡梦中惊醒过来。"猫"吓呆了，蹲踞在大厅的角落里一动也不敢动。

男人愣愣地看着"猫"，似乎有点难以理解当前的状况。过了几分钟，他突然咧嘴一笑，开口说道："太好了，终于有人来了!"

"猫"终于鼓起勇气，抬起头看着他。那人努力地翻滚了一下身体，换了一个舒服的姿势。

"能帮我个忙吗?"那人请求道。

"猫"沉默着，并不说话。

"如你所见，我被困住了。"男人苦笑着说，"我被困在空无一物的半空中，没有任何可以借力的东西。我无法移动，无论怎么挣扎，也只是在原地徒劳地扭曲身体罢了。"

确实如此，"猫"立刻理解了这人的处境。

"可不可以抛给我某个东西，什么都好，椅子啊、水桶啊，最好是质量大一点的，方便我借力离开这鬼地方。"

"猫"转身看了看四周，却并没有立刻动手抛出重物。这屋子有点奇怪，确切地说，太空荡了，不像是正常的有人居住的房间。她不动声色地看着那个男人，右手牢牢抓住旁边的桌角。那桌子似乎是固定在地面上的，即使在零重力的情况下，也稳稳地安放在原地。

"你被困多久了？"她突然问道。

男人想了想，说："不记得了，已经很久了。"

"那你是怎么活到今天的？""猫"接着问，"既然你哪里都去不了。"

"那个管道里，定时会有盒饭飞出来。"男人指着走廊一侧的墙壁。那里有一个幽暗的管道口，看上去又深又长，不知道通往何处。

仿佛是为了印证男人的话，就在此刻，管道里发出了微弱的风声。"来了！"男人立刻集中精神，注视着管道的出口。在下一瞬间，一个用泡沫塑料制成的一次性饭盒从管道中飞了出来，径直射向男人所在的位置。男人看准时机，双手扑出，牢牢地抓住了饭盒。

"没抓住就完了。有几次手滑了，结果只有饿肚子。"男人一边抱怨着，一边打开饭盒，用手抓住里面的饭菜就往嘴里塞去。饭量并不大，大概只够一个小孩子的分量。吃完之后，他仔细地舔遍了整个饭盒，一粒米也没有剩下。

"你这不就有东西可以借力了吗？""猫"突然说道。

男人摇了摇头，然后猛地把饭盒向旁边一扔。在接下来的一瞬间，他的身体确实向着反方向移动了一点，但很快就停止了运动，反而又向着刚才的位置移了回去。在半空中的那个点上，似乎有一条看不见的弹簧，将男人牢牢地捆绑在了那里。

"猫"有些疑惑地看着这一切。虽然不清楚这是为什么，但直觉中，一种危险的信号灯却陡然亮起。

这人不像是偶然被困在这里的。从种种迹象来看，他更像是被人有意地囚禁在这里。他是谁，为什么被囚禁在这样的虚空囚室里？

"猫"最终并没有帮他，而是在他的连声哀求中离开了小屋。这之后，她再也没去过那个地方。

故事三

万万没有想到的是，在"猫"成为重力编程师的一年后，她竟然再次见到了那个男人。

在一次重力调试的过程中，某个稳定奇异点的重力场出现了不稳定的扰动。为了弄清楚扰动的细节，她和几个同事一起来到了那个奇异点进行重力数据的实测。那地方开着一家装潢奢华的会所，平日里往来的人并不多。

那时候，他正从一个古色古香的房间里出来。房间外面是正常的重力区，他熟练地翻转着身体，让双脚重新踏上地面。男人的身上穿着宝蓝色的名贵西服，下颌上的胡须也剃得很干净，但"猫"还是立刻就认出了他来。那人也在几乎同时看到了"猫"。他停下脚步，盯着"猫"看了一眼。眼神中有一种异样的光芒一闪而过，然后，他冲着"猫"点了点头，像是在跟一位老朋友打招呼。

就在"猫"犹豫着不知该如何是好的时候，男人主动走了过来。他笑着和"猫"寒暄了几句，然后邀请她到吧台喝一杯。"猫"没有拒绝，或者说，当时的她还处于一种被非现实感主宰的半梦半醒的懵懂状态。

两人在吧台上相邻而坐。男人点了两杯鸡尾酒，具体是什么"猫"自然是毫无印象。接着，男人说起了自己的身份，以及最近做的一些事情。"猫"这才知道他是某重要部委的官员，今天是应几位投资商的邀请到这里来的。

男人的兴致似乎不错。他口才极好，主动聊了一些轻松有趣的话题，慢慢地，"猫"也放松了下来。过了十几分钟，他似乎是随口一提，说起了十几年前的那件往事。

"说起来，你是我被困期间见到的唯一的外人。"男人唏嘘道，"你走了以后，我又被困了一个多月。唉，当时你要是帮我一把就好了。"

"猫"小小地喝了一口酒，不知道该说什么好。

"当然，没有怪你的意思，完全没有！"男人连声解释道，"当时那种情况，你有所顾虑是很正常的事。换了其他人，大概也是同样的反应。我完全理解你的处理方式。"

"嗯……后来你是怎么脱困的呢?""猫"犹豫着问道。

"没办法，没有外物，我只好慢慢积攒饭盒了。每次吃完饭后，我都把饭盒小心地保存在身边，到了一个月之后，积累的饭盒已经有很大的一捆了，借助它们，我才终究得以摆脱U形电势的束缚。"

"U形电势?"

"对，那鬼地方就是这么设计的。通过静电荷的分布，在房间的中心位置处营造出了一种U形电势。每天的饭盒上都带有静电荷，这样，我接触饭盒之后，也就带上了静电。于是，我就像一个电子一样，被电势束缚在房间的中央，动弹不得。"

"猫"想了想当时看到的情况，若有所思地点了点头。

"本来，如果没有电势的束缚，即使没有借力点我也可以很快摆脱困境。毕竟不是真空，周围都是有空气的嘛。我就算一直向着一个方向吹气，也可以慢慢地飘到墙边。退一步说，即使有电势的束缚，只要饭盒上不带静电，我也很快就能脱困。因为身体上所带的静电会在与空气分子的碰撞中不断损耗，等到身上的静电荷很少的时候，电势对我的束缚也就减弱了。可是这系统设计得太缺德了——我要么不吃饭，这样身上的电荷就能慢慢减少，可是大概等不到那一天我就会饿死。所以，我只有接过饭盒，老老实实地吃饭，这一来，身上的静电总量也就得到了定期的补充，束缚也就随之得到加强。如果被困的人不是我的话，我真是要为设计这个虚空囚室的人点赞——这家伙简直太有才了！"

"可是，你当时为什么会被困在那样的地方呢？到底是谁干的？"

男人笑着摆了摆手："说来话长，一时半会儿也说不清楚。今天我还有点事，你也看到了，公务缠身啊。"他把杯子里的酒一饮而尽，然后站起身来，"如果你有兴趣，约个时间，我们改天好好聊聊。我把事情原委全部告诉你，一定不会让你失望的。"

在这一刻，"猫"突然又觉察到了某种危险的迹象。那东西潜藏在友善的表层之下，像盘踞在草丛中的毒蛇。在葱茏的绿色之中，她隐约看到了毒蛇口中吐出的长芯。

她不动声色地答应了男人的邀请。两人约定周末在一家烤肉店再聚。然而她并没有赴约，只是在烤肉店旁边的一家咖啡店里，远远地观望着。过了约会时间一个小时，男人面色阴沉地从烤肉店里走出来。两个身材壮硕的陌生男子跟在他的身后。三个人向着四周看了看，进了一辆黑色的轿车，然后迅速地消失在了"猫"的视野中。

马上离开这里！

觉察到危险的"猫"立刻回到家里，打包好行李，谁也没有通知，就这样无声无息地离开了这座城市。

11

"就这样？"于欣问道。

"就是这样。"秦东收起放在桌上的腕表，关闭了扩音装置。

于欣静静地坐在沙发上，皱着眉头，紧闭嘴唇。这时候，电话铃声突然响了起来。铃声是很早以前的一首流行歌曲，带有电子曲风的一首新民谣，充满了20世纪末期的那种独特的时代感。于欣拿起沙发上的耳机，远程接听了电话。说话的声音很轻，柔柔糯糯的。秦东有些意外地看了一眼于欣，他从未听到她如此温柔地对谁说过话。

接完电话，于欣的心情似乎好了一些。

"我男朋友。"看到了秦东眼里明显的疑惑，于欣解释道，"在国外读了五年的博士，马上就要回国了。"

秦东恍然。原来你有男朋友啊，他想，从来都没听你提过。

"你说，这三个故事到底是什么意思呢？"于欣把话题重新拉了回来，"总不可能是真的吧？"

"应该不是，向斐说过，这只是一些虚构的故事而已。其中的关键并非故事本身，而是其隐含的某种气息。"

"气息？"于欣凝神思考着。

"是。我有一种感觉，这三个故事就像咏春的三个招式一样，不能从其表面来理解，而应该通过实际的练习，比如黐手，通过微妙的触感，来寻找其中的玄机。"

"嗯，有道理。那么你现在感觉到什么了？"

"第三个故事是关键。"秦东分析道，"在第二个故事中出现的陌生男子再次出现，而且还具有了政府官员的身份。整个故事隐隐流露出一种紧张和急迫感，其来源自然也是这个政府官员。我觉得，这个男人是一个象征，但是目前还不清楚他代表的具象意义是什么。"

于欣沉吟了片刻，突然说道："我大概猜到了一点。"

"哦？"

"你也加入了向斐的那个工作室吧，叫LASER什么的？"

秦东点了点头："不过我涉入不深。"

"是的，所以你大概不知道，这个工作组在正常的商业行为背后，还有另一张面孔。"于欣看着空气中的某个点，缓缓说道，"我曾经听'猫'无意中提起过一次，说他们正在从某个官员那边要一笔封口费。"

"封口费？"

"是的。'猫'只是随口一提，大概也是不小心说漏了嘴。之后我再问她，她就什么也不肯说了。不过我大概可以猜出来他们在干什么。大量官员和权贵往来于重力奇异点，他们的所作所为很多都处于灰色地带，而作为重力编程师的我们，不免掌握了一些官员的隐秘。很多时候，我们和那些客人对于这些事情都心照不宣，在一定的范围内，他们也给予了我们一定的照顾，作为一种交换，以维持某种平衡。"她顿了顿又说，"比如我家里的这个半稳定的重力奇异点，虽然是我首先发现的，但按理说还是应该作为国有资产申报的。我一直隐瞒着没有报上去，上面估计早就发现了，但最后谁也没有来过问这件事情。"

秦东听得目瞪口呆，他突然发现自己对这个女人的了解真是太少了。

"但是平衡是很脆弱的。偶尔捞点小便宜也许没事，但直截了当地利用手中的隐秘去获取利益，是很不可取的，它很容易打破这种平衡，造成严重的后果。"

"你是说，他们的所作所为会引来官员的报复？"

"我不知道。不清楚他们到底做了什么，也就无法估计其后果的严重程度。不过'猫'大概也多多少少感觉到了某种压迫感，那个故事里的官员就是一个象征。"

"那前两个故事呢，又代表了什么？"

"前两个故事的主题，我觉得，大致可以概括为'幻灭'和'欺骗'。在幻灭之后，对作画的热爱发生了动摇。在闯入了奇异之地后，遇到了心怀鬼胎的欺骗者。但是我一时想不到它们在现实生活中的映射之物是什么。我有一种感觉，和你不一样，我认为这才是'猫'突然离开的关键所在。"

话音落下之后，房间里陷入了长久的沉默之中。两人各自低头沉吟着，却一直找不到线索和方向。

于欣的手腕上传来一声轻微的鸣响。她点开屏幕，看了看，露出一抹微笑。多半是男朋友发过来的信息吧，秦东想。自己之前和她约在咖啡店见面的时候还误以为她是在和自己约会呢，真是自作多情，还好自己当时没说出什么不该说的话，要不然就尴尬了。

说起来，于欣这人具有一种不可思议的亲切感。虽然并非标准意义上的美女，但看起来让人觉得舒服。某些事情上表现得很强势，却不是咄咄逼人的那种，而是把理由和事实逐一呈现在对方面前，让你不由自主地相信她的判断。相处久了，你会对其产生一种信赖，甚至是依赖的感觉。

作为于欣的闺蜜，"猫"是什么感觉呢？

想到这里，某种隐约的猜测瞬间从秦东的脑海中闪过。

"'猫'知道你有男朋友吗？"秦东突然问道。

于欣猛地抬起头来，双眼明亮，似乎也在刹那间领悟到了那前两则故事所映射的对象。那正是她自己啊！她紧握着双拳，似乎在隐忍着庞大的力量——那力量足以无视对方的防守，一拳抢入中路。可是在下一瞬间，那力量却又像阳光下的冰雪般急速消融了。拳头松开，她无力地垂下了双手。

雕刻者

　　我守在冬日的暖阳下，等着第一缕小诗的降临。并非我不喜欢白日的宏伟史诗，那固然是惊心动魄、激情磅礴的，只是我更钟情温婉的小调和缠绵的哀思。

　　像我的父辈们一样，我淡紫色的透明身躯深深地扎根于大地之下，与地下水脉和矿物紧密相连。每当一首动人的小诗或者词令折射过我的身躯，我便汲取那些地下的材料，把它们雕刻进我的身体。"你让我想起你的母亲，"父亲曾对我说，"她总是把那些离奇的小故事一层层堆叠起来，像一座塔。"我也是一样，那些动人的小诗从我的基座上鳞次栉比地累起来，在我的刻刀下凝结成一片片层状的晶体，倒映着整片幽暗的星空。

　　"它们是谁写出来的呢?"我望着那一片反射着阳光的水晶林，愣愣地问父亲。

　　"从来没有人知道，亲爱的。"父亲的身体朦胧在一团柔和的光晕之中，"传说中，那些遥远世界的智者住在每一个太阳里，故事和歌谣像流水一般从他们的口中吟诵出来，向四周发散，直到它们点亮宇宙的每个角落。"

　　"那些故事是真的吗?"

　　"或多或少是。"父亲犹豫着说。

"你是说，真的有那种绿色的星球，蔚蓝的天空，金色的铠甲和巨大无比的飞船吗？"

"你在说昨天的那个故事吗？"

我反射出一缕绯红的夕阳，那里有我昨天听到的故事碎片。

"我知道这个故事。"父亲沉思了片刻，"很小的时候我就听过类似的。他们耕作农田，驯养家畜，编制纤维，燃烧火焰。另外，他们还写诗。"

"他们也是雕刻者吗？"

"不，他们和我们不一样。他们把诗写在纸上——那是一种植物纤维的加工品。"

"那些'纸'也会带着诗飞行吗？"

"不，它们会装订在一起，变成'书'。那是一种静态的艺术，没有光，没有折射，也没有晶体。它们是易碎的，脆弱的，也是悲情的。很多故事与诗，都在长年的战争中失去了，精致的组合变成了一团混沌，时移熵增，再也找不回来。"

战争？我听到一个令我感到心悸的词。那是频频在上古传说中出现的词，那代表着破碎、离散和黑暗。

"他们现在还在写吗？"

"不知道，已经很久没有看到他们的诗了。据说一场大火毁灭了那个星球，烧尽了所有的书。那些故事和诗歌，都埋葬在瓦砾和废墟里，再也不复存在了。"

夜幕降临，我和父亲都陷入了沉默之中。天上的星星闪烁着，传送出一首又一首优美的小诗。我望着夜空，看着那无数的星辰，身体也渐渐变得澄澈起来。清冷的光晕从我身体里浮现出来，带来一曲曲低沉婉转的小调，一些零星的碎片也像沙砾般滚动着，飞舞着，在寂静的空气里四处游荡。那里面会不会有一块就来自那个蓝色的星球呢？

我用身体锁住一块诗词的碎片，把它雕刻在最透亮的晶体里。

雕刻者   193

凝固的诗句在幽暗的微光中闪烁着，像妖冶的灵魂，装点着这宁静的夜。

世事一场大梦，人生几度秋凉。夜来风叶已鸣廊。[1]

---

[1] 苏轼，《西江月·世事一场大梦》。

回　波

1

阴暗的房间里拉着横跨整个天花板的白色布幔。门口一盏莲花灯。屋子中央的红木桌上放着一盘水果和蛋糕，两个花瓶，一台香炉，以及一张二十寸大小的黑白遗像。在靠墙的位置，是一张老式的楠木床。一台电子念诵机放在床头，不停地播放着大悲咒。

屋里有十几个人，三三两两地小声交谈着。小文和它的保姆机器人站在床前，看着床上的那个干瘦人影。那东西长得倒是挺像他的爷爷，但是却冷冰冰的，没有一丝生气。

"爷爷，爷爷！你怎么还不起床啊？"小文把上身趴到了床上，摇了摇爷爷的身体。那身体硬邦邦的，吓了小文一跳。

"哎呀，这小崽子干什么呢！"一个声音尖叫起来，随后，一张大手迅速伸过来把小文从床边抱开了。等小文回过神来，已经在爸爸的怀抱里了。

"老六啊，你怎么看孩子的！"五姐那尖锐的声音还不停歇，"看把咱爸的身体摇的，衣服都褶起来了。"

小文听见父亲不停道歉的声音，意识到自己做了件错事，赶紧把头埋在父亲的衣服里，怎么都不肯起来。

"阿福，你怎么也不管着小文一下？"

阿福就是小文的保姆机器人。听见小文父亲的质问，它犹豫了片刻，然后低声回答道："我大意了，一时没注意。"

小文父亲疑惑地看了看阿福，似乎对于这个解释不太满意。他觉得阿福的表情有些奇怪，不像平时那么呆板了。

"五妹，蜡烛要燃完了，你去里屋看看还有没有。"坐在一旁的四姐一边嗑瓜子一边嚷道。五姐正在门口拆着白色的奠仪信封，仔细地点数着礼金的数目。

"可恶，害得我又得数一遍！"她有些恼怒地抬起头看着四姐，"你那么闲怎么不自己去？"

"就你忙！"四姐立刻回呛道。

"好了好了，我去看看吧。"小文的父亲插嘴接了一句，把小文递给了阿福，又吩咐了小文几句，然后便走出了灵堂。

2

阿福抱着小文在屋子里四处转悠着。它饶有兴致地听着人们的谈话，不时逗逗小文，说几句笑话。

"那老东西怎么一点征兆都没有就走了？我上次回来不还好好的吗？"

"你上次回家都是五年前了！"

"嗨，我这不是忙嘛。火星基地那边实在是走不开——我最近刚当选了一号城的议员。"男人得意地扬起眉毛，整了整自己的领带。

"哎呀，恭喜二哥了！那个……听说老爷子没留遗嘱？"

"那可不是。你说这不是折腾人吗？死了也不让人清静。"

"是啊……可把大哥急坏了。"老三一脸神秘地说，"他在外面欠了一屁股债，就等着拿老爷子的遗产去抵债呢！"

"哼，该！要我说，老家伙的遗产就不应该分给他，反正迟早也得让他败光。"

"对了，大哥呢？"

"在外面陪着道士呢！"男人一脸鄙夷的表情，"不知道又在打什么鬼主意。"

3

"大师，你一定得帮我想想办法啊！"一脸肥肉的男人在院子里对着请来的道士连声哀求道，"老头子对我印象一向不好，这次要是不想点办法，我估计他一分钱都不会给我啊！"

"我跟你说过了，实在是没办法！"道士有些无奈地解释道，"确实，人死后的回波会有一部分损失，但那是绝不可能人为操控的。"

"怎么不能？我听别人说，人在回魂夜里通常会忘记好多事情。你就作一下法，让老头子把我那些烂事忘了不就行了？"

道士叹了口气，想了想，走到院子里的水池旁，向池子里投了一颗石子。顿时，一圈圈的涟漪向四周散去。

"人的意识就像这些水波，人死之后，便向着宇宙中四散开去。宇宙是无界有限的一张膜，膜上有层层镶嵌的皱褶状的时空奇异结构。意识在这些皱褶处反弹回来，就像水波在水池的边缘处反弹一样。这些回波的确会因为途中穿越的星际物质而受到散射，但你让我怎么控制这些散射呢——除非我能控制皱褶之中的所有星际物质。"

男人似乎是第一次听到这样的说法，一时呆住了，过了好久才回过神来。道士已经走进了灵堂，开始准备回魂的事宜了。男子觍着脸凑到道士旁边，犹豫了好久，终于问道："可是，那些水波还能重新会聚到一点上吗？"

"水波确实不能，除非激发点位于水池的中心。可是意识的回波却可以。宇宙的每一道皱褶区内都是一个超对称的封闭结构，因此，你可以认为每个点都位于区域的中心位置。不管在哪里发散开去，回波都会精确地会聚回来。"

4

距离回魂时间还有十分钟的时候，所有人都紧张地围在了床边。道士正有条不紊地在布置着床上的各种法器——三极管信号倍增器，陀螺仪，高精度定位装置，超导磁约束线圈……最后，他摸着床上那具人体的胸口，猛地把胸前的皮肤掀开。

小文吓得闭上了眼睛，半晌后才鼓起勇气，从指缝里看出去。那个"爷爷"的身体里，充斥了细密的线圈和硅板，他惊讶地睁大了眼睛。

"福伯，爷爷怎么变得和你一样了？"他小声地问抱着他的阿福。

"那不是你爷爷，那就是一台机器人而已。"

"那爷爷呢？"

"爷爷去天上了。"

小文皱着眉头，似乎对这句话不太理解。"我也要去天上！"他气呼呼地说。

阿福摸了摸小文的头："小文乖啊，爷爷虽然去天上了，但是以后还是会常回家里看看小文的。"

这时候，道士开始仔细检查这具身体的性能，不时开启一个小窗口，调试着什么。会聚的回波虽然可以用原来的人体来承载，但通常成功匹配的概率极低。现在通用的做法是定做一个特制的机器之躯，通过更封闭的谐振腔和相位相干调谐，可以极大地提高回魂的成功率。

　　　　　　　　　　　　　　　　　　　流光之翼

还有一分钟的时候，道士终于停止了调试。他把面前这具身体上的盖板都合上，然后抚了抚寿衣上的皱褶。

5

预计的回魂时间已经过去了将近十分钟，床上的人体还是一动不动。看着道士那副毫不在意的样子，老大终于忍不住了。

"怎么还没动静，是不是你的时间算错了？"

道士摇了摇头："绝对没错。"

"你用的是最新的哈勃常数吗？"刚选上议员的老二插嘴道，"听火星移民局的人说，上个月根据伽利略探测器的结果，对哈勃常数进行了微调。"

"当然，不仅是哈勃常数、临界密度、宇宙尺度因子、各向异性极化率……这些我都考虑到了，绝对万无一失。"

"那……那咱爸怎么还不醒呢？"小文的爸爸疑惑地问道。

"嘿嘿……"道士突然诡异地笑了起来，他抬起头，在整个房间里扫视了一圈，"其实在三个小时前，贵府的老爷就已经回魂了。"

房间里安静了片刻，然后顿时炸开了锅。

"你说什么！"老大激动地冲上来，揪着道士的衣服，"他在哪儿啊？"

"你家老爷临死时就找到我，让我配合他演这场戏，说是想看看几个儿女真实的表现，再立遗嘱。现在，我想他应该已经走了吧。"

"对啊，听说回魂的时间一般就三个小时左右。"

"那遗嘱呢？"老大的脸涨得通红，"快给我看看！"

道士笑着摆了摆手，然后看向了窗外。在那里，阿福正露出一副呆板的神情，跪在地上给小文当马骑。小文的手上攥着一张纸条。

纸条上全是一些自己不认识的字，也没有图画，这让小文很快就对它失去了兴致。风一吹，纸条突然从他的手上刮了下来，飘进了水池里。

老大突然反应了过来，大吼着冲出了房间。

水面上泛起了阵阵涟漪。

潜隐之川

1

一道白光划破天地，把三个瘦高的人影投射到他们前方那高耸而坚固的院墙上。在三人的斜下方，一艘绿皮的冲锋舟系在灰白色的水泥柱上。冲锋舟里的军人们神色肃穆地看着前方的三个人影，嘴唇紧闭，不发一语。

雷雨已经持续了两个星期，积水早已经漫过了大部分的街道。浑浊的水里，散发出异常浓烈的恶臭，水面上漂浮着各种鱼类、贝类和软体海洋动物的尸体——虽然人类的尸体会及时得到清理和掩埋，但偶尔还是会有可疑的残肢混合在木质家具的碎屑中飘荡。天地间被雨帘遮掩着，像是隔着一层半透明的纱笼，什么也看不清。站在市郊的小山上，古河看着视野尽头处的那个庞大的黑影——那是一个龙卷风的涡旋——它缓慢而坚定地移动着，把地上的积水裹挟到几百米的高空，形成了一个巨大的水漏斗。

"风大，我们进去再说。"彭绍辉眯着眼睛，在大门上小心地按下几个按钮。大门猛地弹开，发出金属撞击的脆响。

在古河和彭绍辉的中间，略微年长的中年男子皱了皱眉，转身向冲锋舟上的卫兵们示意地点了下头，然后便毫不迟疑地迈入了大门。随后，大门重新合拢，狂风的呼号、暴雨的噼啪声刹那间便从耳中消失了。

"基本情况我都知道了，"中年男子挺直了胸膛，肩膀上的五角星和麦穗在室内的灯光下反射着金黄色的微光，"我们直接看样品吧！"

彭绍辉转过头看了看古河，后者向他点了点头。他微笑着向面前的中年男子做了个邀请的手势，示意对方进入右侧的长廊。在白炽灯的照耀下，空荡的长廊显得格外冷清。长廊尽头是一扇泛着银色金属光泽的安全门，门旁的牌子上写着"尚贤集团—高压超流实验室"。

古河跟在彭绍辉和那男子的身后，一边默然前行，一边低头看着手中的名片。名片上只印了短短的两行字：

国家应急指挥部科学顾问　军事科学院院士　少将
贺强

虽然只是个少将，但却搭上了"应急指挥部"的边，让这个名头一下子变得沉甸甸的。在宣布进入国家特种紧急状态后，这个指挥部实质上已经等同于国家的最高权力机构了。在可预见的未来，这种特殊的国家状态仍然看不到一丝恢复正常的可能性。

——如果那时候"国家"还存在的话。

【快讯】

（南方网3月1日电）截止到1日上午，海南全岛除部分山区外，所有城市均已没入水中。广东、福建的沿海城市也面临着海平面上升而导致的危机。国家应急指挥中心协调海军和社会各方力量正全力帮助当地居民撤离，涉及人口将超过一千万。

　　与此相反，北方各地的海平面则出现了显著下降。渤海水面大幅缩减，辽东半岛和山东半岛之间已经由一块新出现的陆地连接起来。据水利部的专家介绍，因为地球自转速度的加快，高纬度地区的海水大量涌入低纬度地区，是造成这种现象的根本原因，而这种巨大的地质变动将带来何种后续效应尚待观察。

　　（今日角加速度播报：8.43皮弧度/平方秒）

2

　　"对于超流，贺先生了解得多吗？"古河站在一个庞大的矩形机械装置旁边，整理了一下自己的思绪。那是一个八面体顶压机，其核心腔体呈正八面体，体积约为一立方毫米。八个面上各有一个金刚石砧，在各个方向同时向内挤压的情况下，腔体内的静压强可以达到200GPa。古河抚摸着顶压机冰冷的表面，熟悉的质感让他有些紧张的情绪立刻平缓了下来。十年的时间，这里的每一个高压活塞、每一块砧板、每一个顶锤都深深地刻印在了他的心里。

　　"说说看。"将军不动声色地说。

　　"对于一般的液体而言，它们在流动时都具有所谓的黏滞性。"古河走到一个盛着水的烧杯旁，用手在水面中心搅动了一下，"在一处水流的带动下，其他地方的水也跟着流动起来。这就是黏滞性带来的效果。而超流体，则是一种没有黏滞性的特殊液体。"

　　古河把一个托盘端到贺强面前。托盘里有两个烧杯，每个杯子里都有一根细长的玻璃棒。

　　"搅一下试试。"

　　贺强微笑着摇了摇头："超流的基本概念我还是知道的，这些就不用介绍了吧。"

"我来。"彭绍辉凑了过来，饶有兴味地拿起一个杯子里的玻璃棒搅动了一下水面，杯中的水顿时晃动和流淌起来。虽然现在已经是这间实验室的老板，但他对于"超流"这种古怪物理性质的了解还是极为肤浅。

"没什么特别的啊？"他有些不解地看着古河。

"试试另一个。"

他换了另一个杯子，拿起玻璃棒搅动了一下，脸上顿时现出惊讶的神色。

"什么感觉？"

"感觉很奇怪……好像杯子里什么都没有似的。"

杯子里的水一如之前的平静，它们在挥动着的玻璃棒周围安静地滑过，仿佛那根细棍搅动的只是一片虚空。

"由于没有黏滞性，玻璃棒不仅不能带动液体的流动，甚至在其搅动时感觉不到任何阻力的存在。"

"就像什么都没有似的。"彭绍辉重复道。

"我们直接看样品吧。"贺强从沙发上站起来，向着一旁的顶压机走去，"情况紧迫，没有时间浪费了。"

样品位于八面体腔体的正中央，在背光的照耀下呈现出紫黑色的质感。贺强把眼睛凑到目镜上，半眯着眼。

"这是一种特殊的铁晶体。"古河一边注视着顶压机的控制面板，一边解释道："我们现在把压强加到200GPa——这会经过它的固液相变点。在某个瞬间，它会突然变为液态。然后我们把温度提高到三千摄氏度，这会使其晶格结构再度发生变化，并最终变成我们想要的东西。"

"这是一种高温高压下的超流体？"贺强的问题简明扼要而又直指核心。

古河没有回答。他静静地等待着控制面板上的数据都进入稳定的振荡周期，然后按下一个按钮，让腔体开始了旋转。在腔体的内部，液态铁流体的中央有一个十字形的标示物——它一动不动地悬浮在视线中央。

"这表示超流态已经形成了？"彭绍辉若有所思地对着镜头，然后回头看了看古河。后者点了点头，回答道："没有黏滞性，导致腔体的旋转对其不产生任何影响。"

"我还需要更多的实验数据。"贺强压抑着激动的情绪，慢慢抬起头来。

"全部的前期数据都可以提供给你们。"

"您觉得怎么样？"彭绍辉的嘴角微微上扬，略显得意地看着贺强。他相信自己可以体会后者现在的心情——就像是在极端的绝望中看到了曙光——正如一个月前古河来找自己时一样。

【快讯】

（中新网3月2日电）今日15时，铱星公司举行新闻发布会，宣布中断已久的通信网络即将有限度地得到恢复。鉴于目前地面基站的大规模损坏，大部分的即时通信信号都依赖于卫星传播。但是因为地球自转的加速，之前部署在同步轨道上的通信卫星已经不再与地面保持一致的转速，它们需要降低轨道高度，进入到新的"同步轨道"上。在之后，随着地球转速的进一步增大，这些通信卫星还需要定期进行轨道微调，以使其时刻和地面保持相对一致的位置。铱星公司的轨道控制工程总监对记者表示，公司每天将花费约两小时进行卫星的轨道调整。轨道调整期间，所有通信将暂时中断，希望广大用户朋友们注意。

（今日角加速度播报：8.09皮弧度/平方秒）

3

"你让我抵押掉所有产业，去生产你说的那什么……超流体？"彭绍辉有些恼怒地看着眼前的老同学，极力压抑着心里的不快。中学毕业以后，除了在几次同学会上见过儿面，自己几乎都快把这家伙忘了——虽然以前曾经同桌儿年，而且每次考试他都让自己抄答案。

"如果你的眼力和魄力还没有退步的话。"古河一脸平静地说。

彭绍辉把自己陷入沙发中，让呼吸慢慢舒缓下来。最近一段时间自己的脾气有点暴躁，围绕在身边的尽是坏消息。地球环境的剧变，让投资人对未来失去了信心，股市崩盘，金融市场陷入了瘫痪。所有的事情都失去了掌控。那些自己熟悉的规则仿佛一夕之间不复存在，一切都进入到混乱和无序之中。

他就像一个落水者，除了胡乱地舞动胳膊，别的什么也做不了。

就在这时，那个好久不见的老同学突然出现在自己的面前，向他伸出了橄榄枝。

古河，那个记忆中总是一副苦大仇深模样的书呆子，终究是弄出来了一个不得了的东西，一个足以拯救这个世界的东西。美中不足的是，那东西的生产条件太过严苛，生产成本太高。

他已经仔细研究过古河交给自己的生产设备的购置清单，那些东西每一个都昂贵无比，但确实也不可或缺。而且现在时间又如此紧迫，时机转瞬即逝，必须要抢在这个世界还没有变得更糟糕的时候生产出足够的产品——那就需要购置数十套甚至上百套生产设备。即使名下产业众多，可现在的可动用资金也完全不敷使用。

付出如此巨大，让他迟迟不能下定决心。

可是与可能获得的收益相比，那些付出又显得不值一提了。

他已经找专业人士核实过古河的实验数据，其准确性不容置疑。而一旦自己大规模生产出那种特殊的材料，他也有足够的信心找到销售的渠道——毕竟以前也有过特种物资生产的经验，那些在政界和商界间搭建起来的关系网，仍然可以发挥作用。

这是一个千载难逢的机会！

一旦做成，这件事带来的收益将不仅仅是物质上的。它将把自己和自己一手创办的"尚贤集团"推上神坛。

"是时候大干一场了！"他猛地从沙发上弹起来，目光中闪烁着野兽般的光芒。

【快讯】

（新华社2月13日电）自从JE18撞击在西伯利亚平原，进入地球内部一周后，科学家第一次探测到其在地球内部存在的踪迹。

来自俄罗斯和中国的联合科考小组近日在撞击坑附近检测到来自地核附近发出的高频电磁波。科学家们推测这些电磁波正是那块飞速转动的中子星残片带动地核中的液态铁形成混乱的紊流所造成的。中科院地球物理研究所的张远院士解释说，编号JE18的中子星残片直径约一米，虽然其与地球的撞击过程并没有造成什么严重的后果，但因为其具有极高的密度和巨大的转动角速度，其长期沉积在地核中的后果，将很可能带动地核加速转动，扰乱地磁场，造成严重的生态灾难。针对近日有社会人士指出，JE18的转动有可能会对整个地球的自转速度产生影响，张院士表示，理论上确实有这种可能性，但就现在的观测数据来看，要得出确实的结论还为时尚早。

潜隐之川

4

登上瞭望台，视野顿时开阔了——虽然除了滚滚的洪流，能看到的东西实在有限。在几公里远的地方，一座大楼的上半部分露出了水面，晶莹透亮的玻璃外墙虽然已经蒙上了一层厚厚的淤泥，但尖锐而高耸的顶部仍然使其格外引人注目。

突然，一道与其构造相反，下尖而上阔的水锥猛地撞上了它。大楼似乎剧烈地震动了片刻，然后便陡然倒塌了下来。几公里远处的水面上，瞬间激发出了剧烈的水浪。水浪向着四周扩散开去，在周围那些冒出水面的建筑物上散射着，一直扑到了眼前不远处的防波堤上，化作一道道飞溅的水雾。

彭绍辉放下望远镜，疑惑地问："你确定它正向着我们这边过来？"

旁边一位穿着蓝色保安制服的男子立刻答道："没错，之前它确实是在向着北边移动，可是五分钟前，它突然转向了。"

麻烦了，彭绍辉皱起了眉头。生产车间就在坡顶上，这龙卷风如果径直扫过来，不仅会对刚生产出来的成品造成损失，更重要的是，很可能会损坏那些精密的生产机械。他全程参与了设备的引进和购买，深知那些东西的价值——那可是几乎用尽了他的全部身家换来的啊！

"必须马上转移设备和产品！"

"怎么转移？"古河愕然问道，"车间都是全封闭自动化生产，工人也没有几个，靠我们三个人去搬吗？"

"我们还有多久的时间？"贺强问道。

"龙卷风移动得很慢，根据现在的速度推测，应该还有一个小时左右的时间。"那保安想了想说。

"对了，打电话让救灾指挥中心派武警部队来帮忙！"彭绍辉突然大喊道，"快！应该还来得及！"

"没有信号。"保安苦着脸，"现在正好是卫星调整期。"

彭绍辉猛地一脚踢在了护栏上，爆出了一句粗口。

"最近的救灾指挥中心在哪里？"贺强转身问道。

"在沱水河那边，"保安急切地说，"离这里大概有五公里。"

"坐冲锋舟过去，马上！"

【快讯】

（中新网2月24日电）自从JE18导致地球自转加速的结论在前日得到证实以来，其造成的影响已经大范围显现出来。在近三日里，全球各地共发生上百起五级以上地震，其中以发生在日本宫城县的九级地震造成的人员伤亡最为严重。同时，今年的第十号至十四号台风几乎同一时间在太平洋海面形成，其中第十号和第十三号目前正向我国东南沿海移动，预计于两日后登陆。据专家介绍，因为JE18的带动，导致地球内外的自转速度不同，由此形成的巨大张力和层间摩擦是导致当前地震频发的原因。台风的多发也与地球自转的突然加速有密切关系。中国气象局台风与海洋气象预报中心首席预报员郭林称，未来一段时间预计将有更多强台风登陆，有关部门应提前做好准备。

（今日角加速度播报：10.75皮弧度/平方秒）

5

彭绍辉有意坐到冲锋舟的尾部，看着飞速前行的船体在浑浊的洪流上留下一道转瞬即逝的尾迹。

"你生气了？"一个梳着马尾的年轻女子凑上去，小心地扶着船壁，在彭绍辉身边蹲下来。

"你跑这里来添什么乱？"彭绍辉冷冷地说，"跟你说过多少次，不要成天黏着我——特别是在我工作的时候。"

"好啦好啦，"女孩略显委屈地说，"下次我老实地待在家里行了吧！"在众人的目光下，她似乎觉得有点尴尬，于是站起来，冲着一旁的古河笑了笑，说道："你们这是要去哪里呢，这么急？"

他们是在厂区大厅里碰到她的——彭绍辉的女友，肖雨薇。显然她来得不是时候，因为彭绍辉正因为龙卷风的事情而心急如焚。在看到肖雨薇的那一瞬间，古河眼角不经意地跳了一下，因为这女子长得太像自己的妹妹了。如果妹妹能够活到现在，应该也会长成这个样子吧，他想。

"我们现在要去救助站找人，龙卷风正在往厂区的方向移动。"古河简单地向肖雨薇解释了一下当前的处境。

"哦……"女孩似乎还是没有意识到事情的严重性，她呆呆地看着在两旁飞逝而过的那些高大乔木的树顶，不知道在想些什么。就是这种傻傻的样子！眼前的女孩和古河记忆中的形象渐渐重合起来，让他的心里泛起一种复杂的情绪。

突然，肖雨薇的尖叫声把古河从回忆中拉扯出来。只见她激动地用手指着一棵树，大声道："看！那里有个人！"

那是一株梧桐，露出水面的部分大概只有一米高。在光秃秃的树枝上，有一个穿着粗布制服的男子正紧紧地蜷在那里。他身体偶尔晃动一下，看上去已经筋疲力尽，随时都有可能掉入水中。

"我们救他下来吧。"肖雨薇用请求的语气对彭绍辉说。

彭绍辉皱了下眉，似乎在犹豫要不要浪费时间去救人。这时候，贺强已经示意驾驶员向那棵树靠拢了。彭绍辉叹了口气，小声地骂了句什么，然后抬起手臂，看了看表，再回头看了看天边

流光之翼

的风暴。

【快讯】

（中青网2月30日电）在今天，人类迎来了历史上第一个2月30日！根据国际历法联合会的表决，为了应对地球自转速度的加快，对日期和计时的相关规则通过了新的决议。截至昨日，每天的时长已经缩减到略小于二十三小时的程度。新通过的决议规定，仍然维持每年十二个月的划分不变，对每个月的日期进行相应的变动。这意味着，在当前的自转速度下，每个月将至少增加一天到两天。

（今日角加速度播报：9.11皮弧度/平方秒）

6

冲锋舟突然熄火的地方在一栋倒塌的大楼附近，这里的水面上漂满了白色的泡沫和各种物品的碎屑。

突然出现故障的冲锋舟，令众人都一筹莫展。驾驶员不断尝试着重新启动发动机，可除了发出一阵阵短促而低沉的轰响外，并没有别的效果。彭绍辉来回地在船上踱着步子，不停地叹着气。这时候，那个刚被救上船的男子却出人意料地说话了。这家伙被救上来以后，除了说出自己的名字叫周杰外，几乎不发一语。大部分的时间里，他只是静静地坐在一旁，偶尔抬起头来看看远方。

"可能是进水孔被堵了。"周杰弯下腰去，拍了拍汽油机的外壳，"我下去看看。"

"你会修发动机？"彭绍辉一脸焦急地看着他。

"我试试。"他脱下长裤和外套，攀着船沿，慢慢浸入了水中。几分钟后，他终于冒出头来，大喊道："应该可以了，发动一下试试！"

发动机立刻重新点火，然后发出了一阵熟悉而持久的轰鸣声。

"你是机械工程师吗？"在周杰重新爬上船后，古河好奇地问他。

"工程师……"他犹豫了片刻，"也许叫'修理工'更合适。"他苦笑着，似乎对自己的职业有满腔的抱怨。

"哦……你被困在树上多久了？"

"快一天了。昨天大水涨起来的时候，我正在下班回家的路上。哦，对了，我家在那个方向……"他用手指着前面的一个岔口，"可以送我一程吗？"

"我们在赶时间！"彭绍辉突然插嘴说道。

周杰有些失望地低下头，古河安慰道："我们忙完了会送你回去的。"周杰张了张嘴，似乎想要说什么，但是终究还是没有说出口。

"你家里还有什么人吗？"

"可可——我儿子还在家里。"他沉声说道，"也不知道他怎么样了。"

【快讯】

（环球网2月27日电）近日，北欧和加拿大北部地区的居民正陆续南迁，因为当地的空气已经稀薄到不再适合人类居住。中科院地球物理所的研究员刘静告诉记者，地球是一个两端稍扁而赤道地区略鼓的球体，这一形状正是因为地球的自转而形成的。低纬度地区的重力因为自转而略小于极地地区，自转的加速使两者差别增大，这正是造成

　　　　　　　　　　　　　　　　　　　流光之翼

空气和海水向低纬度地区移动的根本原因。

（今日角加速度播报：9.83皮弧度/平方秒）

7

"滚！你给我出去！"女人声嘶力竭地怒吼着，红肿的眼睛看着面前的男人。同个病房的病人和家属们都被这里的争吵所吸引，目光聚集在这个穿得脏兮兮的男人身上。男人有些尴尬，却又急迫地向前面探出头去，想看看病床上的情形。

他没有来得及换衣服就赶过来了，外套上黏糊糊的机油油渍像是随时都会滴下来似的，散发出那种在工厂的维修车间里所特有的味道。那时候他正趴在维修槽里，盯着一台发动机的底盘，仔细地检查着每一个气缸的进气管道，然后，一个工友突然在门口大声喊他的名字，说他的手机在响。

他走到衣物保管室，从口袋里掏出手机。上面有十几个未接来电和一个短信，吓了他一跳。

"响半天了！"保管室的大爷从报纸上抬起头说，"是不是有什么急事啊？"

他看了一眼那个短信，就头也不回地冲出了房间。

"可可呢，到底怎么样了？"他慢慢走到病床的前面，颤抖着用手揭开了被子。女人再次呜咽起来。

躺在病床上的小男孩仍然没有醒来，他的小臂位置上空荡荡的，被一层厚厚的纱布包裹着。他只看了一眼，便感觉眼前一黑，像是被一记重拳击中了大脑。

我为什么要把那个东西带回家呢？内疚像是一只虫子，在他的体内扭曲着四处窜动。就算为了赶进度，也没有必要把厂里的活儿带回家里啊！而且自己还任由它的外壳打开着，露出里面锋利的扇叶和铰链。

他用力咬着牙齿，握紧了拳头。一股咸味在口腔里弥漫开来。

"周杰，我们完了！"女子突然停止了抽泣，一脸冷静地抬起头看着他。

他微微转过头，不敢看妻子的眼睛。那目光像是一把剑，贯穿了他的身体。

一条黏糊糊、臭熏熏的东西突然打在脸上，让周杰从沉思中猛地清醒过来。他低头一看，原来是一条鱼。鱼还没有死，在船上一跳一跳的。

"又来了！"古河一边用手臂挥舞着，一边抬起头看着从天而降的鱼潮。

鱼群像下雨一样从天而降，噼里啪啦地落在船上。

"龙卷风越来越近了。"彭绍辉看着远方那巨大的黑影，忧心忡忡地说。

【快讯】

（新华网3月3日电）近日，地球自转的加速度出现了减小的迹象。据中科院力学研究所和地球物理研究所的联合调查小组报告，最近几日的自转角速度的加速度呈现出奇怪的减小现象。调查小组组长邹星河向记者表示，并不是说地球的自转开始减慢了，它仍然在变得越来越快，只是变快的速度逐渐趋缓了。邹星河推测，这可能是因为在飞速转动的中子星残片和地核外部之间，形成了某种紊流，导致角动量梯度在向外的传导中暂时受阻。那这种紊流会不会一直持续下去呢？邹星河表示，现有的模拟计算显示，这些紊流并不能稳定地存在下去。有人认为加速过程即将停止，他个人并不认同如此乐观的看法："紊流的存在并不能改变角动量守恒定律，它只是暂时阻绝了地球和其内核处的角动量交换过程。一旦紊流平息，地球的自转仍然将继续加速下去。"

（今日角加速度播报：7.32皮弧度/平方秒）

8

"这是什么？"肖雨薇站在古河的身后，突然出声问道。

古河正盯着手机里的一幅散点图晃神，被肖雨薇突如其来的声音惊到了，身体不自觉地抖了一下。后者把头凑了过来，似乎对于这奇怪的图表很有兴趣。古河瞄了眼站在冲锋舟驾驶室里的彭绍辉，他正焦急地催促驾驶员加快速度。

肖雨薇身上的香水味弄得古河鼻子痒痒的。

"这是一些模拟数据。"古河解释道，"假定我们把超流态的铁注入地核中后，它们的分布会如何随时间变化，以及其对地球自转加速度的影响。"

"啊，我知道，这就是你们和绍辉一直在做的东西吧？这东西真的管用吗？"

"你过来看。"古河把几个示意图调出来，给肖雨薇一个个解释着，"这是我们刚开始把超流体注入地核时的情形，它们在图中用红色的部分标示出来了。你看，它们聚成了一个球状。下一幅图，红色的部分很快便向更深处沉降下去，而且在周围物质的挤压下，它们的形状开始变得越来越扁平。它们在一个等压面上逐渐展开，覆盖在这个球面上的面积越来越大：注入第二十四天后，覆盖率达到了百分之三十，而到第三十七天的时候，覆盖率便提高到了百分之

潜隐之川

百。最后这个图，你看，它们均匀地分布在了地核深处的那个等压球面上，像一个封闭的笼子一样，把包含着中子星残片的内部空间和外部空间隔离开来——这样，内部的角动量，就再也无法传输到外部了，因为这个笼子是没有黏滞性的。"

"嗯……虽然没太听懂，不过感觉很厉害啊！"

好久没有听到这样的话了。古河抬起头，深吸了一口气。小时候给妹妹讲解她不会做的习题，每次自己用尽了浑身解数，把解题过程一步一步分析出来，讲得满头是汗的时候，她便会皱着眉头，说一句这样的话。"你个笨蛋！"他终于忍不住骂出来时，妹妹却已经笑着跑开了。

"咦……那是老郑？"一直呆呆地看着水面的周杰突然活了过来，他站起来，朝着前方聚在一只小木船上的人呼喊起来，直到对方注意到他。

那是一艘简陋的小船，船上有三个大人，一个小孩，看上去像是一家人。一些零碎而简陋的家什杂乱地堆在小船的中央。

"周杰！"老郑惊讶地回应道，"你怎么在这儿？"

"你看到我家可可了吗？"周杰焦急地问道。

"没注意啊。大水来得太急了，搬出来的时候太乱了，人挤人的。"

"那可可应该还一直待在家里吧？"

老郑突然露出一副古怪的神色，犹豫了片刻，终于还是说道："你……你还不知道吗？我们那栋单元楼塌了啊！"

周杰似乎愣了一下，然后突然脚一软，跪在了船板上。

【快讯】

（财经网3月9日电）继前日和昨日A股小幅上扬之后，

　　　　　　　　　　　　　流光之翼

受"尚贤高科"连续涨停的影响，股票市场的回暖仍在持续，主要股指都呈上升趋势。公开信息显示，尚贤集团的超流新材料已经通过了国内五所重点实验室的联合审查，有望迅速投入使用。在投送设备方面，据军方人士透露，"应急指挥部"协调鸿运重工等国内外顶尖钻探设备生产商设计生产的"地心一号"已经基本完工，其在螺杆马达、液动潜孔锤以及钻心等方面，都取得了突破性的进展，已经具备了将目标物释放至下地幔深处至外地核间位置的能力。而对于目前纷传的国家资本入股等国有化的传闻，尚贤集团总裁彭绍辉表示，目前还不方便透露相关的情况。

（今日角加速度播报：1.47皮弧度/平方秒）

9

每次带着可可去妻子的墓前祭拜的时候，周杰都会想起她在病床上最后的叮嘱。那时候她已经因为放疗而枯瘦得不成人形，皮肤也满是皱褶。周杰握着她的手，而她却一直看着旁边的可可。

"好好照顾他。"她用微弱的声音反复说道。

离婚之后，可可一直跟着妻子生活。妻子去世以后，儿子终于又回到了周杰身边。每次看到儿子左手松垮着的衣袖，他便重新体会一次那种锥心的刺痛。

他发誓决不再让儿子受到任何委屈和伤害。

"我会好好照顾他的。"他对着旧照片说。

"我求求你们，带我过去——我家就在那个路口左边，很近，很快就到。"周杰几乎是哀求着说，"可可还在家里，他……他……"

"我知道，我知道。"贺强有些为难地说，"我们先去救灾中心，然后马上就送你过去。"

周杰跪在地上，还在不断地哀求着。

"不如我们就先去他家看看吧，反正也不远。"古河开口说。

"你疯啦！"彭绍辉从驾驶室冲出来，大声喊道，"你没看到龙卷风到哪里了吗？我们现在哪有时间浪费啊！你知道那里的东西值多少钱吗？"

肖雨薇有些为难地站在周杰身边，似乎不知道应该怎么安慰他才好。

"求求你们……"周杰呓语似的说着。

"设备事大，"贺强叹了口气，"加快速度，继续往前开！"

就在这时，周杰的哀求突然中止了。他先是抬起头，用红肿的眼睛扫视了一圈，目光里有某种决然的神情。然后，他猛地站了起来，左手手臂一勾，将肖雨薇拽入了自己的怀里。右手不知何时，已经紧紧握着一把尖锐的改锥。锥尖紧紧地贴在了肖雨薇的脖子上。

"马上掉头！"他用野兽般的声音嘶吼着，"要不然我杀了她！"

在肖雨薇的尖叫声中，每个人都愣住了。在呼啸的狂风中，这里似乎一下子变成了暴风之眼，异样地沉闷而安静。

当第一抹血痕出现在肖雨薇脖子上时，贺强终于掏出了腰间的配枪。

【快讯】

（环球网3月10日电）今日10时23分，俄罗斯航空一辆客机在太平洋上空临近阿拉斯加南部的海域坠毁。机上载有乘客一百四十六人，包括两名婴儿。自从地球自转加速以来，海上风暴频频出现，这一次的灾难也很可能与此

218

相关。这已经是近一个月来全球第四起重大空难了，另外还有一次虚惊——那次是飞机在地磁场异常干扰下，短时间与地面失去了联络。国际航空联合会再次呼吁各国航空公司，在当前的极端天气下，应该尽量减少航班的班次，对于危险的航线要立刻停飞。

据了解，在台风和地震的频频冲击之下，日本、韩国等沿海国家的地面交通已经陷入瘫痪。我国的铁路和公路运输也受到了严重影响，目前只有华中地区的铁路运输仍然维持满负荷运转。

（今日角加速度播报：1.14皮弧度/平方秒）

10

"为什么这么简单的题都错了？"古河皱着眉头，看着面前的一张试卷，故意板着脸问道。负责妹妹的学习一向被他认为是自己这个哥哥的责任，每次妹妹考得不理想的时候古河都会和她一起分析这次的问题所在。

"嗯……因为这个表格……"妹妹怯生生地说。

"表格怎么啦？"

"把已知条件藏在表格里，我就不会做了。"她红着脸说，"只有把条件都拿出来，我才会列方程。我……我不太会看表格。"

哦，原来是这样啊！古河沉吟了片刻，然后认真地说："其实，你不要对表格产生什么畏惧心理。很多时候，当已知数据杂乱无章的时候，我们通过表格的方式，其实可以更好地发现它们之间的联系，甚至察觉出问题的本质所在。"说到这里，看到妹妹一脸疑惑的样子，他突然笑了。他把卷子展开，平整地铺在自己和妹妹的身前。

"好吧，现在我们来尝试一下，怎么分析一个表格！"

日期	2月24日	2月25日	2月26日	2月27日	2月30日	3月1日	3月2日	3月3日
角加速度（实测）(10^{-12}rad/s^2)	10.75	10.78	10.76	9.83	9.11	8.43	8.09	7.32
超流覆盖率（模拟数据）	<0.1	<0.1	0.101	0.184	0.244	0.30	0.328	0.392

日期	3月4日	3月5日	3月6日	3月7日	3月8日	3月9日	3月10日	3月11日
角加速度（实测）(10^{-12}rad/s^2)	6.28	4.58	3.35	2.61	2.13	1.47	1.14	1.01
超流覆盖率（模拟数据）	0.478	0.62	0.722	0.783	0.823	0.878	0.905	0.916

当古河把手机里的这个表格投影到空中时，冲突已经处于一触即发的状态了。贺强双手握枪，径直对准了周杰。面对枪口，周杰似乎毫无畏惧，甚至变得更加疯狂了。

"开枪吧，开枪！"彭绍辉红着眼喊道，"别犹豫了，时间不多了！"

"不要……不要！"肖雨薇已经站立不稳，几乎是整个靠在了周杰身上。

"看这个表格！"古河的声音突兀地响起，声音冷静而沉稳，像是来自另一个世界。所有人的眼神都瞬间转移到那个投影在空中的表格上，紧张的气氛顿时出现了微妙的变化。

一阵风吹过，表格上涟漪涌动。

"你搞什么？"彭绍辉终于沉不住气，大声质问道，"这种时候……不要浪费我们的时间了！"

"现在不是搞这些数据分析的时候，"贺强也有些好笑地说，"当务之急是把那些生产机械救出来啊！"

"不，当务之急是去周杰的家里看看他的儿子怎么样了。"古河的话让所有人都愣住了。

"你疯了?"彭绍辉大笑起来。

"好吧,现在我们来分析一下这个表格,"古河一脸严肃地看着空中的投影,"你们马上就明白我的意思了。"

11

"表格里有两组数据,"古河指着表格的第二行,目光转向贺强,"这是编号为JE18的中子星碎片撞击地球,进入地核以来,地球每天的角加速度的数值。这些都在当天的报纸上可以找到——通常在一些与自转相关的新闻最后。"

"不错,"贺强点了点头,"这是国家地质中心测量的数据。"

"而下面对应的,则是我通过电脑程序模拟的,假如我们在撞击发生的同一天,便向地核处注入超流态铁,之后它沿着等压面分布时,在对应球面上的覆盖率。"古河看了一眼仍然惊魂未定的肖雨薇,"就像我刚才和你说的那样。"

周杰呆呆地看着表格,显然不明白古河现在说这些目的何在。贺强皱着眉头,似乎发现了什么。

"你在说什么啊!"彭绍辉有些不耐烦地打断了古河,"我们的超流体不是还没有注入吗?"

古河笑了笑,继续说:"我们假设——只是假设——在撞击的同一天,地核处就出现了超流态铁。它们一天天逐渐扩展开来,在等压球面上的覆盖率越来越大。因此,地球的自转角加速度也逐渐减慢——这不正和我们实际的情况一样吗?"

"胡说!"彭绍辉立刻反驳道,"报纸上说了,角加速度的减少是因为地心的紊流。"

"当然不是!"贺强突然插嘴道,"紊流理论的矛盾在于:在刚开始时,中子星残骸和地核物质速度差最大时,紊流效应不明显,而在之后两者速度差减小后，紊流却出现了——这和紊流出现的条件正好相反。事实上，这一理论在提出之初就已经被科学界否定了。"

"那……你的意思是……地核处真的出现了超流体？"彭绍辉似乎终于明白了什么，神情变得古怪起来。

"从撞击发生的第一天起，我就怀疑在地核处有超流体生成。"古河继续用平静的口吻叙述着，"我从没有向你们详细说明过超流态铁的生产过程，尤其是最后一步——借口是要保密——其实我是不想让你们猜到这一点。你们知道，怎样在高温高压下，让普通的液态铁变成超流相吗？"

古河的目光一一扫过船上的每一个人，似乎在等待着什么。

"冲击！"一个简洁有力的词从贺强的口中说了出来。

古河终于笑了起来："猜得一点也不错！"

"等等，照这么说，那我们生产的那些东西还有用吗？"彭绍辉急了。

"当然有用。"古河不紧不慢地说，"它们是一种罕见的铁的宏观量子态，对于我们以后更深入地了解超流现象的物理本质，将有极大的帮助。不过，就当前而言，就地球的自转而言，就人类目前的现状而言，我们并不需要它了。"

贺强收起了手中的枪，将其小心地插回到皮套中。周杰也松开了肖雨薇，尖锐的改锥掉落在甲板上。

"带路，去你家！"贺强平静地对周杰说，似乎之前的一切都没有发生过。

"等等，"彭绍辉挡在贺强面前，眼睛却看着古河，"这也只是一种假设罢了，万一自转加速度的减小另有原因呢？你怎么能肯定是因为超流体？"

"根据角动量定律，自转加速度与黏滞力的力矩成正比。在一个球面上，黏滞力的力矩可以视为每个微元力矩的积分，也就是说，

与接触面积成正比。两者结合起来看，角加速度的大小和接触面积
成正比。"古河一边说着，一边将一个公式投影在空中：

$$a \ / \ (1-x)=C$$

"a是角加速度，x是覆盖率，C是常数。自己把表格里的数据带
进去算一算吧——如果你还不相信的话！"

12

雨停得很突然。就在我们已然习惯那无休无止地萦绕耳边的鸣
响时，它却像一曲断章的交响一般，戛然而止了。

手机的铃声也适时响起——卫星调整时间结束了。彭绍辉愣愣
地看着手机，却没有要接的打算。

"也就是说，你早就知道这一切了？"他抬起头，看着古河。

"不错。刚开始我还不确定，我不停地收集加速度数据，然后将
其和程序运算的结果进行比较分析，直到撞击后的一个星期，我才
终于确定了自己的想法：地心确实有超流体出现了。"

"那正是你来找我的时间！"

古河沉默着坐在了船沿，长出了一口气，仿佛刚从某个艰巨的
任务中摆脱出来一样。很久以来，他的心里从没有像现在这样平静。

"为什么？"彭绍辉的声音突然变得嘶哑起来，"你为什么要这
样做？"

古河笑了笑，只是摇了摇头，没有回答。他清楚地知道，当所
有的投入突然间却变成了一堆一文不值的废铁，对尚贤集团意味着
什么，对彭绍辉意味着什么。

结束了，就让事情这样了结吧！

就在这时，彭绍辉突然大笑起来。他弯下腰，捡起甲板上的改锥，嘴里发出怪异的叫声，然后猛地站起来，如野兽般向古河扑了过去。他扬起手中的利器，目光死死地盯着面前的人——不，他不是人，他是魔鬼！他毁掉了自己的公司，毁掉了自己的一切！

"小心！"周杰大声喊道。

古河扬起手臂，却已经来不及让开了。

周杰突然如条件反射般伸出一只脚，挡在了彭绍辉奔行的路径上。彭绍辉顿时一个趔趄，向下摔倒。

然后，一阵水花溅在了古河的脸上——一个人影从自己身边倒下，掉入了湍急的水流之中。

"糟了！"周杰连忙趴到船边，向下捞去。只有冰冷的水流从指缝间溜走。

这当口，贺强已经向着水中一跃而下。他从彭绍辉落水的地点潜下去，良久以后，才冒出头来，深吸了一口气。

十分钟以后，贺强才筋疲力尽地爬上船，身上沾满了污泥和杂草屑。"水太浑了，"他喘着气说，"什么……什么也看不见。"

一天以后，救援队在下游一公里的地方发现了彭绍辉的尸体。尸体已经有些浮肿了，但改锥还牢牢地握在手里。

【快讯】

（财经网3月19日电）在前任总裁意外身亡五天之后，尚贤集团今日正式向宁波市中级人民法院提交了破产申请。

自从中科院地质所通过实验证实了地核超流态屏障确实存在后，"尚贤高科"连日跌停，在A股市场上也造成了不小的震荡。由于中央政府拒绝提供融资保障，资金链断

流光之翼

裂的尚贤集团已然是回天乏术。据悉，多家大型商业银行也因此受累。

（今日角加速度播报：0皮弧度／平方秒）

13

"前一阵天天下雨，现在却闹起了旱灾。"古河说完，看了一眼窗外因干渴而裂开的河床。他低头喝了一口盛在紫色玻璃杯里的碳酸饮料，享受着其中的无数微小气泡在舌头上逐渐破碎所带来的微微刺痛感。

"很正常啊，"肖雨薇立刻说道，"之前的暴雨是因为地球在加速自转过程中，空气层与地面转速不同，从海洋给大陆地区带来了大量水汽造成的。现在加速已经停止，大气层也赶上了地面的转速，于是雨也就停了。"

"那这季节也不至于干成这个样子吧？"

"那是因为副热带高压的异常。"肖雨薇想了想，似乎在整理自己的语言，"自转加速以后，空气流动时受到的自转偏向力也增大了。以往从赤道流向极地的大气环流，更早地偏转了自己的方向，在更低的纬度上形成了副热带高压区。在西太平洋上形成的副热带高压区，其延伸到大陆上的'脊'，就是造成这个地区干旱的原因。"

古河有些意外地看了她一眼，似乎没有想到她能说出这一番道理来。

"我是地理老师。"肖雨薇笑着补充道。

"哦，"古河恍然道，"难怪这么有气质呢！"说完这句话他突然觉得有点冒失，脸上微微有些发烫。他连忙转向旁边，对周杰搭话："你儿子没事吧？"

"没事没事，"周杰连声说道，"那小子那天根本就不在家，下课以后就一直在同学家里玩游戏呢，害得我白担心一场！"然后，他又再次为自己那天的举动向肖雨薇道歉，还拿出一个鼓鼓的红包来，说是精神损失费。肖雨薇推辞了半天，终究也没要。

送走周杰和肖雨薇以后，古河独自一人漫步，不知不觉又走到了沱水河边那干涸的河床上。

一时间，十几年前的场景又泛起于他的脑海中。那时候，他看着妹妹逐渐沉没在幽暗的水流中，身体像是触电了一样颤抖着。他在河岸边一边流泪，一边痛恨着自己的迟钝：自己应该在得知妹妹交了一个男朋友时就立刻劝止她的，更何况她还告诉我男朋友是我同班同学，而那时的我竟然也认为这没什么大不了的，还帮她一直瞒着父母。

直到她惊恐地告诉我她怀孕了。

直到她向我哭诉说那男的不要她了。

直到她绝望地沉入那深深的水底。

从河床上那些裂开的缝隙里，长出了一些野草。它们的青绿色点缀在褐色的背景里，显得特别明亮。

他蹲下来，久久地凝视着这些小草，想象着它们的种子是如何通过风或者通过动物的毛发被带来此地，然后生根发芽的。这些弱小而坚强的生命，不放过任何一个转瞬即逝的机会，也要让自己的生命在阳光下尽情绽放——即使几天后大雨降下，水流重新淹没这片河床。

岸边的大树仍然枝繁叶茂，一点也看不出干旱对其造成的影响。大概在地下，还有一些隐藏的地下水系吧，古河想。

不是所有的河流都是看得见的。

在目力难及的地下，有多少暗流在涌动，又有谁知道呢？

卖花的男孩

我和沃德华特站在街角，远远地看着那个瘦弱的小男孩——他正站在一家小百货店的门口，向人们兜售拿在手里的鲜花。

这条步行街上满是大型的购物中心，当然也不乏各式的特色小店，人流量很大。街边的小贩们在地上摊开了各种有趣的小玩意儿，大声叫卖着。隔不多远，你就可以看到一个卖花的小孩子，他们大多聚集在人流密集的区域，比如大型超市的出入口，或者是地下停车场的出口走廊里。

只有那个小男孩与众不同。他守着的这家店并不大，出入的行人虽然也络绎不绝，但绝不是这条街上最繁华的路段。就在其他小孩争着去拉扯行人的衣裳，向他们推销自己手里的鲜花时，他却只是冷静地站在百货店的门口，目不转睛地盯着出入的人群。

"我们来打赌吧，"沃德华特对我说，"你觉得这个小家伙会比其他人先卖完手里的花吗？"

"你觉得呢？"

"会！"沃德华特很肯定地说。

小男孩的手上拿着大约一百枝花，繁盛的花蕊几乎把他的头都淹没在其中。我有些拿不定主意：比起别的小孩，他兜售鲜花的热情明显不足，更何况，他还在这么一个并不热闹的地区。我甚至觉得他可能连一小半的花都卖不出去。

"我们靠近去看看吧。"我并不发表自己的看法，而是沿着街道向前走去。

一路上，卖花的小孩子们几次拉住我们，向我们推荐各式鲜花。每束花的售价都不贵，要么是一美元，要么是八十美分。我们摆摆手，并不和他们多做纠缠，而是径直向远处的那个小男孩走去。在他守候的小百货店隔壁，是一家咖啡屋。我和沃德华特在咖啡屋里找了个合适的位置坐了下来，静静地观察着小男孩的一举一动。

在某个时刻，本来安静站着的小男孩突然走上前去，和刚从百货店里出来的一位中年男子搭上了话。那男子手里拿着一只铁壶，很明显是刚从店里买的。小男孩举起了手里的花，对那男子大声地说着什么。我猜那男人应该会立刻走开，可是出乎意料地，他竟然停了下来，然后从小孩手上挑了一枝花。他把花茎咬在嘴里，用右手从口袋里掏出零钱，递给小男孩，然后转身离去了。

"Bingo!"沃德华特得意地打了个响指。

是巧合吗？我略显诧异地想，下一个就不会这么顺利了吧。

可是接下来的事情大大出乎了我的预料。那些从百货店里出来的人，几乎有一半买了小男孩手上的花。在短短的半个小时内，小男孩手上的花就已经所剩无几了。

"我们出去看看。"沃德华特说。于是我们走出咖啡店，站在了百货店门口的屋檐下，仔细听着那小男孩说的每一句话。和我想的一样，他确实在向每一个走出百货店的人兜售鲜花，其说辞和别的孩子没有什么不同。只不过，在说到售价的时候，他说出了很奇怪的价格："今天这种花打折，只卖一元零三分。"

我想起了这种花来，似乎正是别的小孩卖一块钱的那种。奇怪，卖得比别人贵，还能卖出去吗？

听到这话的那位女士，本来正要走出去的脚步突然停了下来，她拿起那朵花闻了闻，然后从口袋里掏出钱，买下了这枝花。

我用疑惑的眼神看着沃德华特，他笑了笑，示意我继续看下去。

接下来的是一位老妇人。小男孩继续向其推销手里的花，只是这次的售价是九十六美分。花再次很顺利地卖出去了。

这时候，他手里已经只剩一枝花了。

"这到底是怎么回事？"我的好奇心已经无法压抑了，"为什么人们会这么乐意买他的花呢？"

"你去试试就知道了——不过，我们不妨先去店里买点东西！"

我在沃德华特的指示下，进入店铺，四处看了看，随便买了一个剃须刀，然后走出门来。这时候，小男孩来到我的面前，向我推销他手里最后一枝花。

"多少钱？"我问。

"八十一美分。"

我认出这花正是别的小孩卖八十美分的那种。他果然又卖得比别人贵，真是的，我凭什么要买你的花呢？我摇了摇头，正要从他身边离去，这时候，一阵金属撞击声从我衣服口袋里传来，与此同时，一个念头突然在我脑中冒了出来。

原来是这样！我终于明白了这个小男孩的策略。

我从口袋里掏出那些彼此撞击的硬币，递给小男孩——它们正好是八十一美分！

"人们总是嫌弃硬币带着麻烦，在钱包里占位置不说，还比纸币重，而且金额又小——如果有合适的机会，人们几乎总会毫不犹豫地花掉这些累赘。"沃德华特分析说。

"可是那小孩怎么会知道人们身上有多少硬币呢？"

"每天早上，他都会进入店里，把所有商品的价格记下来。站在门口的时候，他会先观察人们买的东西，以此来判断其身上会有的硬币数量。比如这个剃须刀，售价是十九点一九美元，人们买了它以后，身上便有很大的可能性携带有八十一美分的找零——它们通常都是硬币。"

我低头想了想，突然又问道："可是他为什么会守在这家店外面呢？这里光顾的人看上去并不多。"

"因为今天只有这家店打折。"沃德华特解释道，"商品的定价通常不会精确到分，比如这个剃须刀，原价其实是二十点二美元，但因为今天打九五折，所以实际价格便成了十九点一九美元——这样一来，找零的钱里就出现了分币。他每天总是找那些在打折的店，在其门口卖花，因为在这样的店里，东西的售价才不会是整数，也才会出现找零的分币。"

我连声赞叹着，佩服地向沃德华特竖起了大拇指："这就是你们公司生产的最新一代的智能机器人吧？"

他看了看那个小男孩的背影，点着头，说："不错。你刚才看到的其他的卖花小孩，都是以前生产的旧型号。他们只会按照既有的程序来运作，比如搜索这条街上人流最密集的区域，然后从语言库里抽取恰当的说辞来兜售产品。而这个小男孩则完全不同——他是真正意义上的人工智能。他具有自我意识和超强的学习能力，最重要的是，他会自主创新！"

"等等，"我有些不敢相信地问道，"你是说，刚才他所做的一切，都不是你们在程序中设定好的吗？"

"当然不是。我们只是给了他卖花的任务，然后让别的小孩带着他一起卖了几天。刚开始，他也像别的小孩那样，老老实实地卖花，可是到了第三天，他就自己想出了这个法子，迅速地把花卖完了。"

他带着炫耀的语气，向我吹嘘着这个男孩的种种惊人事迹。听着听着，我突然觉得有一种不寒而栗的感觉。事实上，这机器人让我震惊的并不是它的自主创新能力，而是它对于人类心理的准确把握。

它敏锐地发现了人类嫌弃硬币的心理，并进而利用它来达成了自己的目的。

太可怕了！我心里涌起一股凉意。在它们的芯片中，人类的情绪和心理，大概也是与各种环境因素一样，作为一类通用变量而储存和调用的吧？当它可以将人类的心理如力学变量一样分析和计算时，人类和机器，又到底谁是谁的主宰？

我愣愣地看着面前的小男孩。阳光照在他白皙而细嫩的人造皮肤上，看上去有一种晶莹剔透的质感。

小男孩点清了手里的钱，抿嘴笑了笑，然后向着小街的尽头处走去。他的笑容是那么天真无邪，宛如清晨的朝露，让一切的疑虑和担忧都瞬间融化在了暖意之中。

神　迹

1

老王这两天有点神不守舍。放着有空调的办公室不待，成天往工地跑。到了工地他也不说什么，只是挺着大肚子，默默地站在大桥的引桥上，看着赤着膀子在烈日下大声吆喝着的民工们。

"哎呦，领导又来啦！"工头小李忙上前去招呼他，"这边热，去凉棚里坐吧！"

"不用，我就站一会儿。"

小李也不多说什么，笑着寒暄了几句，便回去继续监督工人在混凝土桥面上打孔。老王抽动了几下嘴唇，想说些什么，但终于只是挥了挥手，然后便颤悠悠地走下桥面，沿着河边的步行街，一路走到了一家卖供神物品的小店里。

他买了一尊镀金的降龙罗汉的佛像，一些香烛，打包装在一个黑色塑料袋里，单手拎着出了门。刚走了几步，手机就响了，是秘书打来的电话，说黄市长叫他晚上一起吃饭，有个开发商想跟他见个面。他心不在焉地支吾了几句，挂断了电话，手指却不知不觉地翻开了通讯录。这时，头突然碰到了某个硬邦邦的东西，突如其来的疼痛，还有回荡在颅腔里的震荡感，让他眩晕了片刻。回过神来，发现原来是撞上了路边的路灯杆。他摸了摸额头，还好没有破皮，只是隆起了一个小包。

拿起手机，激活了屏幕，自己竟然不知不觉翻到了省检察院的电话号码页！他连忙哆嗦着把页面关闭了，像做贼似的抬起头看了看，然后长长地叹了口气。

都是那些该死的噩梦害的。

大概在一个月前，他做了一个梦。在梦里，自己正在主持市里新建的长江三桥的竣工典礼。省住建部和财政部的部长，跟市委的常委们在贵宾席上坐成一排，等着副省长致辞。他正笑着示意大家鼓掌，突然一声巨响，大地传来一阵颤动，他转头一看，那座大桥竟然从中断开，直接掉进了湍急的河水里。

呸！晦气！醒来后，他只是骂骂咧咧地嚷嚷了一句。

第一次做这个梦，他并没把它放在心上。一个梦而已嘛，他这样安慰自己。结果，第二天，他又做了一模一样的梦。第三天，第四天……依然如此。从那以后，睡觉开始变成了一种煎熬。每天晚上，这个梦就像约好了似的，定时出现在他的脑海里。而且渐渐地，剧情开始有了进展，他梦到了自己因为大桥的贪腐案被双规，银行账户被冻结，然后是媒体铺天盖地的报道，亲朋好友都离他而去。最近一晚的梦里，他已经两脚踏进了监狱的大门。

他被这些梦搅得心神不宁。是不是冥冥中有什么在警示自己呢？

在犹豫和彷徨了一个月后，他终于迎来了致命的一击！

那天，他正靠在办公室柔软的沙发上，闭上眼准备打个盹。突然觉得眼前有金色的微光出现。他睁眼一看，就在他身前两米处，半空中，像是有一道门缓缓打开，一个金色人影慢慢显现。那人端坐在莲花宝座上，双手结印，怒目圆睁。

金身罗汉现身！

"罪人！还不醒悟！"一声怒喝在他耳边响起。他愣住了，身子陷在沙发里，全身僵硬，一动也不能动。

神迹

233

果然，果然是……神啊！

"我……我……"他的嘴努力地开合着，像是被扔在河滩上的鱼，可是发出的尽是一些不连贯的"喝喝"之声。他听到自己的心跳，那么清晰，那么急促。

这是做梦，这是做梦！他用力地掐了自己一把，痛觉毫不迟疑地通过神经系统传递到大脑皮层中。

我认罪，我有罪！他在心里大声喊道，身子一滑，双膝不自觉地跪倒在地上。

"再不悔悟，有如此花！"声音响过之后，金光暗淡，办公室里顿时又安静了下来。

在他的办公桌上，放着一盆盛放的君子兰。此刻，那鲜红的花朵，已经变灰，耷拉着垂了下去，像一团熄灭的火焰。他发出一声近乎呻吟的呼喊，一种无与伦比的恐惧充塞在他的心中。

2

古川小时候最快乐的事情，就是随奶奶一起，沿着乌溪河弯弯曲曲的滩地，走到家里的花生地里去挖花生。每次都等不到花生完全成熟，在那些壳还是晶莹洁白，柔软得一掐就可以透出水来的时候，他便缠着奶奶，要去地里收花生。一看到自家的地，他就撒着欢地蹦进土里，用小手把一棵棵花生苗拽起来，然后趴到地上，刨开松软的棕色泥土，找出那些圆滚滚的嫩花生。带着泥的花生最好吃，有清浅的甜味，带着新鲜的青草的味道。

拽出的土包里偶尔会钻出一条蚯蚓。它蠕动着滑溜溜的身体，探头探脑地从土包里拱出来，上下左右嗅探着，似乎对自己的处境感到困惑。古川用拇指和食指捏住它，想把它从土里扯出来。蚯蚓意识到危险，收缩着身躯，想要钻回去。古川用力一拉，结果蚯蚓

"啪"的一下，断成了两截。

"哎呀，快把它放了！"奶奶这才慢悠悠地从土埂上走过来，"莫要祸害生灵。"

古川一松手，半截蚯蚓掉到地上，顿时又一扭一扭地钻回了土里。

奶奶常常在他耳边念叨这样的话，什么"多做好事多积德"啦，什么"人在做，天在看"啦，他总是似懂非懂地听着，连连点头。有一次，他问："做了坏事会怎么样？"

"要遭报应！"奶奶一脸郑重地告诉他，"玉皇大帝要惩罚他。"

玉皇大帝是谁，他不知道，不过应该是个很厉害的人。有一次，班上有调皮的同学把一只蚱蜢放在女同学的文具盒里，他偷偷地对那个同学说："你不怕玉皇大帝吗？"那同学瞪大眼睛，一把推开他："要你管闲事！玉皇大帝，哼，我才不怕呢！"之后，他替那个同学担心了好久，不知道玉皇大帝最后会怎么样惩罚他，可惜直到小学毕业，他被父母接到城里读初中，也一直没有看到预料中的惩罚出现。

大概玉皇大帝懒得管这种小事情。

现在，在一家研究所读博士的古川，每每想起小时候的事情，便觉得既怀念又好笑。那时候，自己真的是一门心思相信神的存在，像一个虔诚的小信徒。怀着莫名的敬畏之心，他时刻提醒着自己，不要做坏事，即使没人看见。平时要认真听课，一丝不苟地做作业，考试绝不作弊，连走路的时候都认真地盯着地面，以免踩到了蚂蚁。

那时候，班上有一个口吃的同学，每次下课的时候，大家就喜欢围在他旁边，逗他说话。本来就内向的他，看到这么多人，就更是紧张得憋红了脸，在同学叽叽喳喳的喧嚷声中，一句话都说不出来。

"李军，这段话你会读吗？"一个同学翻开语文课本，指着一个长长的段落说。

"怎么不会读？你忘了吗，上次老师让他读过的。"

"嘻嘻，是吗？我怎么不记得了呢？"

"我……我们家……门前……有……有一株……桑树。"这时，一个胖胖的男生背着手，开始模仿起李军朗诵的样子来。一群人顿时笑得前俯后仰，有人被口水呛到，剧烈地咳嗽起来。

"去，去，去！你们无不无聊啊，"有一次，古川终于看不下去了，"欺负同学，小心我告诉老师。"

古川成绩一直很好，是老师的宠儿。那些调皮的同学听了他说这话，虽然很不满，但也不敢再围着取笑李军了。

"没事，他们会遭报应的。"放学后，古川特地安慰李军。

"什……什么报应？"

"就是神仙会惩罚他们。"古川一副信誓旦旦的样子，"神仙什么都知道！"

李军瞪大了眼睛，一脸惊奇地看着古川："真……真的？"

古川认真地点了点头。

小学毕业转校之后，古川就再也没有见过李军——直到几个月前的那个下午。

3

那天留给古川的印象只有一个字：热。阳光如水一般在光洁的水泥路面上流淌，明晃晃的，直耀人眼睛。狭窄的步行街上，行人犹如在玩某种电脑游戏一般，快速地在零零散散的阴影带里辗转腾挪。街道两旁的小摊上，摆着各式五彩晶莹的塑料饰品，摊主头戴阔檐草帽，低头不语。没有平素那喧哗的人声，仿佛连空气的振动都淹没在汹涌的热流之中。

　　　　　　　　　　　　　　　　　流光之翼

古川的脚步很快，他的目标是街道尽头处的旧书店。些许热风从耳边吹过，脸上刚渗出来的汗水立刻变成了灼热的蒸汽。

一个人影突然出现在他的正前方，他不得不停下了脚步。

"你想沐浴神的圣光吗？"来人突兀地说。

"不好意思，我是无神论者。"古川头也不抬地回答道。又是传教的，他想，到处都能碰到这些人，真没办法。说完话，他往侧面迈开一步，想绕过来人继续前行。可是那人也跟着迈上一步，继续挡在他的面前。他颇有些恼怒地抬起头来，看了看前面的人。

那是一张年轻的面孔，眉宇之间，有种似曾相识的感觉。

"我也是无神论者！"来人的话让古川有些摸不着头脑。

"你不是教徒吗？"

"不是。归根结底，我们这个宇宙中是没有神这种实质性的存在的。如果真要说有，那神就在我们的心里！"

古川皱起眉头，咂吧了一下嘴巴，似乎在品味对方这话里隐藏着的含义。

"不远，就在前面拐弯的地方。"对方指着街尾一座二层小楼，"可以邀请您来参加我们的聚会吗？"

也好，去看看你们到底搞什么鬼，古川想，反正就在书店旁边。

屋子里黑漆漆的，空调的压缩机隆隆作响。房间不大，里面大概有十几个人，都盘腿坐在地上铺着的凉席上。古川找了个空位坐下，擦了擦脸上的汗。

一些彼此熟悉的人聚成一团，小声地交谈着。

没有人主持，但过了几分钟，人们自动安静了下来。他们满脸肃然，屏息凝神，仿佛在等待着什么。

过了片刻，古川猛然发现，旁人都已经闭上了眼睛。

开始了吗？古川茫然四顾，有些不知所措。这个聚会，就只是这样闭目冥想吗？他有些后悔来到这里参加这个无聊的聚会了。不过现在离开，似乎也不太礼貌啊。房间里非常安静，没有人四处走动。犹豫了片刻，他也干脆闭上了眼睛。就当闭目养神吧！

可是渐渐地，思绪开始像青烟般散开。在古川的眼前，仿佛出现了一道无比巨大和深邃的峡谷，自己的身体飘浮在空中，像一片轻薄的羽毛，慢慢下沉。转眼间，四周又变成了幽暗的星空，浩大的星系旋转着，发出荧荧的微光，稀薄的星云从身边擦身而过。一切都是那么宏大，那么井然有序，严谨而富有美感。自己置身其中，就像沙漠里的一粒尘埃，渺小得近乎不存在。

一种惶恐和不安定的感觉涌上了心头。他想起身离开，可是身体仿佛变成了凝固的冰，一动也动不了。

他只能在宏伟的背景中不断下沉，仿若陷入沼泽里的旅人，任由冰冷的泥水淹没自己的身体。

空间淡去了，时间也停滞了。

直到一抹红色的微光透过眼帘，映射在古川的瞳孔上，他才猛地惊醒过来。睁开眼，那张熟悉的面孔，正微笑地面对着他。

"我想起你是谁了，"记忆的碎片终于浮出了意识的表面，"李军！"

4

"一种5-羟色胺的异构体，"李军带着古川在开始变得拥挤的小街上穿行，"可以让人产生敬畏感。"

天色渐暗，竟然已经到了傍晚时分。夜的凉意开始从地下渗出来。人们都从各自的小屋中逃出来，在泛红的暮霭中透一口气。

"原来是这样啊！"古川紧跟着李军的脚步，"是气体吗？"

"气体。天花板的四角有排气的管道。"

"为什么要这么做呢？"

"啊，就这里吧。"李军没有回答，而是突然停了下来，招呼古川进了一家拉面馆，"这家做的拉面很好吃!"

拉面馆没有招牌，店面宽度不到两米，不过进深很长，一列塑胶桌椅贴着泛黄的墙面排着。头上几尺高的地方，吊扇在吱呀声中奋力旋转。店里灯光昏暗，客人寥寥。李军呼喝了几声，点了两碗牛肉面。

"听说你还在读博?"他突然回过头来问古川。点点头，古川也回问他的近况。

"乱七八糟。"他说，"前几年在一家医药公司做推销员，做了几年，实在无聊，后来跳到尚贤高科了。最近刚从那儿辞职。"

"你是说那家做LED的?"

"LED是主业。不过最近在开发一种裸眼3D投影技术，刚把样机做出来，效果还不错。估计以后会往这个方向靠吧。"

古川正想问他为什么辞职，这时候面端上来了。吹了吹氤氲的热气，用筷子捞起几根面尝了尝。有点辣，不过很香。

"神仙什么都知道。"从李军口中，突然冒出这句没头没尾的话来。

"什么?"古川愣了一下，夹着面的筷子停在空中。

"你忘了? 你小时候跟我说过的话啊。"李军笑着说，"那时候，你整天念叨着什么玉皇大帝啊、报应啊什么的。"

古川总算回想起来，也笑了:"那时候真是什么都信啊!"

"你现在还信吗?"

"当然不信啦! 我好歹也是物理系的在读博士啊。"

"嗯，我也知道世界上是没有神仙的。"李军顿了顿，叹了口气，又继续说道，"大家都知道，所以没有人相信报应和神罚。因为没有神，所以他们肆无忌惮，想干什么就干什么，毫无畏惧。对这个世界没有敬畏，也就不会对自己的行为进行自省。"

察觉到语调中的口气渐趋激昂，古川抬起头来，有些诧异地看着李军。这时候，他又想起了下午的集会："那个集会……"

"那就是我们改变世界的一个契机！"

在那天傍晚的拉面馆里，古川第一次从李军的口中听到"天音会"的名字。那听上去像一个宗教组织的名字，而他们做的事也确实与一般的传教活动很接近。组织的宗旨是唤起人们心中对神灵的敬畏感，虽然他们并不相信真的有神存在。

"如果人人都相信神的存在，心怀敬畏，这个世界会干净很多。"

"可是……"古川犹豫着说，"说到底，这世上还是没有神啊。怎么让人相信呢？"

"没关系。"李军微笑着说，"不信神，我们就把神造出来给他们看！"

5

天音会找到古川并非偶然。

古川的研究领域是声音的超指向性传播。与一般的人耳可分辨的低频音波不同，超声波可以维持很长距离的定向传播，而不容易发散。把两列频率有微小差别的超声波同时发射到空气中，两者相干形成的包络线，便形成了一列类似低频音波的介质，可以加载人耳可听的音频信号。利用超声波的定向传播特性，可以把扬声器发出的声音约束在一个极小的发散角中，也让声音可以传播得更远。其效果类似于武侠小说里的"传音入密"。

"我们需要你！"李军对古川说。

这种超指向性扬声装置，并没有大规模商业化。美国有对外出售的样机，但是非常昂贵。所以，当古川看到李军揭开笼罩在一台一米高的方形物上的那层蓝纱布后，不由得露出了惊讶的表情。

"你们还真买到了啊！"古川一边抚摸着漆黑而光滑的扬声器阵

列，一边啧啧赞叹。

"当然！我们的会员里，有钱人也不少。"李军嘴角翘起，露出得意的神色，"会用吗？"

"简单！"古川招呼几个人把电源插上，一边尝试着调频，一边问道，"你们要输入什么音频？"

"就几句话，很简单。第一句是……"李军背着手，斟酌了片刻，然后清了清喉咙，猛地发出一声低沉的怒喝："罪人！还不醒悟！"

古川进入天音会后做出的第一桩"神迹"，对象是本市的发改委主任。他们在距离政府大楼一公里的小山坡上小心地架设好装置，又花了一个小时来调节发射功率和角度。之前已经在其他地方试验过几次，所以动起手来也算是驾轻就熟。放在地上的，除了超指向性扬声器外，还有一台激光3D投影仪——估计是李军利用前公司同事的关系搞到的。

"怎么样了？"

"还没来。"一个举着望远镜的男子回答道。

"他一般几点到办公室？"

"不一定，有时两点，有时三点。"

古川看了看表，已经下午两点了。山上绿荫葱茏，虽然阳光灼热，倒也不是特别热。估摸着还得等会儿，他打算找块干净的石头坐一下。可马上就有人喊道："来了来了！"

凑到望远镜前看了一眼，一个前额微秃的中年男子走进了七楼的办公室。他拿起桌上的遥控器，对着空调按了一下，然后走到窗边，似乎准备拉起窗帘。

"别关窗帘——别关——"李军发出呻吟般的低吼声。

那男人犹豫了一下，到底还是没有关窗帘。他坐回了座位上，拿起一份文件看了起来。几分钟后，他闭上眼睛，似乎打起了盹。

"就是现在！"李军大手一挥，投影仪打开，一道激光准确地射进了千米外的那间办公室。天音会的人配合默契，整个过程没有人发出声音。他们表情严肃而冷静，像是在完成一件伟大而崇高的事情。

古川适时地操纵定向传声装置，发射出几段事先录好的音频。

过程很顺利。在用激光灼烧了放在桌子上的盆栽，让其枯萎了以后，那男子终于崩溃了。他两眼无神地瘫软在地上，像一具断了线的木偶。

在这一瞬间，一种莫名的激动从心底涌起，带着惩恶扬善的正义感和造福世界的责任感——仿佛自己变成了神。可是，在这汹涌的浪潮中，却总有一丝不安隐隐潜藏着，有如附骨之疽，无论如何也挥之不去。

6

神迹的制造需要长时间的铺垫。

首先要诱导当事人进入特定的梦境。很多化学药剂可以使人产生种种幻觉，通过控制药剂的成分和用量，可以大致实现幻境的模糊操纵。在人熟睡的时候，由于没有自主意识的干扰，这种操纵可以变得更为精确。干这事的情形，就像在武侠剧里经常看到的那样：找到当事人的住所，从窗户的缝隙里吹入已经调配好的特定雾剂。

"总感觉有点缺德。"古川说。

"为了理想！"李军回应道，"有些手段也是不得已而为之。"

当一个人因为持续出现的梦境而变得疑神疑鬼的时候，便可以开始在其身边制造一些小的神迹，比如偶尔用超指向性扬声器对其说几句告诫的话。刚开始他会觉得是不是听错了，但持续出现的声音会打消他的这种幻想。他一遍遍问身边的人，你有没有听到什么声音？当然没有！良好的定向性，使得这些声音只有他一个人可以听见。

到这一步的时候，很多人就已经崩溃了。他们开始相信神灵的存在，而且对自己的行为进行自省。但也有一些还在顽抗的，那就需要适时地给予他最后一击。用激光投影出 3D 的影像，配合声音和药剂，制造一个活生生的"神灵现身"的场景出来。

不是没有人怀疑，有一些聪明的家伙会一眼看穿这种伎俩，然后四处张望，看是谁在捣鬼。遇到这种人也没办法，马上转移目标就是。不过从天音会的经验来看，这种坚定的无神论者其实非常罕见。

人类总是太过相信自己的眼睛。

古川自己也曾设想过，如果自己在不知情的情况下，遭遇这样的神迹，会不会相信。答案是不会，但是有可能会有狐疑。但他相信，小光——与自己同一个办公室的师兄，肯定会非常兴奋，甚至会跑上去抓住现身的神灵，然后测量一下神祇的质量和运动状态，看其是不是符合牛顿三定律。

小光绝不是通常意义上的好学生，在导师看来，倒是有些让人头疼。他对导师给的课题常常提不起什么兴趣，做的时候也是马马虎虎，随便弄一弄就是了。大部分的时间，他沉溺在各种古怪的实验上。他让老鼠吞进一块常温超导体，然后看它在磁场里悬空翻滚；亲手制作了各种永动机的模型，然后看哪一种能够转动得更久一些；诸如此类。最近不知道搭错了哪根筋，他对物理学发展早期的那些奠基性的实验开始产生了兴趣。

"你相信吗，诺莱特那个曾经让七百多人同时跳起来的实验？"他问古川。

"什么实验？"

"莱顿瓶的实验啊。18 世纪晚期，诺莱特让七百名修道士手拉手排成一圈，然后让排头的人用手握住莱顿瓶，排尾的人用手握住瓶子的引线，结果电流从修士们身上经过，据说让所有人都一瞬间跳了起来呢！"

"哦，那又怎么样？"

"不是很有趣吗？不过，我有点怀疑：那时候的莱顿瓶就可以存储那么大的电量了吗？或许记载中有夸大的成分。唉，要是有机会亲自实验一下就好了。"

"要实验的话找别人，我可不想莫名其妙地被电一下。"

"嘿嘿，那个……到时候再说。"小光眯着眼笑了笑，"不过，另外一个实验我倒是可以一个人做做看。也是相当有趣的——你猜是哪个？"

古川低着头看文献，没有回答。

"富兰克林的风筝实验啊！我打算做一次，测测一次闪电的电量有多少。"

"挺危险的吧。"古川终于抬起头来，不过看了一眼小光那激动的神情后，马上便放弃了劝说的念头，"小心被雷劈了。"

小光没有回应。他呆呆地望着半空中某个虚无的点，一动不动，不知道在想什么。

7

与天音会的决裂来得很突然。就在古川帮助他们一次又一次制造出所谓"神迹"的时候，一个顽固的对手造成了他和李军的分歧。

这事和前阵子那个主任的案子有关。那王主任在神迹面前崩溃后，很快就向纪检部门自首了，承认了一系列贪污和违规招标等问题，其供词中涉及了省里的陈厅长。这事一度闹得沸沸扬扬，上了各种媒体的头条。可是几个月过去了，虽然王主任已经被宣判，可是陈厅长却仍然稳如泰山。

更让古川和李军吃惊的是，这位陈厅长竟然是自己儿时的同学。

"记得吗？胖胖的，经常捉小虫子吓女生的那个。"李军提醒古川。

"哦，我想起来了。"古川努力从脑海中泛起的些微片段中寻找着目标。他突然记起来，那个小胖子也常常因为李军的口吃而取笑他。

随后，天音会发动了对这位老同学的"战争"。除恶务尽，李军说。可是没想到的是，即使天音会用尽了手段，这位陈厅长却仍然无动于衷。

"放弃吧，"古川劝道，"再进行下去就适得其反了。他好像已经觉察到有人在搞鬼了。"

李军坚决不同意，他不断强调王主任的供词，认为这位老同学一定有问题："就这么放过这只硕鼠？天理何在！"

"可是他不悔悟，我们也没有任何办法啊。我们不是检察院，也不是法院，没办法把他双规，也无法惩罚他。"

"不，他必须受到惩罚！"李军像是下定了决心似的，"他能逃过国法，可是绝逃不过天罚！"

古川愣了一下："你想怎样？"

"替天行道！"

李军的意见让古川吓了一跳：他想在陈厅长开车上班经过长江三桥的时候，把桥炸毁。"既然是通过建桥来敛取的财物，那就让他和桥一起毁灭！"

"你这是谋杀！"古川完全无法想象这种事情，"你有什么权力这么做？你这样做，和他们那些人又有什么区别呢？"

他下意识地想问李军，你就不怕遭报应吗？牵动了一下嘴唇，却终究没有问出这句话。

古川看着李军，像是看着一个陌生人。他现在才猛然发现，其实自己从来就没有真正了解过对方。在童年阴影的笼罩下，他经历了怎样的成长？在一次又一次制造神迹的过程中，他的心理发生了什么变化？会不会开始渐渐扭曲，认为自己成为了无所不能的神了呢？这种扭曲的想法或许像一只黑暗的巨兽一样潜伏在心底，吸食着所谓的正义感和满足感，悄然长大——总有一天会把宿主也给吞噬掉吧。

李军的眼眶里泛出红色。他已经走火入魔，古川突然醒悟到，也许，自己也应该早日抽身了。

8

乌云沉沉地压在山头上，像一顶黑色的阔檐帽。

古川仔细检查着从发电机上引出的线路：那是一条有手臂粗细的胶皮电线，从发电机的输出端一直延伸到几米外的大桥上。眼前便是长江三桥。这是一座铁架桥，金属质感的桥身呈一个长条形的框架，横跨在宽阔的河面上。在古川的眼里，这就是一个直筒状的导线。

他仔细地计算过了：发电机的功率足够大，一旦发动，可以在桥身上形成一道强大的电流。自由电子汹涌地在桥身的铁框里奔涌，在整座桥中便会形成轴向对称的强磁场——这正是他需要的。

陈厅长的座驾是一辆电动车。随着高温超导材料的普及，为了减少电能损耗，现今的电动车，其内部大量使用的线路和元件是用超导材料制成。超导体一旦进入对称的强磁场区域，将出现所谓"量子锁定"的现象：它将像被绑在了磁场中一样，只能沿对称轴方向运动，而无法做径向的运动。

天音会的计划是，在陈厅长驾车经过桥面时，用巧妙放置的小型炸弹，使车辆前方的桥面坍塌。换言之，不需要炸毁整座桥，只要让路面上出现一个大洞就可以了。小车将来不及刹车，直接从洞中坠落下去。

但是，一旦桥内变成强磁场区域，则另当别论。量子锁定效应，将像一道无形的垫子，托住汽车，使其无法下坠。

这便是古川计划的收官之作：制造一个前所未有的神迹——在天音会的人面前。

隐隐地，天上响起了闷雷的声音。丝丝小雨开始从天上滴落。古川看了看表，时间差不多了。他向长长的引桥上望去：在昏暗的天光中，那里渐渐显现出了一辆红色小车的轮廓。

来了，他有些紧张地握紧了拳头。

小车无声地前行，越来越近，猛地从古川的身前闪过，窜上了大桥。古川向着大桥另外一侧的山林中望去。他知道，在树丛掩映中，有人和他一样，正在紧张地等待着。

车行飞快，一眨眼的工夫，小车已经行驶到了大桥中部。就在这时，一声闷响，伴随着地面隐隐的震动，在大桥的桥面上，猛地出现了一个大洞。裂开的石块溅落在下方的激流中，瞬间便被吞噬不见。

古川立刻接通了发电机输出端口上的电线。

车里的人发现了前方的情况，开始刹车。可惜，太晚了，车身仍然不可遏止地向着大洞冲去。

河水在大桥下急促地流动，击打在桥墩上，带起层层浪花和无数泡沫。

没事的，老同学，车掉不下去的，古川默念着。他看了看隆隆作响的发电机，又抬起头望向了前方。

就在此刻，一阵急促的颤动从发电机上传来，然后突兀地，它停止了运转。这个钢铁铸成的大家伙瞬间变得静悄悄的，像一具冷

神　迹　　　　　　　　　　　　　　　　　　　　　　247

冰冰的野兽尸体。

古川一时间还没有意识到发生了什么，等反应过来时，他觉得仿佛有一股寒意从脚底升起，瞬间传遍了全身。在紧要关头，这铁家伙竟然出问题了！

糟了，桥架上没有电了！

他猛地抬起头，望向桥面。在黑沉沉的视野中，一抹暗红色正无声无息地冲向危险的中心。

为什么会这样？他眯缝着眼睛，几乎不忍再看下去了。

这时，一道亮光闪过，天地突然间变得明亮无比。在这瞬间的光明之中，古川看到了一幕令他无比震惊的画面：红色的小车悬浮在空中，径直向着前方飘去。

一秒钟后，车身通过了坍塌的大洞，在另一侧的地面上磕磕碰碰地停了下来。一个人影从车上下来，围着车子转了转，很快又上了车，迅速地离开了。

这是……真正的神迹吗？古川瞪大了双眼，望着前方，心中掀起了阵阵惊涛骇浪。一声巨雷突兀地响起，犹如神的呵斥！那威严的声音在山野间久久回荡。

9

小光费了好大的劲才让这架造型古怪的风筝飞上了半空。风势凌乱，一不小心，风筝就猛地向地面栽下去。等到风筝稳定在合适的高度上时，小光已经满头是汗了。

18世纪，曾经有物理学家试图重复富兰克林的风筝实验，但却不幸被雷击身亡。小光仔细地思考过了，如果手持风筝的线，让雷电通过线直接传导到自己身上，那将非常危险。他怀疑富兰克林并没有这么做，否则那家伙早就被电得外焦里嫩了。他的替代方案是，用细铁丝作为风筝线，铁丝末端则固定在放置于地面的一个莱顿瓶里。

这样就万无一失了。他望着在天空飞舞的风筝，咧开嘴傻笑起来。

天空乌云密布，不时有闪光亮起。

风筝的前端尖锐而细长，看上去，像一只在暗夜中飞行的夜鹭。

不多时，开始有淅淅沥沥的小雨滴落。风筝吃了雨，变沉了，隐隐有下坠的势头。小光赶紧牵动着线头，眼睛盯着天空，手上一松一放，竭力把这只大鸟稳住。

等风筝稍微平稳一些，他就赶紧松开了握线的手。手上沾了些黄色的铁锈，他拍了拍手，又望向了天空。

风更大了，铁线绷得直直的。

雷电开始频密起来。风筝的影子在疾风中穿梭，忽明忽暗，可是却一直没有闪电击中它。

是不是高度不够？小光想，早知道就多买一卷铁丝了。他望着天上的风筝，希望它飞得再高一点。在这种期望中，小光似乎隐隐觉得，那风筝真的飞得更高了。

过了片刻，他终于意识到不对劲了。那风筝确实越飞越高，也越飘越远了。他低头一看，断开了的铁丝塌塌地蜷曲在草地上，像断掉的琴弦。

靠！他忍不住骂了一句。这铁丝什么质量啊？一点风就把它吹断了！他检查了一下断口处，那里有一道明显的金属刮痕，像是曾经被人用什么东西剐蹭过。

风筝在细雨中向着江边飘去。他冲着风筝飞行的方向跑了几步，便颓然地停下了脚步。一切都考虑到了，可实验却在莫名其妙的地方出了问题，让小光有些沮丧。

那大鸟状的黑影越飞越远，还不时在风中打着旋。突然，它下方的铁丝好像被什么东西挂住了，绷紧的铁丝又让风筝停了下来。

嗯？怎么回事？

估计是挂在桥上了吧，小光想。风筝的下方正好有一道铁架桥，他连忙向着那个方向跑过去。

就在这时，天地间猛地亮了起来。他下意识地抬起头，正好看见一道巨大的闪电击中了风筝。电流发出白光，沿着铁丝下窜，然后没入了下方铁桥的支架中。

哈哈，风筝果然可以吸引闪电啊，小光想。这样看来，实验倒算是成功了一半。他一边向着河边跑去，一边暗自琢磨着：下次要买条结实一点的铁丝了。

10

"是你干的，对不对？"李军一见到古川，就靠过来，低声地说道。

古川神色复杂地摇了摇头。

大厅里，人们三三两两地围拢着，或高谈阔论，或低声嬉笑，或仰头猛灌啤酒，引起一阵起哄之声。大多数的同学会，不外如是。古川本来是不想来参加这种无聊的聚会活动的。看着一帮十年前的连名字都叫不出的同学，还得赔着笑一一招呼，没有比这更尴尬的事了。

"来吧，我有点事想问你。"李军在短信里这么说。

"我不信。"李军用怀疑的神色看着古川。

古川长叹了一口气，把事情的经过说了一遍。"我猜，是因为闪电。就在车子经过洞口上方的那一瞬间，闪电击中了大桥！"这是他想了很久，得到的唯一解释。

李军努力抽动着脸部的肌肉，想挤出一丝微笑，可那表情却像是在哭。他呼哧着出了两口粗气，说："那看来……还真是天意了！"

"我这段时间一直在想，神真的不存在吗？"古川左右看了看，压低了声音，"为什么在那个微妙的时间点，会有闪电击中大桥？这一切的背后，难道真的没有一只隐藏的手在操纵，而仅仅是一个巧合吗？"他顿了顿，似乎在组织合适的语言来表达心中的想法，"也许，神并非像世俗的观点那样，是某种有形的、实质性的存在。它也许隐藏在我们这个宇宙的更深层——在狄拉克方程的背后，或在广义相对论的影子里。它既藏身于电子的概率云中，又能在双星系统辐射出的引力波里露出惊鸿一瞥。"

"我不管神在哪里，"李军喘着粗气说，"他……他为什么要救这种混蛋一命呢？神到底是善，还是恶？"

"人类一思考，上帝便发笑。"古川无奈地说，"也许，以人类的道德和行为规范来看待神的作为，本身就是可笑的。"

"嗨，你们俩在嘀咕什么呢？"一个清脆的女声突然响起。抬眼看去，一个身穿碎花连衣裙的女人站在了旁边。

"哦，没什么，在聊一个老同学的事呢。"古川搭着腔，同时努力回想着这女人的名字。王静？不对，王静是个大胖妹。肖丽？嗯，应该是什么丽！

"哪个老同学啊？"

"说陈晓波呢！对……就是现在当厅长那个。今天他怎么没来啊？"

"你们还不知道吗？"叫什么丽的女人有些夸张地喊道，"那家伙前阵子住院了啊！新闻里都播了，说是在开车的时候，被陨石砸中了——估计一条胳膊是保不住了。"

"什么?!"李军突然蹦了起来，讶然问道，"陨石？"

"对啊，你说这事巧不巧？"女人面带微笑，"说起来，上学的时候我最讨厌的就是他了，老是捉些小虫子放到我文具盒里吓唬我。

有一次，打开文具盒看到一只蚱蜢，把我吓得直接跑回了家，一天没敢来上课呢。一直到现在，我一看见蚱蜢，手还会不自觉地发抖。前几天射击训练的时候，一只蚱蜢吓得我直接打脱靶了。"

"射击训练？"李军疑惑地问，"你是干什么工作的？"

"我是武警一枝花啊，"女人大声笑了起来，"连我都不认识了？"

啊，想起来了，叫周丽。古川的脑海里猛地出现了一个柔弱女孩的形象，那个每次都被陈晓波欺负得哇哇直哭的小女生，想不到，现在竟然做了武警！

他突然觉得想笑。

世事难料。谁能想得到，时间可以如此巨大地改变一个人。谁又能想到，陈厅长会被天上掉下的陨石砸中呢？

人有旦夕祸福，天有不测风云。唉，天意，或许真的不容易揣摩吧！

未公开档案

File 1

陈晓波走进五金店，拿起一柄小钢锯。钢锯的前端尖锐而锋利，他用手掂量了一下，点了点头。

儿子的手工课作业需用到一些小木块，他要给儿子准备好材料。他不想拿这些小事麻烦下属，何况，也不麻烦。

店门外闹嚷嚷的，好像有人在打架。他皱了皱眉，正准备出去看看，突然看到在人潮的拥挤下，一位拄着拐杖的老人脚一歪，眼看就要摔倒。他来不及多想，急忙一步冲上去，扶住了老人。

"您没事吧？"

"没事没事，谢谢你啊，小伙子。"

他目送老人离去，突然觉得掌心隐隐生疼。低头一看，有红色的血珠冒了出来。自己冲得太急，撞到了门口的摊子，手上的钢锯压在一圈细铁丝上，刃口翻回来，割破了皮肤。

他叹了口气，捂住右手，走向了收银台。

摊子上，一根细铁丝上，留下了一个并不显眼的小豁口。

File 2

一只蚱蜢突然蹿出来，周丽的手不自觉地一抖，子弹已经打了出去。

该死，她骂了一句，跑到靶前一看，果然脱了靶。

……

子弹冲出靶场，在半空中继续飞行。一只麻雀突然被击中，它扑腾了两下翅膀，便直直地向着地面坠去。

……

李教授和几个研究生正在楼顶调试着激光器。

他们正进行一项很有趣的实验。通过向天空发射激光脉冲，影响云层中的水凝结过程，从而试图控制天气的变化。一个研究生正在调整激光发射的方向和强度。

突然，他发出一声尖叫，双手挥舞着后退了几步。

"怎么回事？"教授问道。

"咳，吓了我一跳。"研究生有些不好意思地说，"天上突然掉下一只死鸟……啊，不好，开关打开了……"

激光器发射开关被他无意中拨开了，脉冲强度的指针正指向最大的位置。

他连忙上前去关上了开关。

……

文昌卫星控制中心里，此刻安静异常。几十双眼睛正盯着屏幕，看着从近地空间传来的视频信号。

一个直径五百米的小行星正从远处飞驰而来。

在近地轨道上，几十颗人造卫星已经做好了准备。一旦小行星进入目标区域，所有的卫星将向这块大石头射出高强度的激光束，使其分裂成众多小块碎片。模拟运算的结果是，这些小块的碎片将全部在大气层中分解，不会对地面造成任何影响。

近了，更近了。激光炮早已储能完毕。

发射！

瞬间，在小行星上爆发出一道强烈的光芒，无数裂解的碎片散落开来。

没有人注意到，就在片刻之前，一道从地面射来的激光脉冲击毁了一个卫星的磁力矩器。姿态控制系统的故障，导致卫星猛地发生了一阵倾斜。激光炮发出的激光打在了一个意料之外的地方。

小行星的碎片呼啸着向大气层掉落。在这其中，隐隐显露出了一个本来不应该出现的大块头。

消失的旅客

1

经过漫长的旅途，蒲牢号已经从时空裂缝中脱离出来，进入了北京西站。它抖动着赤红色的肉翼，双爪牢牢抓紧了十八号站台的锚杆。在其皱褶遍布的腹部之下，慢慢滑出了一个椭圆形的半透明舱体，浓稠而黏滞的黄色缓冲液还残留在舱壳上，发出宛如消毒水般的刺鼻气味。涂抹着荧光材料的舱体内壁时而收缩着，伴随着几句乘客的抱怨之声。

这只刚从一百八十二年后跃迁回来的兀龙一动不动地站立在锚杆上，静静地等待着什么。人类驯服兀龙这种可以天然地进行时空穿梭的生物已有近千年了，它们对于人类的各种指令和进站的流程都已经非常熟悉。密封的站台里，有低沉的嗡嗡声一直在回响。声音来自老旧的引力波补偿调节系统。显然，里面的超导线圈需要更换一个更安静的制冷机了。

引力波释放的时候，易鸣没有任何感觉。因为宇宙膨胀的关系，进行时间旅行时，必须要释放或吸收某些特定频率的引力波，来让自己适应目的地的时空环境。据说某些人对这个过程会产生不适感，但易鸣从来没有这样的困扰。几分钟后，舱门打开，易鸣立刻从里

255

面钻了出来，长长地吸了一口这一百八十二年前的空气。

这是与他的祖母同时代的空气。每隔几年的春节，他都会回到这个时代来看望她。祖母是三年后去世的，在这个时间段，她还可以稍微动一动，说几句话。

他一出站台就看到了自己的父母，他们正在一个红彤彤的中国结下面等他。父母看上去很年轻，肯定不是从他所在的时区回来的。他上去打了声招呼，父母用略微有些讶异的目光看了看他，没有多问什么。车站里人很多，熙熙攘攘的，有一些人聚拢成一团，手里拿着笨重的摄影机和长长的收音器，看上去是哪个电视台的记者。几个人简单寒暄了几句，便向着外面走去，径直进了车站门口的一间茶馆。在二楼的雅间，一推开门，就听见里面传来儿童嬉闹的声音。几个穿得花花绿绿的小孩在桌子旁闹腾着，旁边一对中年夫妇正在竭力约束他们。主位上是一辆轮椅，一位慈祥的老人坐在里面。

"祖母，我们来看你了！"他把嘴巴凑到祖母的耳旁，大声说道。

"好……好……"祖母颤颤巍巍地回应道，脸上露出笑意，拉着易鸣坐在自己身边。易鸣认识那俩小孩，他们每年春节都过来。和自己不同，俩小孩是从过去跃迁而来的。他们是祖母的两个哥哥，在八岁的时候因为一场车祸死了，祖母对他们一直念念不忘，每次都特意交代要带他们过来。易鸣和父母对这俩小孩都没什么感情，此刻都用略显无奈的表情看着他们在房间内外窜来窜去。固然，在某些时间线上，那场车祸并未发生，但长大后的两兄弟对于祖母来说，反而不如这两个小孩更为亲切。所以，每次都是接这两个小孩过来团聚。那对中年夫妇他不认识，这并不奇怪，每次都有自己不认识的人来参加这场春节聚会。在漫长的时空长河中，这些或亲近或疏远的亲戚，实在是太多了。

倒是那对中年夫妇主动过来和易鸣打起了招呼。"爷爷，"那男的叫道，"我是易宏啊，你认识我吗？"

易鸣有些尴尬地摇了摇头，仔细地看了看那中年男子。从样貌上看，确实有自己的影子。

"这是我媳妇。"男人介绍道。随后那中年妇女也上来向他问了声好。

"我现在还没结婚呢。"易鸣说道。他看到了易宏头上的几根白发，心里大致估计了一下自己这个孙子的年龄。

这时候，房间的门再次打开了，进来了五六个人。这是易鸣的大姑妈一家。这家人的气氛略微有些古怪，彼此的神色都有些难看。大姑妈向祖母问候了一声，然后便在易鸣的爸爸旁边坐了下来，一脸不高兴的样子。

"怎么回事，这是？"易鸣拉着一个染着紫色头发的小青年，轻声地问道。这人叫罗林，是他的表哥，也就是大姑妈的儿子。

"还不是因为她！"罗林冲着大姑妈的方向努了努嘴。

"你妈怎么了？"

"她不是我妈。"

"她怎么不是你妈？"

"她要嫁给高远了。"

"什么？"易鸣讶然道，"那你爸罗强呢？"

"我爸和高远都向他求婚了，结果她答应高远了。"说到这里，罗林又激动了起来，"真是搞不懂这个疯女人的眼光，那高远有哪点比得上我爸！你说，你说说看，她还是不是我妈？"

"算了算了。"易鸣劝道，"随她去吧，反正也不影响你那条时间线嘛！"

"反正我就是看不惯她这个样子。该死！有时候我真是讨厌在不同时间线上跳来跳去，平白惹人生气。"

安静了片刻之后，房间里又陆陆续续来了十来个人。除了少数几个易鸣叫不出名字，大部分是熟悉的面孔。他心里稍感欣慰，至少到目前为止时间线还算稳定。人基本来齐了，除了那俩小孩，都是祖母的后辈。略显拥挤的房间里坐了满满的两大桌。

"老爷子什么时候来？"有人问道。

"应该快了，老爷子六点钟的车。这次终于可以让一家人真正团聚了。"

老爷子，指的是易鸣的祖父。祖父和祖母两人都属于保守派，从来不进行时间旅行，就像很多人从来不坐飞机一样。不管在哪个时代，都有一小部分这样的人存在。他们固执地在单一的时间线上坚守着，从不离开。

祖父十年前就已经去世了。这十年，每年都有人想把祖父从过去带来，和祖母一起过春节，但是因为祖父不肯进行跃迁，一直没有成行。没想到今年祖父竟然出乎意料地答应了，所有人都很高兴。祖母虽然在嘴上责怪了几句，但看得出来其实心里还是很高兴的，脸上一直带着笑意。

2

"对了爷爷，之前你让我问的东西，我已经问过了。"易宏突然又钻到了易鸣身边，一脸认真地说道。

"我让你问什么了？"易鸣有些疑惑。

"哦，对了，你现在还不知道这事！"易宏一拍脑门，"瞧我这记性，弄混了。我想想……应该是一年后的事。"

"一年后？我找你问啥了？"

"也是在春节聚会上，你问我，到我的那个时代，阿尔茨海默症能不能够治愈。我说我也不太清楚，等我回去问问。"

易鸣一下子就明白了。祖母得的就是这个病，自己大概是想找个时间段带她去把病治好。虽然祖母坚持不进行跃迁，但能不能瞒着她，偷偷地带出去呢？一年后的他大概考虑着这种可能性。

"那问的结果呢？"

　　　　　　　　　　　　　　　　　　　　　　　流光之翼

易宏摇了摇头："不行。不仅在我那个时代，就算是再过几百年，仍然是不治之症。"

"怎么会这样呢？"易鸣很是不解，"这病有那么难治？"

"倒是和病本身没什么关系。"易宏斟酌了一番，"根本原因其实是时代的扁平化。"

易鸣一愣："什么扁平化？"

后者早已料到他的反应，不紧不慢地解释道："时代的扁平化，通俗来说，就是哪个时代看起来都差不多。随着跃迁的流行，不同时代的科技和文化开始彼此交融，同质化也越来越严重。如果你现在去几百年前或者几百年后看看，你会发现那些人玩的游戏、看的电影，几乎和我们一模一样。因为跃迁的存在，所有的时代——未来或过去，其实都变成了同一个时代。在时间的坐标上，我们实际上已经失去了箭头和方向。你知道这意味着什么吗？"

易鸣摇了摇头。

"这意味着时间停滞了。同时，人类的科技和文化也停止了演化。未来所能拥有的技术，由于逆时间的技术转移，现在自然也便轻易地拥有了。而若是现在没有的，未来也就不会再有了。"

易鸣低着头想了想，反驳道："可是依我的经验，我小时候的手机可没有现在这么先进，这难道不是科技进步的体现吗？"

"当然不是，那只是科技在不同时间传播的弛豫过程。随着时间的推移，来自不同时空的交融越发密切，不同时代的异质特征会不断被抹平。就像那连通器的两端，在水流涌动的过程中当然会出现波涛和暗流，但终究是会变成等高而平静的水面。"

沉默了片刻之后，易鸣叹了口气。

"麻烦你了。"他看着眼前的"孙子"，突然问道："你是做什么工作的？"

"我？"易宏苦笑了一声，"小时候，我一直想做科学家。可惜，最后只做了一个电工。"

3

"老爷子怎么还没到?"有人突然想起来似的,大声喊道。易鸣低头看了看时间,已经六点半了,按理说早该到了。

"不会出什么事吧……谁负责在车站接人来着?"

"是小宇。"罗林回答道,"她争着说要去接姥爷,我就让她在那边守着了。啊……等一下,她来电话了!"说着,他接起了电话,听了几句,脸色大变。

"出事了!"一挂断电话,他就着急地说道,"车子不见了!"

一大家子人都开始慌张地往车站里面赶,易鸣跟在祖母的电动轮椅旁边,偶尔帮着按几个控制按钮。一边赶路,人们一边向罗林打听具体的情况。

事情很奇怪。本来应该六点抵达七十二号站台的兀龙,却迟迟没有出现。站台的引力波补偿系统倒是按时启动了,但是等打开站台的大门,工作人员却发现里面空无一人。

当易鸣等人赶到事发站台的时候,这里已经拉上了警戒线。十几个警察守在外围,一些技术人员正在紧张地忙碌着,似乎是在检查和记录着某些数据。数量众多的媒体人士已经聚集在现场,正在找合适的位置拍照。易鸣看到了几个熟悉的身影,突然想起来他们是自己刚出站时就看到的那几个电视台记者。那时候事故还没有发生,他们就已经赶到了现场。易鸣突然醒悟过来:他们早就知道会发生这件事!

看到易鸣等人的到来,立刻有人来询问他们的身份。随后,一位自称副站长的男子过来安慰了众人几句,说了些要尽力查清事情原委的套话,然后让大家去安排好的酒店休息。没人肯走,大家僵持了一阵,有人对着副站长耳语了几句,他也就不再坚持,允许大家留在这里,但是不准干扰正在进行调查的技术人员。

　　　　　　　　　　　　　　　　流光之翼

易鸣也跟众人一起，陪在祖母身边，焦急地望向站台里面。祖父所在的兀龙到底出了什么问题呢？据工作人员介绍，兀龙在之前时间段的站台正常启动，已经从那个时间线中消失，可是并未出现在此地。难道是出了故障，去到别的时间线了吗？政府部门和交管局一再强调，跃迁是绝对安全的，可是现在这种不明不白的情况又算什么？

"爷爷，我想起来了！"易宏突然挤到了易鸣身边，"我们的历史课本上写过这个事故。出于隐私保护的原因，课本上并没有写事故涉及的具体人物。但是从目前的情况来看，那毫无疑问就是这件事。"

易鸣有些不敢相信地看着对方："那书上有没有写事故的原因和最后的结果？"

"都没有。事实上对于这起事故，课本上只是简单地写了几句，重点是它的后续发展和因此而带来的社会影响。不知道你注意到没有，在社会上，很多人对时间旅行颇有微词：说它扰乱了单一的时间线，让亲人反目，甚至造成孙子杀害祖父之类的伦常惨剧啦；也有说它阻碍了科技的发展，杀死了人类的希望和未来之类的。在这次事故发生后，更是有数量众多的人开始质疑起它的安全性来。以此为契机，反对时间旅行的运动开始蓬勃发展起来，到后期逐渐演化为反对一切现代科技，主张回归自然。这是一场蔓延了几个世纪的社会浪潮，今天的事故，可以看作是它的导火索。"

易鸣静静地听着，不知该说些什么。对于社会运动什么的，他并不感兴趣，目前他更关心的是这次事故的原因和结果。他注意到有几个工作人员围在一起正讨论着什么，便不动声色地靠了过去。

"检测到了残留的引力波辐射，证明兀龙确实到达了站台。"

"引力波补偿系统也启动了。"

"补偿频率是多少？"

"我看看。"一个工作人员拿起手中的平板，触碰了几下，调出了具体的数据。

"这频率也没问题啊……嗯？等等，这个峰是什么?!"其中一个人点开了时域图上的一个尖峰，诧异地问道。其他人也纷纷围拢过去，盯着这个可疑的峰值，皱着眉头。

这时候罗林也来到了这边。他碰了碰易鸣的手，沉声道："刚才姥姥说了句奇怪的话。"

"说什么？"

"她说，阿庞在灯里。"

"阿庞在灯里?"

"嗯，她就是这么说的，说了好几遍，不知道是什么意思。"

阿庞自然是指祖父，可是他怎么会在灯里呢？易鸣不解地重复了一遍这句话，慢慢走回到祖母身边。祖母正仰起头，一动不动地看着站台上方的顶灯。他也顺着祖母的视线，抬头望去。灯光灼亮，有些晃眼睛。

"快看哪，小鸣，"祖母突然拉着易鸣说道，"你爷爷在给我们发信号呢！刚才是两长一短，对不对？"

这时候，易鸣也发现灯光的问题了。虽然不是很明显，但只要一直盯着光管，仔细看，就会发现光的亮度确实偶尔会变暗一段时间。变化的模式很有规律，确实像有人在发信号。

"是莫尔斯电码，"易宏突然说道。他不知何时也抬头看起了灯光，嘴里还喃喃念叨着："P-A-N-G，连起来正好是个'庞'字！"

4

"原因弄清楚了。"在技术小组讨论结束以后，一位代表出来开始向家属解释事情的原委。

"整个事故是一个巧合，或者说，是一次天灾。根据仪器记录的数据，在今晚6点整，兀龙准时进入了这个站台，接着，引力波补偿系统启动，准备对其发射一束引力波激子。但是与此同时，来自仙女座方向的一段高频引力波刚好扫过地球，并且对我们的激子产生了干扰。两者共同作用，形成了一个引力波的孤子，并且刚好被兀龙所吸收。你们看，就是这个！"

他用手指着图板上的一个尖峰，停顿了片刻。

"那会怎样，人没事吧？"

"放心，兀龙带着所有的乘客，现在仍然停留在我们这个时区，很可能就在我们这个站台里的某个位置。"

人群一阵哗然。

"在哪儿啊？"

解说人有些尴尬："我们暂时看不见他们，因为……他们变小了。"

"变小了？"

"是的。根据对孤子数据的计算，我们估计乘客们现在的空间尺寸应该在几个纳米左右——和原子的尺寸相当。他们现在有可能就飘浮在我们眼前的空气里，或者，在地上的泥土和尘埃里。"

所有人都下意识地缩了缩脚，看了下地面。

"放心，具体的位置我们会找出来的，只是需要花费一些时间。各位现在可以先回酒店……"

"我知道他们在哪儿。"易宏突然插嘴说道。

现场的目光顿时转向了他。

"给我一个多用电表。"他向技术组要到了仪器，然后找到了站台的控制台，关闭了电闸。接着，他拆开了电路保护盖板，沿着布线的方向，开始逐一用电表测量了起来。过了几分钟，他突然指着地上的一段电线道："就在这里！"用笔在电线上画了一个圈，补充道，"在电线里面。"

人们面面相觑，但很快技术队就动了起来。他们小心地截下了这段导线，准备送往实验室，用STM进行扫描。

"你怎么知道的?"易鸣看着自己的"孙子"问道。

"闪烁的灯光告诉我的。"他用手指着地上的电线,说道,"这里用的都是超导线路,理论上是没有电阻的。但是灯光的变化让我想到,会不会是某个地方出现了一些退超导的噪点呢?所以,我就用测量电阻的方法,找到了这个噪点的位置。"

"你是说,老爷子他们的进入,让这个地方的电阻发生了变化?"

"是的。超导是一种宏观的量子态,其存在依赖于相互配对的电子波函数。处于原子尺寸的人类进入后,其对周围电子状态的观察会破坏这种波函数,从而让局部出现退超导的噪点。"

"那是不是只要乘客们都闭上眼睛,超导态又会重新恢复呢?"

"对,这就是灯光闪动的原因啊!"

原来如此。易鸣点了点头,脑子里突然产生了一幅有趣的画面:在无边无际的超导晶格中,人们听着祖父的指挥,有秩序地闭合着自己的眼睛。附近的电子云时而纠缠在一起,时而断然分开,变为一个个孤岛。在眼神的明灭间,周围的世界已然风云变色。

他竟突然期待起这样的一趟旅程来了。

"那该怎么解救这些乘客呢?"有人问道。

"这个不难,"先前的官方发言人从容地答道,"孤子并不能永远存在,在外界环境的影响下,它们会因为自发的辐射而衰减。如果我们再施加一些主动的调控,他们应该很快就能恢复正常了。"

这时候,他耳廓中的通话器亮了一下。他用手扶着耳廓,仔细地听着什么。过了片刻,他笑着抬起头来,大声地宣布道:

"找到他们了!"

5

发布会召开的时候,现场被几百家媒体的记者挤得水泄不通。

他们来自不同的时间线。在大部分时区里，这次事故都花费了很长的时间才得到解决。他们对当前时间线上如此迅速地解救了乘客而感到吃惊。当然，他们关心的还有别的东西。

"我想请问这位老先生，"一位年轻的记者首先提问道，"我们知道你一直对时间旅行持保守的态度，这次事故发生之后，你是否会更加坚决地反对这项技术的应用呢？"

易鸣抬起头来，看着坐在讲台正中央的祖父。祖母也在台上，就坐在祖父的身边，右手紧握着他的左手，似乎对这次事故还心存余悸。他大概知道这位记者想要听到什么样的回答，也知道他想要制造出什么样的舆论氛围。

"是啊，很长时间以来，我从不离开自己的时区，那里有我的一切。"祖父的语气缓慢而平和，丝毫也不显得消沉，"我也一度因为时间旅行带来的种种负面效应而忧心忡忡，甚至还参与过一些联署的活动。但是，因为这次事故，我反而想通了。"他停顿了片刻，似乎在认真地组织着语言，"任何新科技的应用都会带来负面的影响，从蒸汽机到互联网，莫不如此。如果我们因此而禁止它们的应用，那今天的社会将是个什么样子呢？科技带来的危机，终归还是要以科技的手段来解决，今天不就是一个最好的例子吗？"

台下出现了一些细碎的杂音，似乎这番发言出乎了大家的预料，让众多记者有些猝不及防。

"更何况，为了心中最美好的东西，冒一些险又有何妨呢？"

祖父转过头来看着祖母，突然像个孩子般地笑了起来。

消失的旅客

循　环

　　天刚微亮的时候，白羽就从睡洞中静静地爬了出来。地面上一个人也没有，大家都还在朦胧的晨雾中酣睡。周围很安静，只有自己踩踏野草发出的窸窣声。他不想惊动太多人，于是向着远离睡洞的方向走去。然而很快，他的动作就惊醒了几只倒挂在树上的故事鸟，它们拍拍金黄色的翅膀，在他的头上盘旋了片刻，然后开始用各自的故事来引诱他。

　　"在东胜神州有一座山，名叫花果山，山顶上有一块石头，受日月精华……"

　　"有两个牧童走到山林里，发现了一个狼窝，里面有两只小狼。他们各自捉了一只，爬到了两棵相距几十步远的树上……"

　　"……格列佛醒来的时候，发现自己的胳膊和腿都被牢牢地绑在地上，身上还缠着一些细细的带子。眼睛往下一看，竟发现一个身高不足六英寸、手持弓箭、背负箭袋的人……"

　　白羽没有理睬它们，只是找准一个方向一直走下去。鸟儿们喧闹了几分钟，见白羽并没有想听故事的打算，于是便一哄而散，飞回了原来憩息的枝头。这时候，他已经离开部落的宿营地有几百米远，来到了一个水面平静的湖边。他蹑手蹑脚地穿过湖边茂密的灌木林，找到了一棵向着水面横斜而生的柏树。他看了看周围的环境，与脑海中的记忆比对了一番，然后才走近那棵树，蹲下来，拨开了树干根部的杂草。

回到宿营地的时候，已经有数十个人爬上了地面。他们睁着惺忪的睡眼，正在做着晨祷。

"嗨，早啊！"他向人们打着招呼。

"早！"有人回应道，"全新的一天又开始了，真是令人期待啊！"

接着，越来越多的人从睡洞中探出头来。宿营地里开始变得热闹起来。

"今天会找到新的美食吗？"

"肯定会，我猜，应该比昨天的还要好吃！"

像往常一样，人群开始热烈地讨论起那些新奇美味的食物来。大约过了一刻钟，拖运食物的木板车已经组装完毕，所有人也都集结在了板车的周围。年迈的酋长坐在板车的车尾，向着人群发表了简短的祷辞。

"新的美食，新的故事！"在祷辞的最后，他一如既往地这样发愿。

每一天都是充满惊奇的。人们兴高采烈地一路向前，这里看看，那里看看，不时发出尖锐的惊呼之声。路边有各种新奇的植物，在不少植物上，都生长着沉甸甸的果实。这些果实形态各异，但都散发着诱人的清香。

"酋长，你看看这个！"一个人拿着一根棒状的果实来到板车旁。这种果实呈金黄色的颗粒状，密集地排列在棒子的表面。酋长试着掰出一颗黄色的果粒来，放入嘴里。

"很好！"酋长睁大了眼睛，赞赏道，"柔糯，香甜，真是美味。"

在道路两旁，正好长着一大片这样的植物。人们高兴地把这些棒状果实采摘下来，蹲坐在地上吃了起来。多余的果实则堆放在板车上，垒成了一个高耸的小山。

很快，附近的故事鸟就被吸引了过来。它们盘旋在众人的头顶，开始叽叽喳喳地讲起了故事。

"话说南宋年间，正是一年岁末，寒冬时节。隐居在牛家村的忠良之后郭啸天、杨铁心两家惨遭横祸……"

"我不想听这个，换一个。"有人抱怨道。

可是故事鸟对这些抱怨毫不理睬，仍然执着地继续讲着自己的故事。

"一只鸟只会一个故事。"酋长向人们解释道，"它们只喜欢待在一个地方。等走过这一带，就会有别的故事了。"

确实是这样。每一只鸟都讲着不同的故事。人们很快就找到自己喜欢的故事，聚集在不同的鸟羽之下。讲了几分钟，鸟儿便停下来，看向下方的人群。接着便有人把香甜的果实抛上天空，等鸟儿吞下这些食物后，再继续将故事说下去。

吃完美食，听完故事，人们便又重新踏上了迁徙之路。几个小时后，他们发现了一种新的果实。这种果实接近球形，表面有细密的绒毛，呈橙黄色，部分位置泛红。咬上一口，果肉鲜嫩，汁液酸甜，极为可口。

"这可比刚才的棒子好吃多了！"

于是人们把板车上的棒状果实扔下来，重新装满了这种球状的果子。

新的美食，新的故事。鸟儿来了又去，板车上的果实也不停更换着。

直到夕阳西下，天光渐暗，人们才不得不停歇下来。他们在路旁挖掘出一个又一个比身体略高的睡洞，铺上柔软而干燥的杂草，然后在冷暗的星光中钻进洞里。

可是这天晚上，白羽在睡洞里却辗转反侧，始终难以入眠。在下午的时候，他曾经找过酋长，想要劝说酋长带领大家结束这样日复一日的迁徙生活。

"这毫无意义，"他说，"找个地方定居下来不是更好吗?"

酋长像看一个怪物一样地看着他。

"以后不许再说这样的傻话了!"在一通漫长的说教之后，酋长这样呵斥道。

事实上，酋长说的那些道理，他完全理解。人们没法在一个地方待得太久。同样的食物、同样的故事让人无法忍耐。更何况，前方永远有新的惊奇在等着人们发现。

日子就应该在这样的迁徙之中度过。前行，不断地前行，生活就是永无止境地探索和发现。

对新鲜的追求，让人们无法停下脚步。

今天，绝不能是昨天的重复。而明天，绝对要比今天更精彩。

这是大多数人的想法。

可是，明天和昨天相比，又如何呢?

在湖畔的柏木根部，有一个用小刀刻画的叉字符号。他一拨开杂草的掩映，就立刻看到了它。

这是他两天前刻画上去的。

大概在十几天之前，他开始陷入一个噩梦之中。从那以后，他的生活中便再也没有惊奇可言。因为他发现，一切都在不停地重复。重复的食物，重复的故事，重复的道路，重复的生活。

循环的周期是两天。也就是说，无论昨天发现了什么，明天都将重现。

他一度怀疑是自己出了问题。但是经过一再的确认，特别是在今天早晨看到那个叉之后，他终于确定了一点——不是自己的问题，而是人们一直在绕圈。这个圈并不大，两天就能走完。

为什么没有人发现？

白羽在近乎绝望的沮丧中发现了原因：除了自己，其他人的记忆，都只能维持两天。

在昨天听过的故事、吃过的食物，明天出现时，仍然能让他们津津乐道，引以为奇。

他不知道在自己的身上到底发生了什么——这非同寻常的记忆力，到底是神的恩赐，还是惩罚？

相比于如此残酷的真相，他更愿意和其他人一样，生活在虚幻的快乐和满足之中。

在奔跑的仓鼠带动下，巨大的笼子不停地旋转着。笼子外面有一块环形的永磁体。与笼子相连的，是两个交流电的电刷。笼子旋转所产生的电流，源源不断地从电刷上流入了导线之中。

"听说四十二号发电机最近出了点问题？"

"嗯，一个仓鼠发生了变异。"

"怎么回事？"

"记忆体反常，自动覆盖时间延长到了二十多天。"

"问题解决了吗？"

"搞定了。变异仓鼠已经被转移到了三号发电机中——你知道，就是特别大的那个——那个发电机转子的旋转周期足有一个月！"

复仇之龙

　　蓝羽摇了摇自己的尾巴，小心地钻进了中心花园的灌木丛里。花园在城市的核心地带，附近街道纵横，人烟稠密，需要非常小心才可以在不惊动人类的情况下来到这里。在沉重的喘息声中，它可以感觉到自己身上传来的黏滞感，那些腹下皮肤的皱褶相互摩擦，掉落下纷纷扬扬的皮屑，像下了一阵蛋白质的小雨。身上的鳞片也残破不全，斑驳得就像台风过后的屋顶瓦片。这身体犹如一台老旧的机器一般，发出嘎吱嘎吱的声响，不知道何时就会散架。它知道自己时日无多，到了该拼死一搏的时候了。

　　夜色渐浓，月亮只露出一弯眉毛似的小钩，吝啬地向大地洒下一丝若有若无的光亮。

　　蓝羽趴在地上，低声喘息着。地面又湿又冷，而且凹凸不平，硌得身体非常难受。它艰难地蠕动着前行，在灌木丛中发出簌簌的声音。

　　突然，一阵熟悉的晕眩感再次击中了它，一些零碎的片段从脑海底部浮起来，鲜明地展现在它的眼前。它仿佛又回到了那个永远改变了它命运的一天。

　　十年前，一个阴天。它在树林里无助地横冲直闯。

三个人类远远地躲在树林外围，不时放一下冷枪。虽然身体弱小，但这些家伙就像毒蛇一样难缠，而且更加致命。

父亲经常告诫自己，千万不要轻易靠近人类的城市，可是那时候不懂事的我，还是掉入了人类的陷阱。他们用致幻的化学气体做饵，一点一点把贪玩的我诱导到城市的边缘。那里已经远离了龙族的巢穴，所以他们便把我包围起来，拿着枪一点点逼近。

子弹擦过我的身体，带来一阵灼热的痛觉。我弹跳着想飞起来，却发现身体完全不受控制，在低空跌跌撞撞的，带倒了几棵低矮的柏树，最后还是掉了下来。

我这才想起来，父亲曾经说过，在人类的城市附近，龙族将丧失飞行的能力。

人类的城市都是些黑色的铁城。那些高高矗立的建筑物坚硬而冰冷，像一条条从地面长出来的竹笋，表面布满了巨大的铁钉。干涸的血迹布满了这些黑色铁壳的每一寸地方，散发出龙族独有的气味。

每一座铁城，都像是一座龙族的屠宰场。

蓝羽摇了摇头，深呼吸了一口，冷空气穿过长长的呼吸道进入身体，像是穿过了一道长长的弄堂。

前面，一道亮光穿过草木的缝隙，照在它圆滚滚的眼睛上。

它知道，那里是一座小木屋，每个周日的晚上，他们都会在这里进行交易。它蹑手蹑脚地穿过这片灌木丛，悄悄地靠近了这座位于花园中心的小屋。

小屋里，人声鼎沸。酒后的吵闹声，斤斤计较的争执声，小孩的哭闹声，女人尖锐的笑声，粗野的骂声，混合着那些电子仪器的"嘀嘀"声，以屋子为中心，向外散播开来。

看来，现在正是交易的高潮阶段，蓝羽想，自己还要再等等。它盯着屋子的门口，耐心地等待着那几个熟悉的身影出现在自己的视野之中。

　　宫城走出拍卖场的时候，已经夜深了。

　　今天收获很大，卖出去三块尾甲。尾甲是龙在甩尾攻击时经常掉落的鳞片，虽然是所有甲片中最便宜的，但对于宫城来说，得到它们也得冒不小的风险。像他这种自由狩猎者通常只在城市的周围蹲守，因为城郊的干扰性时变磁场，会影响龙对身上超导层的控制，让其失去飞行的能力。

　　一块尾甲通常有成人的手掌大小，超导层很薄，只有一厘米左右。包裹在超导层里面的是钙化层，非常坚硬，和超导层牢牢地粘附在一起，很难剥落。每次打猎后，把超导层剥落下来，都得费猎人们很长的时间。而且，一不小心，珍贵的外壳就会被损坏。失去了完整性的外壳，是卖不上价的。大家把这工序叫作"剥蛋壳"。

　　宫城是剥蛋壳的好手。他剥下来的壳，总是平整光滑，完整无缺，简直就像还有生命一样。他曾经听乙舟说过，纯净的超导层在自然状态下，会因为地磁场的什么"迈斯纳效应"，向着天空飞去。他不知道什么是"迈斯纳效应"，不过每次当他把剥落的壳拿在手中时，的确能感到一股有力的上冲之力，似乎这小东西想要挣脱他的控制，像冲天炮一样直蹿上天。

　　乙舟说，龙就是靠着这些鳞片，才能够飞起来。这个他信！富人们就是靠着收购这些鳞片，才建立起了那座在云雾之中的浮城。每次太阳升起的时候，抬头看着阳光在浮城的边缘印上一道金边，他便想道，这里面可有我卖出去的不少尾甲呢！

　　看见宫城出门后，乙舟也收起了装龙鳞的袋子，几步跟了上去。袋子里是卖剩下的劣等货，通常是一些超导层的碎片，又薄又脆，没有收购商愿意买。

　　乙舟是个瘦杆子，全身上下加起来也没有几两肉，宫城常取笑他，叫他夜晚不要出来乱晃，要是被人认成骷髅，吓到别人就不好了。他从小就这样，不管吃多少东西，都在他身上留不下来。简直就是浪费啊，宫城揶揄他说，是不是哪里有个洞，都漏走了？他笑笑，也不反驳。

乙舟曾经做过一阵子的走私贩。浮城不大，那儿居住的人都非富即贵，很多生活用品和奢侈品是在地面生产，再运送到城里去的。这些进入浮城的东西需要经过严格检查，并且交上一笔检疫费。有些东西，虽然在浮城中的需求量很大，可是却在法律严格禁止的行列——比如一些白色的粉末。这时，就需一条地下的运输链，来完成这些只能在黑暗中进行的运输。乙舟便曾经是这链条中微不足道的一环。

但是在过了二十三岁生日的那天，他突然退出了。

心累了，他说。

跟我一起出去打猎吧，宫城邀请道，我身边可是有一个神枪手哦！

也好，乙舟想了想说，改天让我见识见识那个神枪手。

会有机会的，宫城说。

看到宫城和乙舟出来，蓝羽顿时打起了精神。它抖了抖粘在鳞片上的湿泥，悄悄跟在他们的身后。暗夜是它最好的伪装，爪子上的肉垫让它行走起来悄无声息。

在树丛中的小路上，两个人并肩走着。他们小声地交谈，不时发出低沉的笑声。

蓝羽看着眼前的两个人，心中燃起了熊熊的怒火。十年来，它无时无刻不在脑海中模拟着用爪子撕烂这两人身体的画面。事到如今，一切就将变成现实，它长长的身躯在激动中开始颤抖起来。

要冷静，它想，这次可不能让他们再跑掉了——就像十年前那次一样。

"你在这里干什么？"父亲严厉而焦急的声音突然从耳边传来。

"我……我被困住了！"它羞愧地说。

"你快往外跑，我去引开他们。"声音里有一股决然的味道。

蓝羽猛地摇了摇头，把脑海中再度泛起的记忆沉淀了一下。十年前，父亲为了救自己，冲进了人类的包围圈。从那以后，就再也没有回来。可恶的人类，那几张鲜明的脸孔，就像刻在了它的脑海中一样，在这十年里，无时无刻不在折磨着它。

当时在场的一共有三个人，其中就有眼前的这两人。宫城和乙舟，你们这次可跑不了了。可是，当时应该还有一个人，那个人到底是谁？它极力回忆着，可是大脑里关于那人的影像总是模糊的一团，他怎么也想不起来了。

不管了。总之，这一切都要结束了。

放眼望去，这里已经是一片荒野，四周全是杂乱地在地面伸展出来的灌木丛。前面的两个人影，看起来很有一股萧索的味道。

可以下手了，脑海中闪过这个念头。

它加快了脚步。急促的呼吸声引起了耳膜的震荡，肌肉的拉伸牵动着身上的旧伤隐隐生疼，它再次感觉到自己老了。

"咔"的一声，它踩到了一根横躺在地上的树枝。

前方的两人警觉地停下了脚步。宫城猛地回过头来，看着后面的黑影，他突然睁大了双眼，露出惊讶的眼神。

"是你！"另一人也惊呼道。

就是现在！蓝羽猛地抬起了前肢的两个爪子，用力地向前扑去。在某一个瞬间，他两个爪子的细肢都猛地弯曲了一下。

"砰！砰！"两声清脆的枪声在荒野中响起。

宫城用手捂着胸口，惊恐地看着鲜红的血液从体内汩汩流出来。身边的那个人已经倒下，一动不动地趴在了地上，头部溅满了鲜血。

他瘫倒在地上，全身的力气正随着血液一点一点流出体外。他望着眼前手持双枪的那张熟悉的面孔，脸上露出难以理解的神情。

蓝羽惊呆了。那两声清亮的枪声，仿佛打破了一层覆盖在脑海中的膜，有什么东西破裂了，它似乎可以听到那裂开的声音。

它看着眼前的双爪渐渐变形，身上的鳞片也渐渐褪去。一股无与伦比的冰冷的感觉，在身体里回荡。

"蓝羽……你……你……"宫城的声音断断续续的，像是从遥远的地方传来。

它全身颤抖着，张了张嘴，却无法说出一句正常的话。手上的两把还冒着青烟的枪猛地跌落，像失去了翅膀的乌鸦。

身上的粗布麻衣湿漉漉的，粘满了褐色的泥土。自己像是在泥地里打了好长时间的滚儿。

他突然想起当时在场的第三个人是谁了——是蓝羽啊！

不错，杀死那条巨龙的，就是我自己啊！一个声音在脑海中响起。哈哈哈！他一边喃喃自语，一边狂笑起来。可是，这他妈到底是怎么回事！我到底是龙，还是人？

哈哈哈，他看了看自己的手，上面沾满了泥浆。

我是人啊！太好了，我是人啊！

他们是我的搭档，一起打猎的搭档。对了，乙舟怎么躺在地上了？而且宫城怎么用那种眼神看着我？

他猛然安静下来。

现实如同弥漫在空中的细微分子，一点一滴地浸入自己的身体，唤醒了那沉睡已久的意识。自己亲手杀死了乙舟！为什么会这样?！

一个月前。

"那小家伙好像跑了，要去堵它吗？"乙舟向宫城问道。

"不用，你没看到来了个大家伙吗？这个更值钱！"宫城显得有些兴奋。

当然，成年龙族身上的鳞片，不仅大，而且超导层的纯度也不是幼年的龙能够比拟的。

"可是这大家伙不太好对付啊。"

"没事，有蓝羽呢！到了展现他枪法的时候了。待会儿就把龙往他那边引。"

一刻钟后。

一阵凌乱的枪声之后，荒野里一下子变得无比安静，连一丝风声都没有，平静中似乎酝酿着某种可怕的东西。

"蓝羽，蓝羽！……你那边怎么样了？听到请回话！"

"哧……"只有单调的无线电忙音。

"怎么办，那边是不是出事了？"

一阵风吹过。风中似乎隐藏着一股淡淡的血腥味。

"快跑！"宫城当机立断，转身就向后方奔去。

"为什么？"乙舟一边跟在宫城后面，一边问道。

"蓝羽……肯定被那条大家伙干掉了，趁……趁那东西还没发现我们，赶紧离开这里！"宫城一边急速往城里跑，一边气喘吁吁地说。

蓝羽举起手中的枪，略微有些慌乱。

虽然前方的龙来势汹汹，但是他并不惧怕——只要手中有枪。他信任手中的枪，胜过信任自己的手。他感受着子弹射出枪膛后，那一股汹涌澎湃的后坐力，就像是爱人抚摸着自己的手臂。他仿佛可以看到那些子弹一发又一发地击中龙身上的样子，颈部、鼻子、眼睛、嘴巴，不断有血液流出。按照他的经验判断，这条龙应该坚持不了多久了。

可是情况有些不对。

尽管是跌跌撞撞的，但这条龙仍然咆哮着向自己袭来，完全不像受了重伤的样子。似乎有什么东西在支撑着它，让它在临死的一刻超越了生命的极限。

不过没关系，蓝羽定了定神，再次举起了抢。片刻之后，巨龙庞大的身躯终于重重地倒在了地上。

与此同时，一股晕眩的感觉却突然在脑海中爆开，就像有一颗隐形的子弹击中了他的大脑。他猛地感到，似乎有某种庞大的阴影笼罩住了他。

一颗种子开始在他精神的土壤中萌芽。

糟了，他突然想起来某个曾经在酒馆中听到过的传说。龙族似乎具有某种程度的操纵人类记忆和意识的能力，一个长满红色络腮胡的老猎人曾经如此宣称。

他下意识地转身向后跟跄着跑了几步。周围越来越黑，像是一下子进入了最幽深的暗夜里。各种奇妙的图像飞快地在周围闪过，他觉得自己仿佛变成了一条小龙，正努力地控制身躯，盘旋着向天空飞去。

刚开始很困难，长长的身躯像是被揉捏的面团，胡乱地起伏着。浮在半空中，身体无处借力，轻微的旋转让他有些头晕。"用意识去控制皮层"，突然间，他仿佛听到一个声音在自己的脑海中响起。这声音让他放松了下来。他把意识散开，发现自己居然可以控制表皮那些硬块的微结构。他清楚地看到了那些硬壳中的细微构造，它们排列有序，却又在交错中形成了某种更为复杂的图案，散发出一种惊人的美感。

一种天生的习性从身体里慢慢苏醒了，他试着调整了几次壳上的那些微妙结构。慢慢地，他开始掌握一些要领：哪些结构可以让浮力增大，哪些会让浮力消减。借着力的增减，身体也可以轻松地实现移动和旋转了。

他快速地转换着这些结构，让其逐渐内化为身体的本能——像一个蹒跚学步的婴儿。

　　　　　　　　　　　　　　　　　　流光之翼

身体表层的每一个细微特征，都清晰地映入他的脑海里。一切尽在掌握。他第一次发现自己的精神力量居然如此强大。他向着天空飞去，越飞越高，那里有蓝天和白云，那里有自由的空气。

这时，一座黑乎乎的城市映入了自己的眼中。接着，身体开始失控，天地万物疯狂地旋转起来。

醒来的时候，小雨正淅淅沥沥地飘洒在他的脸上。

我这是怎么啦？他想，为什么躺在这儿？我是谁？

仿佛为了回应他的疑惑，一股庞大的记忆开始从脑海深处泛起，伴随着撕心裂肺的疼痛感，就像有人用一根棍子在他的脑子里搅动。

啊，我想起来了，他突然醒悟过来。

我是蓝羽。很久以前，我的父亲为了救自己，被几个可恶的人类杀死了。它的脑海中迅速回想起了那几个人类的面孔。

一股不可遏制的复仇欲望渐渐在心里升腾起来。

它努力挪动着自己长长的身躯，向着城里爬去。在那座钢铁打造的森林里，一股刺鼻的血腥味扑面而来。

单孔衍射

输　运

这个世界从来就没有绝对的公平，就像没有绝对纯净的单晶硅一样。

古河再次从痛苦中领悟到这个道理。

看起来一切都很美好：公开招聘，笔试和面试，所有评阅的试卷和成绩都可以联网查询，还有层层的监督机构，投诉举报制度，繁琐得甚至让人觉得有些过分。

但是自己又一次落选了。从公布的信息来看，获聘的是一个三流大学的本科生。当然，并不能以学历来判断能力的高低，可是他那局长侄子的身份却又不得不让人心生疑虑。有人举报过，可是那人的笔试和面试分数都很漂亮，漂亮得让人找不出任何瑕疵。就像一拳打在棉花上，只会让人更加憋屈。

很多时候都是这样。我们很难知道，在外表的公平下面，到底包裹着什么东西。

就像晶体一样。他想，肉眼所能看到的永远只是表面。再漂亮的晶体，内部都一定充满了缺陷、位错和扭曲。

"古河，你太急躁了！"读博的时候，导师常常这么说他。

是的，他也这么觉得。很多时候，他也想静下心来，认真地盯着一个方向做下去。他脑海中总有一个影子，那是在徐迟的报告文学中出现的陈景润。几十年如一日地盯着一个课题做下去，这何尝不是陈景润的幸运？可是时代变了，这是一个发条总是紧绷着的年代。被裹挟在国内的科研氛围里，所有人都紧跟着最新、最热门的潮流，这样才可以更快、更多地发论文。就像渔民，紧随鱼汛，大把撒网。很多真正重要的东西，反而没有人去做。原因很简单：难啃的硬骨头，短时间又怎么能熬出浓汤来呢？

论文至上。一篇混毕业，五篇找个好老板，十篇就可以在国内高校里评个副教授了。

在浮躁的时代，没有人能静如止水。每个人都像在水中做布朗运动的小颗粒，在热运动的海洋里，踉踉跄跄，被撞得东倒西歪。

更何况他还有个正在上小学的弟弟和常年瘫在床上的母亲。

这几天嘴角总是上火起泡。毕业前一段时间也是这样。

那时，他跟着导师做的是一个面上项目"快子纠缠态时间输运系统"，简单地说，就是一个指向未来的单向时光机。这个项目在几十年前曾经热门过，但是因为其中的重重困难，现在已经鲜有人跟进了。导师是一个传统的物理学家，严谨、认真、执着，独立在这个领域研究了近三十年。刚来的时候，他觉得导师的行为近乎偏执——对于这样一个明显没有什么前途的方向，何苦要盯在上面，耗尽自己的一生呢？

可是很快，巨大的惊喜就击中了他们。通过一个巧妙的算法，他们绕过了拦在路上的最大的绊脚石。接下来展现在他们面前的，竟然是无比平坦的大道。他和导师在激动中度过了难忘的一个月：每天起早贪黑地推导着公式，然后在计算机上编好模拟的程序，拿到国家超级计算中心去验算——结果非常理想。几次数值模拟的结果都完美地支持了他们的理论。

很快，他们在实验室里做出了一个原型机。

他还清楚地记得第一次实验的那天，夕阳的余晖透过窗帘，映红了整个实验室。他颤抖着拿起一块单晶硅，放在原型机的传输舱里。在一阵轻微的"嗡嗡"声后，再次打开舱门，里面是一片虚无。

他和导师尽情地欢呼着，大叫，流泪，然后大口喘息。

眼前的一切都那么明亮，像镀上了一层钻石薄膜。

"哥哥，你今天为什么一直在笑？"

"哈，小云，很快我们就可以搬家啦！"

"搬家？"

"是啊，过一阵子，咱们就搬到城里去住，而且找最好的医院给妈妈治病。好不好？"

小云使劲地点了点头。

他看着弟弟灰扑扑的头发，心里再次涌起一股紧迫感。弟弟和母亲还在城郊的棚户区住着，那里紧挨着一个大型的垃圾填埋场。在家里，空气中总是飘浮着一股说不清道不明的恶臭。屋里屋外，锅碗瓢盆，桌椅板凳，不管什么东西，仔细擦拭干净后，不到十分钟，便又落满了灰。

自来水也不通，每天一早就得去几里外的水井里提水。以前自己常常扛着水桶在垃圾堆里穿行，现在家里没有劳力，只靠着邻里的帮衬勉强度日。

不能让他们再在那种地方待下去了，他握紧了拳头，一天也不想！

时间输运是一件真正伟大的工作，他清楚地知道，自己有幸参与其中，是多么幸运。

原型机不断地在改进，实验也不断进行。从单纯的晶体，到粉末状的多相混合物，再到流动的液体和软凝聚态物质，传输都完美地进行着。单向传输的时间间隔通常设定为一天：一天之后的同一时刻，在传输舱里，会瞬间出现所传输的物体——就像前一天它瞬间消失一样。

一切都很顺利，直到遇上那只该死的猴子。

猴子是从生物实验室买来的。棕毛，看上去很安静。

这是很重要的一步。之前传输的都是简单的无机物或植物，这是第一次动物实验。设定传输时间的时候，也许是过于激动，古河颤动的手指不小心点错了一个按钮——设定时间从一天变成了一年。在按下了确定键之后，他才发现这一点。

"怎么搞的，"导师皱着眉头抱怨道，"我可不想花一年的时间来等这只猴子!"

他连声道歉。为什么不看清楚呢，心里也暗暗埋怨着自己。掀开舱门，看着里面空空如也的样子，他叹了一口气。

"没事，只好重新找只猴子了。"导师拍拍他的肩膀说。

"那它……怎么办呢?"他想着这只猴子一年后突然出现在实验室里的样子，总觉得有些麻烦。

"做好记录吧。明年的这个时候准时接收就好了。"

也只好如此了。他点点头，正准备关上舱门，这时，一缕棕毛突然擦过他的手臂——那猴子回来了!

他呆呆地看着传输仓，像见了鬼似的。

那之后，一切都变得混乱起来。

短时传输没有问题，可是在一年左右的传输时间上，便总会出现严重偏离预期的结果。他们在那天进行了三次动物实验，时间分别设定为三百六十四天、三百六十五天、三百六十六天，结果第一只实验体在第二天就出现了，第三只实验体再也没有出现过，第二只竟然瞬间返回了!

更令人疑惑的是，实验不可重复！第二天再次进行同样的实验，结果是：传输到三百六十四天后的实验动物在半天后就出现了，设定为三百六十五天和三百六十六天的动物则不知去向。第三天，又出现一个结果：设定为三百六十四天的动物几分钟后就出现了！

他们把长长的推导过程，挨个用公式检查了一遍，没有发现问题。机器的源代码也仔细地推敲和调试了几遍。就在这几天，他的嘴角开始溃烂。仿佛是老天对他们开了个玩笑，"这玩意儿根本不好使嘛"，耳边似乎听到了这样的声音。

"不如……我们先发一篇论文，之后再找找问题在哪儿。"古河跟导师商量着。

"这怎么能发？明显有问题，现在发文章是不负责任的表现。"导师想也不想地说。

"至少短期传输是没问题的。"他坚持道。

"时间的长短，只是变量的不同，没理由一个成立，一个不成立啊。如果错了，那就是全错。我们现在要做的，是搞清楚到底错在了哪里。"

"可是……"他犹豫了一下，"我只有几个月就毕业了啊！"

"哦，这个嘛，延期一年吧，"导师轻巧地说，"一年之内，我们争取把问题搞清楚。"他低着头继续看一篇文献，仿佛什么事情也没有。

听着导师轻描淡写的这句话，他感到体内有一股热血渐渐涌了上来。脸开始有一种灼热的感觉。

是，你可以不管不顾地做你的研究——你有安稳的家庭，你有宽敞明亮的房子住；你的孩子不用每天天不见亮就爬起来，穿过满是臭味、遍地铁钉的垃圾森林，到几公里外的学校去读书；你也不用弓着身子，带着满身的灰尘在垃圾堆里扒拉几个小时，只为了找到几块有用的回收金属；你也没有一个整天躺在床上，连吃喝拉撒都要人服侍的家人；你有大把大把的时间耗下去——可我不行！

他握紧了拳头，身体微微地颤抖着。眼前的一切开始模糊，脑海中出现了短暂的空白。一些碎片般的记忆包裹着他，在周围飞速地旋转：在垃圾堆里的低矮棚户区，满是中药味道的阴暗小屋，穿着底部开裂的胶鞋艰难行走的小男孩，扛在稚嫩肩膀上的那沉沉的水桶。一股无比强烈的戾气像火山喷发般从心里冲出来，他一拳狠狠地打在面前的实验台上，手臂上的青筋条条凸起。

导师瞪大了眼睛看着他，惊讶而愕然，似乎还有些不知所措。

他什么也没说，转身离开了实验室。林荫道上的凉风一吹，脸上痒痒的，像是刚有两条湿漉漉的东西在脸上爬过。

两个月后，他还是顺利毕业了。虽然实验还有问题，但凭借着工作的突破性和原创性，他在几个重要的期刊上都顺利发表了论文。

去你的时光机吧！在离开学校的那天，他这样想着。

壁 垒

从最后一个公交站下车，沿着平整的水泥路面前行，绕过一座灰扑扑的三层建筑，脚下就立刻变得柔软起来。

这是一片坑坑洼洼的泥地。路面湿滑，凹处积满了污水。积水表面泛出绿色的泡沫，密密麻麻地挤成一堆，像有一只巨大的蟾蜍隐藏在下面。几百米外，是一片低矮的石棉瓦盖成的棚屋。这些灰色的建筑连绵成片，像是某种匍匐在地上的巨兽，风一吹过，便"吱呀吱呀"地晃动着嘶吼起来。站在这里，身后不远处便是都市那五彩迷离的高楼，近在咫尺的眼前却是这些落满了尘土的简易窝棚。就像有一道看不见的壁垒把这两个世界如此分明地间隔开来，通过壁垒的界面，似乎连阳光也发生了折射，变得灰暗起来。

"小云，我回来了。"古河站在一扇用木板掩住的门洞口喊道。

"哥，快点进来，有人找你！"一个男孩的声音从屋里传来。

小心地掀开门板，一股混合着汗臭和草药味道的热气分子的浪潮汹涌地撞击过来。古河睁大了眼睛，努力适应着屋里的黑暗环境。

在躺在床上的母亲和旁边的弟弟身边，站着一个瘦小的老头。似乎被外面透进来的光线刺激到了，他一边用手略微遮着眼睛，一边眯缝着眼看向门口。

"古河！"

"老师？"对于导师的到来，古河有些摸不着头脑。他知道，因为不顾导师的反对执意发表论文，让这老头对他很生气。

从压抑的小屋里钻出来，两个人都长出了一口气。

"找到工作了吗？"

"还在找。"声音中透出一股萧瑟。

堆积成山的垃圾在夕阳映照下泛起一层妖异的色彩，奇崛的构型、鲜明的光影，仿若一座现代派的概念雕塑。老人面对着这夕照下的小山，沉吟了半晌。

"有个新成立的研究所，现在正在招研究员——我推荐了你。"

"哦。"声音很平淡，似乎没有多说什么的欲望。

声波激起的振荡逐渐在空气中消散。

"你知道吗？"导师突然转过身，面对古河，"我知道时光机的问题在哪里了。"

他不出声，只是低下头，用脚细细碾磨着地上的一个橡胶做成的玩具齿轮。齿轮缺了一个角，嵌在一堆连杆之中动弹不得。

"我们没有错！理论推导、数值计算、原型机都没错，一切都按照我们的设定在运转。"

古河咧开嘴，有点想笑。

"错的是老天爷！是这个世界！"老人的声音突然变得低沉下来。

他终于缓缓地抬起头来，看着导师，皱起了眉头。在对面那双布满皱纹的眼眶里，有一种近乎绝望的神情在闪烁，像是被逼到了悬崖边的狼。

"看看这个，"导师从口袋里拿出一张小小的记录纸。纸的边缘已经磨得皱巴巴的，显然长期被人带在身边，"这是一些传输后却很快就返回的实验结果列表。"

古河接过纸条，上面是一列用铅笔写出的整齐的文字：

3月2日　传输时刻：12：00：00　目标：354天后　重现时刻：（3日）00：13：36

3月2日　传输时刻：14：00：00　目标：354天后　重现时刻：22：13：36

3月2日　传输时刻：18：00：00　目标：354天后　重现时刻：18：13：36

3月3日　传输时刻：09：00：00　目标：352天后　重现时刻：（4日）03：13：36

3月3日　传输时刻：15：05：30　目标：352天后　重现时刻：21：08：06

3月3日　传输时刻：18：06：00　目标：352天后　重现时刻：18：07：36

……

3月8日　传输时刻：18：06：30　目标：342天后　重现时刻：18：06：36

渐渐地，古河睁大了眼睛。在这些看似混乱的实验数据中，似乎有某种隐藏的规律存在。心跳开始加速，眼前仿佛有一层面纱即将揭开。

这时，这位瘦小的老头弯下腰，从地上捡起一根断裂的细轴承，用力地向远处抛去。"咣"，轴承击中了几米外的一个竖立的废铜板，蹦跳着又弹了回来。

"看懂了吗？这就是问题所在！"

"一个时间……壁垒？"古河喃喃地复述一遍，露出一丝恍然的神情。

"不错。公元2018年8月25日18时6分48秒！"老头确定无疑地报出这串数字，"这就是壁垒的准确坐标。在这个时刻，我们的时空中会出现一个壁垒。这就是为什么时间传输出现异常的原因。那个壁垒距离现在只有一百二十二天了。如果现在我们传输一个物体到二百四十四天之后，你会发现，这个物体会立刻出现在当下——因为它被弹回来了！就像我刚才扔出去的那个铁块。"

古河张了张嘴，却不知道该说些什么。

"我们被困住了，孩子！再过四个月，时间将终止，无法再向前流动。我不知道到时候会发生什么，那已经超出了我的思考能力。"

像一只被困在卧室里的飞蛾。古河的脑子突然出现了这个画面。它不断地撞上窗户的玻璃，啪地被弹回来一点，然后再次探头探脑地撞了上去。它一定不明白，为什么那近在咫尺的地方，自己却一直到达不了——明明什么障碍都没有啊！

"新成立的研究所叫作'时间壁垒研究所'，总部在伦敦，北京有个分所。那里会聚了世界各地最顶尖的理论物理学家。来帮我吧，我也在里面负责一个实验小组。也许……我们还可以做点什么。"导师用殷切的目光看着他。

一阵风吹过，却没有带来一丝清新的空气。地上的沙砾和尘土打着旋，升腾起来，在垃圾堆成的甬道里肆意地拍打着，像被困住的活物一般。

"我就不去了吧。"他长长地叹了一口气，"比我优秀的人多得是，我很清楚这一点。而且，我也不是拯救世界的那块料。"他想开个玩笑，嘴角却僵得怎么也翘不起来。

"壁垒是我们先发现的，你的重要性不可忽略……"

"是老师您发现的，跟我无关。我只是一个不太合格的助手罢了。"

"唉，"老人抬起头，看着渐渐沉下去的夕阳，"那……你接下来是怎么打算的？"

"我也不知道。也许是在家里，好好陪着母亲和弟弟吧！一百二十二天，呵，时日无多了啊！"

"好吧。既然如此，我也不勉强你。"老人递过一张银行卡，"拿着！"

他疑惑地看着导师，没有伸手去接。

"这是你应得的。昨天晚上瑞典那边已经打电话给我了，确定我们为今年的获奖者。过几天就会正式公布了。这应该是历史上从发表成果到获奖最快的一届了吧！希望它不是最后一届。唉……拿着奖金，带着家人出去走走吧。你也不希望他们在最后这几个月还一直住在这种地方吧？"

很奇怪，心里竟然很平静。古河拿过那张轻薄的卡，像是拿着一张单层石墨烯薄片，没有一点现实感。一抹斜阳把两人的身影拖成了一条弯弯曲曲的长线，扭曲着盘桓在遍地花花绿绿的塑料袋上。

壁垒的存在从来没有对外公开过。可是在这个世界上，总有些人能够知道普通人无法触及的消息。

一座普通的四合院，在北五环外，本来是一个相当偏僻的地方。这几天却不时有名贵的跑车群在门口停驻。形形色色的人从车上下来，满脸焦急地走进小院里。门卫老万板着脸一一检查他们的证件，然后点点头，放他们进去。

刚开始，那些名片上的头衔还不时地让老万感到震惊，到现在，他已经完全麻木了。金融寡头、政界名流、娱乐教父，好像这里变成了全世界的权贵们集合的中心。

老万目送他们匆匆地走进接待室，然后由一个瘦小的老人领进了二楼的实验室里。过不多久，他们便会阴沉着脸从楼上下来。不知道有什么事，让他们心神不定，有次一个中亚石油王国的王子还在楼梯口踏空，把右脚崴了。

"不过如此！"老万撇撇嘴，喝一口茶，继续坐在门卫室里翻着报纸。他对这座小楼中发生的事情并不关心。几个月前，他在有色金属研究所做门卫，现在这里不仅工资更高，条件更好，就连喝的茶也好得多。就这样干到退休，倒也不错。现在他心里最牵挂的事，是儿子和儿媳妇——两人结婚也有五年了，还一直不肯要孩子，说是工作太忙。这样下去，什么时候才能抱上孙子啊！

然而，在距离老万几十米的实验室里，气氛就没这么轻松惬意了。

"反弹？那就把我反弹回去好了！"一个年轻男子红着眼，咬牙切齿地说，"总之，我不想等到那一天，一头栽在你们说的那个什么'壁垒'上。多少钱都行！把我弹回去，弹到几十年前就行。"

"不是钱的问题。"一个专门负责接待这些"金主"的研究员有些无奈地说，"事实上，我们不缺钱。"

很多人都有这种想法：既然不能沿着时间的河流前行了，不如就反弹回过去，一样可以舒舒服服地继续生活。

"那是什么问题？你们不是做过实验了吗——那个什么猴子来着？"

"是的，壁垒反弹实验证实，确实可以通过弹射使生物体回到过去，甚至更早的古代时期，但是有个问题：弹射回来的生物体，往往活不过几天，就会迅速衰老，然后死亡。不同的物种生存期不一样，一个幼年期的猴子经过反弹后，存活的时间一般为一周。对于人来说，虽然至今仍没有进行过弹射实验，但是我们相信，情况也

　　　　　　　　　　　　　流光之翼

不会好多少。"

"为什么？为什么会这样——难道解决不了这个问题吗？"

"阿努王子殿下，"一位瘦小的老人站出来，插嘴说道，"如果你还保留了一些物理学常识——听说你大学是物理专业的——想必应该知道，什么叫半波损失吧？"

王子愣了片刻，歪着头想了想："记不太清了……好像是说什么相位来着。"

"简单地说，就是电磁波从光疏介质射向光密介质时，在界面处反射回来的波，与原来的波形有半个周期的相位差。"

他有些茫然地点了点头，全然不理解这和当前的事情有什么关系。

"我们最近发现，时间壁垒的弹射会产生与之类似的半波损失。任何生物，经过弹射之后，其时空相位都会与我们正常的时空相位产生一个特定的差值。这种差值是在量子水平上体现出来的，从宏观上看不出什么异样。但是，随着与周围环境的相互作用，量子退相干的逐渐体现，这种量子效应最终会体现出来——它会对生物体造成严重的不可逆转的伤害。"

王子眨了眨眼睛，似乎还在思考刚才这一段艰涩难懂的话有什么含义。"也就是说，"他顿了顿，然后说道，"现在，我们要么等着时间终结，到最后随着整个宇宙如同卡帧的电影一样，戛然而止地停顿在那个时刻；要么弹射回过去，在几天后痛苦地死去？"

"我们正在想办法，也许情况会有转机。"老人看了一眼天边正渐渐落下的夕阳，叹了一口气，"只是，留给我们的时间真的不多了。"

相　变

零下二百四十三摄氏度，掺铜铁化硒晶体，压力略小于7.8GPa。

单孔衍射　　　　　　　　　　　　　　　　　　　　291

从铁原子最外层游离出来的电子在晶体中游弋着。它们磕磕碰碰地前进，一路不断在其他原子上散射和反射，周围环境中的各种振荡和磁激发，也一起阻碍着它们的运动。现在，一点点增加外界的压力。突然，在某个临界压力下，情况发生了戏剧性的变化：这些电子自然地关联成一种特殊的对，与此同时，它们在整个晶体中流动的阻力便瞬间消失了。

电阻的消失不是逐渐出现的。它是非线性的，突然形成的。如果从电阻图像上看，你会看到一道突然下降的直线，从某个高度上直接降到了零。

这就是"超导相变"。

几个月以后，古河才意识到，在巨大的压力下，不仅是铁化硒，整个世界都会发生人们完全无法预料的突变。

这是第三次来到派出所，为了办理旅游护照。他决定带家人去美国待一段时间。"申请表没填对，"他还记得上次那个中年妇女冷漠的话语，"这里，这里……还有这里——拿回去重新填!"

现在，他多少也算个名人了。而且，钱也不少。如果他遵循这个社会潜藏的一些规则，也许这些事情办起来会容易很多。但是他深深地厌恶这一点。曾经他相信，世界上每个人都是平等的，总统或乞丐，决定他们身份的绝不是外物，而是他们自己的努力。这个信念像火苗一样，温暖了他埋藏在垃圾堆里的整个童年。

他慢慢地长大，拼命的学习让他考上了全国最好的大学。那天，整个棚户区像是过年一般欢腾，大家都为他自豪。他走出了这个阴暗的角落，进入了那些他以前从未踏足的领地。可是，时光流逝，不知不觉中，心里那个温暖的火苗却悄然熄灭了。

很奇怪，今天这里空荡荡的，没有以往那么多排队的人了。

"你好，"他试着和一个值班的男子搭话，"我是来办护照的。"

"办护照?"那人一脸惊讶地看着他,"你昨天没看报纸,没看电视吗?"

确实没有。他想了想,昨天一直待在家里。家里没有电视,更没有网络。

那人随手递过一张报纸给他。他拿起来,看着头版上斗大的标题,皱起了眉头:"自由迁徙协议通过,世界九成国家签署。"

一种强烈的不真实感从心里冒了出来。他耐着性子看完了新闻的每一个字,愣了片刻,从头再看了一遍。

不用护照,取消签证,从今天开始,你可以在世界上自由地来去了?

他跌跌撞撞地回到家,脚下轻飘飘的,像是踩在云上。

可是不对啊,今天家门口怎么这么多人?一大群人围在那里,有街坊邻居,也有些衣着笔挺的陌生人。

"怎么回事?"他大喊一声。

"哥,他们要我们搬出去!"弟弟古云几步跑了过来。

"别误会,先生。"一个前额微秃的男子连忙解释道,"这是政府的改造计划:我们会在一个月内,给你们盖上新的住房——当然,都是免费的。这期间,希望你们可以配合一下,暂时住在我们提供的宾馆里。"

"什么?改造……免费的?"古河觉得有点不大对劲。

"对,政府不收取一分钱的费用。当然,这期间你也可以寄住在亲戚家或者别的地方,我们额外提供每天一千元的房租和生活补贴。"

没有理由拒绝这件事。只是,古河没有住进政府安排的宾馆,而是带着家人登上了去往佛罗伦萨的飞机。

生平第一次,他和家人如此长时间地待在一起。推着轮椅,他和母亲在国家公园湛蓝的天空下，一路聊着天，慢慢地走着。大片的白发中，夹杂着稀少的几根黑色。母亲是什么时候变得这么苍老了呢？他有些自责地想道，自己为他们做的真是太少了。看着弟弟蹦蹦跳跳地跑到远处，这里摸摸，那里看看，再欢呼着跑回来，他突然有种想流泪的感觉。

一个月后，当他们回到家时，这里的一切都变了。

他几乎找不到一切记忆中熟悉的标志物了。垃圾填埋场没有了，取而代之的是一座座崭新却陌生的六层小楼。空气中充满着泥土和青草的香味。因为他们家的特殊情况，他拿到的是一间一楼的套房钥匙。推着母亲的轮椅，进入这个还微微透出油漆味的房间，他不禁有些感慨。

阳光从窗外肆无忌惮地掠进房间，把屋里的一切都映得亮堂堂的。

"沙发、衣柜、床，都是全新的。你们看看，如果有什么需要再联系我们。"前来安置他们的政府职员耐心而细致地介绍道，"油漆虽然刚粉刷完毕，但绝对是绿色无毒的，请放心入住吧。"

最后，他弯下腰，深深地鞠了个躬："下个月本人会竞选市长，请多多支持！"

6月底，全国所有地级市的市长普选拉开了序幕。人们第一次通过自己手中的选票，一票一票地选出了自己的市长。同时，监察机构的改革也迅速地进行着。纪委从政府机构中独立出来，转型为一个大型的信息处理中心。每天，各地政府的行政数据从网络上传到纪委的中央处理器里，系统通过智能算法判断其中是否有违规之处。随后，这些政务信息通过整理，发送到每一户人家里的政务终端显示屏上，供民众打分和评价。

在这期间，各地的最低工资标准开始大幅度提高，平均增幅达到了百分之一千。官方公布的目标是，在8月底的时候，要将基尼系数①降低到0.01以下——如果你懂一点经济学的常识，你就知道这是一个多么疯狂的目标。但这个目标绝不是天方夜谭。近来，几乎所有的财团和金融巨头都在大把撒钱。他们直接通过银行把巨量的金钱转入所有普通民众的账号中，不管是谁，去银行开设一个空账户，过不了几天，里面便会多出几十万元的余额来。

都疯了！古河想。他完全无法理解这种行为。即使世界末日快要来临，也许有一两个大富翁会这样做，可是绝不可能所有的有钱人都同时发起了善心。而且，不管你工作与否，能力高低，从事何种职业，大家都同时得到巨额的财富，这岂不是变成了另一种大锅饭？

然而，不管他怎么腹诽，还是无法改变这个荒诞的现实：所有人都成了百万富翁。

但是很奇怪，这些卡上的资金却是冻结的。有人试图取出一点钱来，却被告知，只有在8月24日以后，这些资金才会解冻——到时候大家便可以自由支配了。

听到这个时间点后，他几乎可以肯定，这些事绝对和时间壁垒有关，可是却完全无法理出一个头绪来。

变革仍在继续。

医院、学校等公立机构都实现了全面免费——即使在美国，如此激进的议案也迅速地得到了通过。几天后，死刑被废除，现在关押的所有囚犯纷纷被减刑。

随后，一个叫作社会公平监督局的机构成立了。公报上宣称，它负责处理所有社会上涉及违反公平原则的事项。它具有独立的执法权。人们通过网络或者电话举报后，针对不同的事项，它会成立

---

① 基尼系数：一种综合考察居民内部收入分配差异状况的重要分析指标。其数值在0和1之间。基尼系数的数值越低，表明财富在社会成员之间的分配越均匀。一般发达国家的基尼系数在0.24到0.36之间。

不同的专案组，联络不同的政府部门会商解决。它甚至具有立法权！在处理完一个事项后，为了以后不再出现类似的事情，它可以制定新的法律或者更改现在通行的规则。

"凭什么市长的办公室比我的大？"与市长在一个办公楼的某个工作人员说。很快，情况就得到了改变。政府的办公大楼进行了重新分配，过大的办公室打了简单的隔断，尽量把各个房间的面积变得相同。然后，所有人进行抽签，得到了新的办公室。原来市长的办公室现在住进了一个环保局的主任。

诸如此类的事情每天都在发生。你能想到的所有不平等的事情，不论大小，政府方面都有专人负责处理。

时间一点一点向着壁垒进发。持续的社会变革愈演愈烈，像是有一只无形的巨手，无情地把所有凹凸不平之处抹为镜面。

国际秩序方面也是一样。发达国家慷慨地向贫穷的、欠发达的地区提供技术和资金，帮助他们发展经济，改善民生。那些建立在第三世界国家的重污染企业全部关停。美国首次宣布加入全球碳交易市场，并制定了今后十年的减碳目标。

三十六国组成的联合国军进驻中东，那里常年弥漫的战火硝烟和混乱局面也得到彻底的改善。

终于，在最后的8月到来的时候，这种社会结构的突变达到了极致。

中国、美国、俄罗斯和欧盟宣布合并，成立了一个统一的政治实体——地球联邦。第二天，日本、韩国、澳大利亚等一百多个国家宣布加入联邦。第三天，又有七十多个国家加入。到一周以后，也许是受到了某种强大的压力，最后一个独立的国家——梵蒂冈，也终于宣布加入联邦。

国家消失了。几千年来，在地球上不断改变着形状的密集而扭曲的各国国界，不复存在了。

　　　　　　　　　　　　　　　　流光之翼

这几个月，古河就像在做一个梦。那些轰轰烈烈的大事，尽管有那么多报纸、电视台和网络在大肆报道着，可还是毫无真实感。

这不是我所认识的那个世界了，他想，也许可以去找老头子聊聊。一定有某些我不知道的事情发生了。

衍 射

走进久违的实验室，古河稍微有些恍惚。

消毒水混合着高压下产生的臭氧的味道，散落一地的凌乱电线，一切都是那么熟悉。不同的是，时光机的模样变了很多。相比以前的原型机，现在的机身更加庞大，制作工艺也愈发考究了。

"就知道你会来。"导师抬起头来，看见了站在门口的他，"正好，看看我们这次实验的结果吧。"

几个年轻的助手把一头小猪、一只黑猩猩和一只鸽子一起放进了输运箱中几个大小不等的隔间里。一个微胖的中年男子深吸一口气，望向四周，向大家点了点头，然后大步走上前去，躺在了箱子中央的那个最大的隔离间里。几个助手随即关上箱盖，仔细检查起系统的气密性来。

"他是志愿者之一。"导师不知何时站在了古河身边。

所有人都有条不紊地做着各项准备工作。没有人说话，只有不时响起的电脑自检提示音回荡在安静的房间里。

古河觉得心跳开始加速，竟不自觉地紧张起来。

系统自检完毕后，开始设定目标时间。

二十六天。他在心里默默计算着，应该是刚好弹回到现在的时间长度。

"开始吧。"指令声下，一个年轻的助手在控制台上输入了开始传输的语句。

　　只有微弱的气流喷射的嘶嘶声，古河发现他们现在已经使用液氮来冷却中央处理器了。很快，一切就又恢复了平静。

　　一个绿灯亮起，箱盖自动弹了起来。

　　里面空空如也。

　　古河愣了半刻，过了好一会儿他才体会到这其中的意义。没有被弹回来！他们穿过壁垒了！

　　"这——这是怎么做到的？"他一脸震惊地望向导师。

　　"我们在壁垒上钻了个孔！"老头子言简意赅地说。然后，他走到一个黑白显示屏旁边，静静地看着上面。周围的人也聚拢在一起，像是在等待着什么。

　　眨眼之间，一片空白的屏幕上闪出了几个简单的汉字：

　　安全抵达。

　　所有人都像是松了一口气。

　　"这是利用隧穿效应在壁垒两边进行通信的工具。"导师扶着屏幕，向古河解释道，"通道很窄，现在只能传输文字，还无法进行大规模的数据传输。"

　　"可是我们毕竟可以穿过壁垒了！不是吗？"古河激动地说，"所有人都会感激你们的，你们拯救了这个世界！"

　　导师却只是微微一笑，没有回应，反而问道："你知道现在的基尼系数降到多少了吗？"

　　古河愣住了。

　　"昨天，地球联邦最高公平委员会出具的报告显示，现在全球的平均基尼系数为0.06。"导师继续说道，"比预期的值要略高一点。接下来的这十几天，他们可有的忙了。"

　　"这全都跟壁垒有关是不是？"古河脱口问道。他现在才想起自己今天过来的目的。

导师仍然没有正面回答他的问题，而是叹了口气，慢悠悠地说：
"时间是量子化的，这个观点在很早以前就曾被人提出——这体现了
时间的粒子性。同样，时间也是一种波。在这几个月，通过壁垒反
射试验，我们更加确定了时间的波动性——我们甚至测量出了它的
波长！"

古河安静地听着，他能感觉到，自己就快摸到这一切背后的那
个关键点了。

"我们在壁垒上激发出一个局域的时间真空态来，这相当于是
在这堵墙上凿出了一个小孔。我们调用了几乎所有能调集到的力
量——站在我们背后的，是这个星球上所有最顶尖的势力。可以说，
在这件事情上，人类达成了有史以来从未有过的团结。我们已经
竭尽全力。可是，很可惜，这个小孔的直径只达到了几个普朗克
长度——和时间波长大致相当。"

导师转过身来，注视着古河的眼睛："我想，现在你应该能猜到
接下来的事了吧？"

像是一道闪电突然从黑暗中划过，一个大胆的猜测像一团一闪
而过的影子，突然呈现在了脑海里，古河直视着导师的眼睛，轻声
地说了一个词："衍射。"

"你的物理直觉还是那么好！"老人笑了，"不错，一切的起因都
是这单孔衍射。"

"衍射现象是在第一次人体传输中发现的。我们通过返回的文字
信息发现，在传输成功后的志愿者身上，发生了一件我们万万没有
想到的事情——他变成了另一个人！在文字中，我们可以强烈地感
觉到他的恐慌和无助。'这手不是我的，脚也不是我的。'他惊恐地
诉说着，'我不是我！我到底是谁？'在我们的安慰之下，他详细地
描述了自己的一些身体特征——那确实不是他。

单孔衍射

"我们曾经疑惑这是不是时间传输中的一次偶发事故，可是接下来进行的每次实验，都出现了同样的情况。他们全部变成了另一个陌生人，甚至有男性志愿者变成了女性的情况。我们完全迷惑了——直到第一百八十一次实验。那次实验中，传输成功后的人惊讶地告诉我们，他变成了他的一个同事！

　　"后来，我们渐渐发现，以前的每次实验中，志愿者们变成的新的'人'，都是在现在这个世界上真实存在的人。这种情形就像是一个人的意识，突然钻进了另一个人的身体里。一段时间后，终于有人提出，这会不会是一种衍射现象呢？"

　　在一个挡板上，钻一个和入射光波长大小相当的小孔，当光通过小孔后，会在后方的屏上形成一圈一圈的明暗相间的条纹。这就是单孔衍射。古河回忆起了大学本科在光学课上学过的基础知识。他现在发现，也许自己就将变成这样的一个光子。

　　"在单孔衍射现象中，有一个与我们现在非常类似的情形。"老头子还在絮絮叨叨地说着，"每一个光子，不管入射之前的情况如何，从小孔出来后，打到屏上的位置完全是无法确定的，或者说，它是一种概率事件。你永远也无法知道，这个光子将落在中心处的光斑上，还是会远远地跳到第五个明环上面。唯一可以确定的是，这个光子的频率绝不会改变。

　　"与在时间壁垒上发生的衍射相比，你会发现，不同的身体，代表着不同的位置，而我们真正的意识、思维——或者，请允许我用这个词——灵魂，则相当于光子的频率。"

　　古河有些抑制不住内心澎湃的情绪，在那里，早已刮起了比十二级台风更震撼的风暴。

　　"你永远也无法知道，单孔衍射之后，你会变成谁。理论上说，你可能变成世界上的任何人，从嗷嗷待哺的婴儿，到行将就木的老人，只是概率不同罢了！"老人的声音还是那么平静，"这就是一切疑问背后的答案。"

超级富豪们为什么要大肆把钱分给民众？那是怕自己在衍射后立刻变成一个穷光蛋！

一切都合理了。

"可是不对啊，"古河突然说道，"如果我是富豪，就把钱存在一个不记名的银行账户上，之后再凭记忆中的密码去取钱不就可以了？"

"你忽略了一点。你身体的新主人同样会知道这个密码，不管怎么样，你的记忆蛋白始终在你的大脑里，这是你带不走的。"

"这样的话，他岂不是知道了我记得的所有事情？"一股冷汗冒了出来。

"是啊，所有人内心的阴暗角落，将被迫赤裸裸地展示在另一个人的面前。在这场混乱的剧变中，没有任何隐私可言！"

平移对称性是一种只存在于理论中的情形：把一个电子从晶格的某一处，平移到另一处，它周围的环境和受到的作用力完全相同。真实的材料中，这种理想的情况是不可能出现的。就像这个社会，人人平等同样是一个美好的理论模型。

但是现在，一切都在向着这个模型靠拢。

原本以高高在上的姿态面对民众的官员们，当他们明天就很有可能变成一个普通的民众时，他一定会立刻积极主动地改变现有的政治生态；垄断经济的既得利益者，当他们想到自己也许马上就会变成一个中小企业的老板时，他一定会努力打破这种垄断机制。

发达国家或发达地区的人民，会去积极帮助欠发达地区；社会高层的精英，会去真正地了解社会底层的处境，帮助他们获得更加平等的公民权利；利益阶层会竭力打破这种僵化凝固的分层机制，促使底层民众有更多机会获得提升。

而这一切最妙的地方是：促使这些无私行为产生的，却正是人

单孔衍射

性中自私和利己的那一面。

因为不知道自己明天会变成什么人，以什么身份重现在这个世界上，他们只有竭力抹平这个社会上所有的不公平——至少暂时做到这样。

在衍射的不确定性面前，人人平等。

古河想起了一个词：天下大同。这个一百多年前，一个著名革命家口中描述的理想社会的框架，现在正在逐渐形成。可惜，靠的不是革命，而只是一个小孔。

尾　声

母亲有些心不在焉地做着晚餐，不时抬起头望向窗外。那里，一轮红日正缓缓落下。

古河看了一眼挂钟，心里默念着：还有一个小时。

两周之前，政府公开了壁垒的存在和衍射计划，引起的震动虽然相当强烈，但总算平息了下来。

没什么不满意的，古河想，至少母亲的腿治好了。医生们竭尽全力，用最好的药和最快速有效的治疗方案，终于赶在壁垒之前完成了治疗。

大家都松了一口气——衍射后自己变成残疾人的可能性又小了一点。

弟弟还趴在桌上，认真地做着家庭作业。

明天老师不会检查作业了哦！他在心里默默地对弟弟说。

看着被夕阳映红了的房间，他又想起了那天临走时，和导师说的那番话。

"壁垒很明显不是自然形成的，那是文明的造物。现在，我们可以确定，这个宇宙中，我们并非唯一的智慧存在了。"在研究所外的白杨林间的小道上，老人一边缓慢地走着，一边对古河说。

"他们为什么要对我们制造这样一个壁垒，是为了困死我们吗？"

"没有人知道他们的目的。但是你看，客观上，通过这个壁垒，我们这个世界变得更加民主了。"说到这里，他想了想，然后一字一句地说："一个独裁的文明，比起一个民主的文明，对其他文明更容易产生危害，不是吗？"

下午6点整。天光渐渐变暗了，太阳只剩一小块还露在地平线上。

全世界都屏息凝神。

古河走到母亲身后，轻轻搂住了她的肩。

突然间，时间似乎停顿了一秒钟。所有的光芒瞬间消失，再瞬间重现。整个宇宙仿佛对着自己眨了眨眼睛。

一个新的世界诞生了。

图书在版编目（CIP）数据

流光之翼 / 刘洋著. -- 北京：作家出版社，2019.9

（青·科幻丛书）

ISBN 978-7-5212-0707-1

Ⅰ. ①流… Ⅱ. ①刘… Ⅲ. ①中篇小说 – 小说集 – 中国 – 当代 ②短篇小说 – 小说集 – 中国 –当代 Ⅳ. ①I247.7

中国版本图书馆CIP数据核字（2019）第202800号

流光之翼

作　　者：	刘　洋	
主　　编：	杨庆祥	
责任编辑：	李宏伟　　秦　悦	
封面绘图：	BUTU	
装帧设计：	刘十佳	
出版发行：	作家出版社有限公司	
社　　址：	北京农展馆南里10号	邮　　编：100125
电话传真：	86-10-65067186（发行中心及邮购部）	
	86-10-65004079（总编室）	

E-mail:zuojia@zuojia.net.cn

http://www.zuojiachubanshe.com

印　　刷：	玉田县嘉德印刷有限公司
成品尺寸：	145×210
字　　数：	257千
印　　张：	9.75
版　　次：	2020年4月第1版
印　　次：	2020年4月第1次印刷
ISBN	978-7-5212-0707-1
定　　价：	48.00元